Diogenes Taschenbuch 21285

de
te
be

Georges Simenon

Exotische Novellen

Deutsch von Annerose Melter

Diogenes

Titel der Originalausgabe:
›Nouvelles exotiques‹

Deutsche Erstausgabe

80/85/36/1
ISBN 3 257 21285 2

Inhalt

Zwischenstation in Buenaventura

I

Ein alter Schiffsoffizier pflegte zu sagen: »Passagiere sind Wesen, deren erster Gedanke beim Erwachen dem Essen gilt; den Rest des Tages verbringen sie damit, Fragen über Dinge zu stellen, die sie nie verstehen werden, und am Tag des Bordfestes plündern sie das Schiff und reißen den Matrosen die Kleider vom Leib, um sich daraus ein Kostüm zu machen.«

Und er fügte hinzu:

»Vor allen Dingen und unter keinen Umständen darf man ihnen Versprechungen machen, die man nachher nicht ganz sicher einlösen kann.«

Die Passagiere der ›Wisconsin‹ waren da nicht anders. Beim Auslaufen in San Francisco und noch einmal gestern, als man sich bereits auf offenem Meer befand, hatte man ihnen angekündigt, daß man gegen neun Uhr in Panama eintreffe, dort knapp zwei oder drei Stunden auf Reede läge und dann in den Kanal einführe. Das Mittagessen würde auf Deck serviert werden, damit die Gäste nichts von dem Schauspiel der riesigen Schleusen im tropischen Urwald versäumten.

Nun, zwar war man tatsächlich bereits am Vormittag in Panama vor Anker gegangen, doch inzwischen war es vier Uhr nachmittags, und das Schiff lag immer noch unbeweglich in der drückenden Hitze. Immer wieder baten die Passagiere darum, mit dem Tenderboot an Land gebracht zu werden, und immer wieder hieß es nur:

»Unmöglich! Da ein Landgang hier nicht vorgesehen war, ist hinsichtlich der Einreise- und Zollformalitäten nichts vorbereitet worden ...«

»Worauf warten wir denn?«

»Auf die ›Gobi‹.«

»Was ist das, die ›Gobi‹?«

Fünfzigmal seit dem Morgen hatte der Erste Offizier dieselbe Erklärung abgeben müssen, und der Schweiß rann ihm übers Gesicht. Für die *French Line*, also für die französische Reederei, die an der Westküste Südamerikas, d.h. für Bolivien, Ekuador, Peru und Chile, keine regelmäßige Linienschiffahrt unterhält, fährt ein kleines Schiff von eintausend Tonnen, die ›Gobi‹, sozusagen als Taxi, d.h. sie nimmt in diesen Ländern Fracht auf und bringt sie zu den größeren Schiffen, die den Panamakanal passieren.

»Die ›Gobi‹ muß jeden Augenblick eintreffen!« behauptete man.

Doch das hinderte die Passagiere nicht daran, diese berüchtigte ›Gobi‹ zu verwünschen, deretwegen man den Kanal bei Nacht durchqueren müßte, so daß man gar nichts sehen würde.

Auf dem Lido-Deck spielte man Bridge. Ein paar Eingeborene versuchten, Schals, Parfums und andere mehr oder weniger exotische Souvenirs an den Mann zu bringen. Auf dem Vorschiff tummelten sich dreißig Neger, die ebenfalls auf die ›Gobi‹ warteten, deren Fracht sie umladen sollten.

Schließlich kamen drei Männer an Bord, Franzosen. Sie sprachen mit niemandem, begaben sich ganz gelassen an Deck, und man konnte nicht erkennen, ob sie neue Passagiere waren.

Alle drei trugen den gleichen weißen Tropenanzug und den gleichen Panamahut. Sie kannten die eingeborenen Händler bei ihren Vornamen und schienen bei ihnen, wie auch bei den panamesischen Polizisten, die am Kai Wache standen, großen Respekt zu genießen.

»Siehst du die Burschen dort?« hatte ein biederer Passagier – er war Buchhalter bei einer französischen Firma in San Francisco – seiner Frau zugeflüstert. »Ich wette Stein und Bein, daß das Mädchenhändler sind!«

Fred, der größte der drei Männer, dem ein ironisches Lächeln im Gesicht stand, hatte die Bemerkung aufgeschnappt. Er drehte sich um und schaute den Buchhalter an, und dieser bekam plötzlich eine Heidenangst, der andere könnte zuschlagen.

Aber nein! Fred wandte sich wieder um und schlenderte mit seinen beiden Begleitern davon, die beide eine schiefe Nase und hängende Augenlider hatten, was auf eine frühere Boxerlaufbahn schließen ließ.

Endlich traf die ›Gobi‹ ein. Sie schien winzig klein neben der ›Wisconsin‹, was den Passagieren nur noch mehr Anlaß gab, sich über die lange Wartezeit aufzuregen.

»In zwei Stunden heben wir den Anker«, versprach der Erste Offizier.

Man beeilte sich. Kaum hatte der kleine Frachter längsseits festgemacht, da sprangen die Neger auch schon hinüber, öffneten die Ladeluken und manövrierten die Lademasten.

Bei dem ganzen Treiben blieb eine Szene jedoch unbemerkt, die sich noch als wichtig herausstellen sollte: eine Frau und ein Mann an Bord der ›Gobi‹ näherten sich der Gangway, die man als Verbindung zwischen den beiden Schiffen herabgelassen hatte. Im gleichen Augenblick gingen Fred und seine Begleiter die Gangway hinunter und versperrten dem Paar den Zutritt, das zwar protestierte, aber nach leisem Zureden des Trios schließlich wieder auf eine Kabine zuging.

»Ich bitte Sie«, sagte Fred immer wieder leise in einem Ton, der keinen Widerspruch duldete.

»Aber wir sollten uns doch hier nach Frankreich einschiffen!«

»Später! Vielleicht ...«

»Wer sind Sie?«

»Unwichtig! Kehren Sie in Ihre Kabinen zurück! Machen Sie keinen Ärger ...«

»Monsieur, ich finde es unerhört ...«, protestierte der Mann.

»Schnauze!« fuhr Fred ihn an und stieß ihn in seine Kabine.

»Die Passagiere sehen nie etwas, und wenn sie doch etwas sehen, verstehen sie es nicht«, liebte der alte Schiffsoffizier zu sagen.

Der Zweite der ›Wisconsin‹ und der Kommandant allerdings hatten es gesehen. Sie hatten sich angeschaut, und der Kommandant hatte geseufzt:

»Ich glaube, es ist besser, wenn wir uns da nicht einmischen.«

Sechsmal im Jahr steuerten der Kapitän und sein Zweiter die ›Wisconsin‹ durch den Panamakanal. Sie kannten Fred, wußten aber nicht genau, woher er kam, nur, daß er im Negerviertel der Stadt ein Bistro besaß und daß er beste Verbindungen hatte zu den vierzig oder fünfzig berüchtigsten Abenteurern, die überall in Südamerika, mal in Kolumbien oder Brasilien, mal in Chile oder Ekuador, die verschiedensten Geschäfte betrieben.

»Kennen Sie die Frau, Kommandant? Sie ist verdammt hübsch!«

»Kapitän Mops sagt uns nachher sicher, wer sie ist ...«

Aber Mops, der Kapitän der ›Gobi‹, hatte noch keine Zeit, an Bord der ›Wisconsin‹ zu gehen. Wohl war er ein Schrank von einem Mann, mit riesigen Pranken und großen runden Augen. Doch als er Freds und seiner Männer ansichtig wurde, zogen sich seine grauen Augenbrauen zusammen, und er zog sich automatisch wieder in sein Büro zurück.

»Treten Sie ein, Messieurs«, sagte er kurz darauf. »Wie schaut's aus, Fred?«

»Sehr schlecht, Mops ... schlecht für Sie, meine ich.«

»Für mich? ... Trinken Sie einen Whisky?«

Er füllte bereits die Gläser und klingelte nach dem chinesischen Boy, der Eiswasser bringen sollte.

»Schließen Sie die Tür, Mops ... Seit Sie auf den Meeren kreuzen ... wie lange eigentlich schon?«

»Seit neun Jahren fahre ich die ›Gobi‹, und den alten Kahn vorher fuhr ich zehn Jahre lang.«

»Es sind also keine langen Erklärungen notwendig ... Wir verstehen uns.«

Die beiden Männer mit den Boxergesichtern benahmen sich während dieses Gesprächs wie zwei brave Doggen, die nur auf ein Zeichen ihres Herrn zu warten schienen.

»Mein Gott, Fred«, seufzte Mops, »ich weiß, daß nicht wenige Leute schlecht über Sie reden, aber ich habe noch nie einen Grund gehabt, mich über Sie zu beklagen. Wenn mir auch bekannt ist, daß Sie manchmal in nicht ganz saubere Geschäfte verwickelt sind, so geht mich das doch nichts an.«

»Und ich, Mops, halte Sie für einen ganz sympathischen Trunkenbold. Und wenn Sie ab und zu mal in Ihre eigene Tasche arbeiten und dabei Ihre Gesellschaft beschwindeln, dann ist das Ihr Bier ... Nehmen Sie eine Zigarre!«

Er bot ihm aus einem Etui aus ziseliertem Gold und Silber eine prächtige Havanna an. Nachdem er sich selbst auch eine Zigarre angezündet hatte, fragte er plötzlich:

»Was haben Sie mit Bacula gemacht?«

Mops, dessen Augen vom Alkohol stets etwas getrübt waren, blickte auf.

»Bacula?« wiederholte er, während er seine Hose hochzog, die immer wieder von seinem enormen Bauch rutschte.

»Sie werden doch nicht behaupten wollen, ihn nicht zu kennen! Woher kommen Sie jetzt?«

»Zuerst war ich in Lima, wo ich auf Ladung wartete, die aber nicht rechtzeitig eintraf. Dann sind wir Guayaquil angelaufen, wo mich der dortige Vertreter unserer Gesellschaft bat, zwei Passagiere an Bord zu nehmen. Sie wissen ja, daß wir über zwei Passagierkabinen verfügen. Es handelte sich um Doktor Morton und seine Frau.«

»Ich weiß. Ich habe sie in ihre Kabine gesperrt. Wer sind sie?«

»Ich weiß nicht ... Er ist Arzt und war, glaube ich, auf einer Studienreise durch Südamerika. Er wollte um jeden Preis noch auf die ›Wisconsin‹, um nach Frankreich zurückzukehren.«

»Warum ist er nicht geflogen?«

»Vielleicht fliegt er nicht gerne, oder vielleicht hat seine Frau Angst vorm Fliegen?«

»Was für ein Mensch ist er?«

»Er redet nicht viel, trinkt gerne einen guten Schluck und spielt Bridge.«

»Schon lange verheiratet?«

»Wenn ich richtig verstanden habe, hat er seine Frau, eine Norwegerin, auf seiner Reise durch Südamerika kennengelernt. Hören Sie, es ist höchste Zeit, daß ich die Papiere auf die ›Wisconsin‹ bringe ...«

»Später, Mops ... Also, in Guayaquil haben Sie die Mortons aufgenommen. Und dann?«

»Wir haben in Buenaventura Station gemacht, wo uns eine Ladung Kakao erwarten sollte. Aber der Regen hatte den Transport ans Meer verzögert und wir mußten wieder warten. Sie kennen Buenaventura? Wenn's dort richtig regnet, glaubt man, Luft, Himmel und Meer bestünden aus ein und derselben Masse! Zehn Tage mußten wir dableiben!«

»Und Bacula?«

»Ja, er war tatsächlich dort. Er ist ein paarmal an Bord gekommen und hat uns, zusammen mit Morton und Géniat, in sein Hotel eingeladen.«

»Wer ist Géniat?«

»Ein halbverrückter junger Ingenieur. Er arbeitete in einer Mine, hat dort aber kein Glück gehabt.«

»Wo ist er jetzt?«

»In seinem Bett. Er hat Fieber.«

Fred gab einem seiner Begleiter ein Zeichen, und dieser verschwand wortlos.

»Wann haben Sie Bacula zum letztenmal gesehen?«

»Einen Tag vor unserer Abfahrt. Er hatte vor, am darauffolgenden Tag das Flugzeug nach Panama zu nehmen. Er wollte schon vor uns da sein.«

»Lesen Sie das hier, Mops. Der Brief ist gestern gekommen, mit dem Flugzeug, das Bacula nehmen wollte.«

Er reichte ihm einen Brief, der auf billiges Papier und in einer kindlichen Schrift geschrieben war. In fast jedem Wort war ein Fehler. Kapitän Mops las zuerst die Unterschrift: Will.

»Welcher Will?« erkundigte er sich.

»Sie kennen ihn. Er hat eine Bar in Buenaventura.«

Mops schien sich nicht mehr so wohl in seiner Haut zu fühlen wie zu Beginn der Unterhaltung, und seine Selbstsicherheit schwand immer mehr, je weiter er den Brief las.

Monsieur Fred,
ich muß Ihnen unbedingt mitteilen, daß unerklärliche Dinge geschehen. Monsieur Bacula ist mit der ›Gobi‹ abgereist, ohne jemand etwas davon zu sagen. Er hat nicht einmal sein Gepäck mitgenommen. Er hatte mir gesagt, er ginge nur an Bord, um etwas zu erledigen, und als das Schiff auslief, ist er nicht zurückgekommen.

Sie haben alle bei mir getrunken, auch die Frau. Ich wollte Sie das auf alle Fälle wissen lassen, denn durch Monsieur Bacula habe ich viel Geld verdient.

Ihr ergebener …

Mops zog sein Taschentuch hervor und wischte sich über sein schweißnasses Gesicht. Dann trank er ein volles Glas Whisky in einem Zug leer.

»Ich verstehe überhaupt nichts«, seufzte er. »Ich schwöre Ihnen …«

»Antworten Sie mir, Mops! Schauen Sie mich an! Ist Bacula an Bord?«

»Wenn er hier ist, so weiß ich nichts davon.«

»Sie behaupten also, daß er sich, wenn er hier ist, nicht auf reguläre Weise eingeschifft hat?«

»Ich schwöre es! Ich weiß nichts von der ganzen Sache.«

»Einen Augenblick! Ich beschuldige Sie ja nicht! Ich frage Sie nur – und ich rate Ihnen, sich Ihre Antwort genau zu überlegen: Ist Bacula an Bord? Tot oder lebendig?«

»Nein.«

Fred blieb ruhig. Man spürte, daß er mit schwierigeren Leuten, als Mops einer war, umzugehen wußte.

»Wenn das so ist«, entschied er, »befehle ich, daß niemand das Schiff verläßt, ehe wir unsere Nachforschungen nicht beendet haben.«

»Aber das ist unmöglich: Meine Passagiere müssen auf die ›Wisconsin‹ und ...«

»Gehen Sie ruhig an Bord der ›Wisconsin‹ und erledigen Sie Ihre Formalitäten, aber erwähnen Sie nicht die Passagiere. Wenn Ihnen das nicht paßt, werde ich andere Maßnahmen ergreifen. Ich habe nämlich nach Buenaventura telegrafiert. Drei Zeugen sahen Bacula auf Ihr Schiff gehen und bestätigen, daß er es vor dem Auslaufen nicht mehr verlassen hat. Er ist nicht in sein Hotel zurückgekehrt, wo sich sein ganzes Gepäck befindet, und er hat sich auch nicht mehr in der Bar meines Freundes Will blicken lassen. Will ist zwar ein Schwarzer, aber er ist kein Dummkopf ...«

»Was wollen Sie jetzt tun?«

»Bacula finden. Tot oder lebendig. Und sollte ich ihn nicht finden, sollte er sich vielleicht auf dem Grund des Pazifiks befinden, so habe ich vor, wenigstens seine Papiere an mich zu nehmen.«

»Hatte er wichtige Papiere bei sich?«

»Stellen Sie sich doch nicht so dumm, Mops. Sie kennen Baculas Ruf genauso gut wie ich. Sie wissen, daß er der große Boß ist und daß zwischen Panama und Santiago de Chile ohne seine Zustimmung oder Mitwirkung kein bedeutendes Geschäft abgewickelt wird ... Wenn Bacula sich länger als einen Monat in Buenaventura aufgehalten hat ...«

»Ich schwöre Ihnen, ich weiß nichts!«

»Um so besser für Sie. Bleiben Sie also schön ruhig,

verstanden? Entweder ich lasse mir für meine Nachforschungen so viel Zeit, wie es mir gerade paßt, oder ich übergebe der panamesischen Polizei die Papiere, die ich habe, einschließlich den Brief von Will. In diesem Fall würde die hiesige Polizei die Untersuchung vornehmen, und ich glaube nicht, daß dies in Ihrem Interesse wäre ...«

Mops trank einen letzten Schluck Whisky, fuhr sich mit der Hand über den Mund und stopfte dann mit dem Zeigefinger, der so dick wie bei anderen Leuten der Daumen war, seine Pfeife. Schließlich wandte er sich zur Tür und seufzte:

»Verstanden, Fred.«

Von dieser ganzen Geschichte konnten die Passagiere der ›Wisconsin‹ natürlich nichts wissen. Für sie bedeutete es lediglich ein paar Stunden mehr Verspätung und die Enttäuschung, den Panamakanal bei Nacht durchfahren zu müssen.

Der Kommandant der ›Wisconsin‹ freilich musterte Mops neugierig, als dieser ihm die Papiere brachte, und er fragte schließlich:

»Keine Passagiere?«

»Diesmal nicht.«

»Ich meinte eine Frau gesehen zu haben, die ...«

Mops zwinkerte ihm vieldeutig zu und legte einen Finger auf seine Lippen, als wollte er sagen:

»Sie wissen doch, wie das ist. Von Zeit zu Zeit nehme ich eine Frau auf meinem Schiff mit, für meine eigene Rechnung ... Die Firma braucht das ja nicht zu wissen ...«

Bacula kam zwischen ihnen nicht zur Sprache. Der Name war dem Kommandanten der ›Wisconsin‹ auch kaum ein Begriff, obwohl Bacula in ganz Mittel- und Südamerika berühmt war, berühmt und mächtig, trotz seines schmächtigen Wuchses, den spindeldürren Beinchen und den unregelmäßigen, nervösen Gesichtszügen.

Woher kam er? Niemand hatte ihn je danach zu fragen gewagt, wenn nicht vielleicht die Polizei, der er immer jede Menge ordnungsgemäßer Papiere vorlegen konnte.

Offiziell war er im Bananengeschäft, und er besaß ein Haus in Panama, von wo aus dieser Handel tatsächlich in ziemlich großem Umfang getätigt wurde.

In Wirklichkeit aber saß er an der Spitze aller illegaler Transaktionen, angefangen bei Waffenlieferungen für Staatsstreiche bis hin zum Drogenhandel. Auf undurchsichtigen Wegen verstand er es, aus einer ›Fehlinvestition‹ mehr Geld zu schlagen, als je die reichste Goldmine abgeworfen hätte.

Wenn Bacula irgendwo auftauchte, dann bedeutete das, daß er einen dicken Fisch an der Angel hatte.

Wenn Bacula nach Panama zurückkehrte, dann immer, um die stattlichen Summen, die er irgendwo eingenommen hatte, auf seine Bank zu bringen.

Und wenn Bacula die Lattentür zu Freds Bistro im Negerviertel aufschlug, dann kam er, weil er Fred selbst oder einen der Männer, die Fred an der Hand hatte, brauchte.

Vor seiner Abreise nach Buenaventura also hatte Bacula die berühmte Lattentür aufgeschlagen und sich in das kleine Hinterzimmer begeben, in dem man ungestört reden konnte, und er hatte Fred erklärt:

»Bei der Sache sind dreißig- oder vierzigtausend Dollar zu verdienen.«

»Bei welcher Sache?«

»Das sage ich dir nach meiner Rückkehr ... An wen kann ich mich in der Stadt wenden?«

»An Will, den Neger in der Bar. Er ist mir treu ergeben, seit ich ihn aus dem Gefängnis geholt habe.«

»Gut, mein Lieber! Wenn ich zurückkomme, werde ich die Taschen voller Dollars haben, und einige sollen auch für dich abspringen ...«

Eine Schiffssirene ertönt. Lichter flackern in der Nacht auf, die in den Tropen schon um sechs Uhr abends hereinbricht.

Es ist die ›Wisconsin‹, die in den Kanal einfährt. Am Morgen würde sie das andere Ende und damit den Atlantik erreicht haben. Bald würden die Passagiere Tropenhelm, Tropenanzug und Sonnenbrille wegpakken, bald würden sie wieder durch die Straßen ihrer Städte in Frankreich spazieren.

»Kommen Sie mit, Mops!«

Die ›Gobi‹ lag weiterhin mitten im Hafen von Panama vor Anker, und die zwölf Mann Besatzung wunderten sich, warum sie nicht an Land gehen durften.

»Wir wollen das Schiff durchsuchen, ja? Damit Sie nicht beleidigt sind, will ich mit Ihrer Kabine beginnen.«

Fred und seine Männer durchwühlten die Kapitänskajüte mit einer Sorgfalt, die bewies, daß sie mit dieser

Art Arbeit bestens vertraut waren. Sie fanden zwar ein paar Hundert Dollar, Mops' Ersparnisse, aber keine Spur von Bacula, nicht den kleinsten eindeutigen Hinweis auf ihn.

»Sie tun mir unrecht, Fred!« jammerte der Kapitän, der heute bei seinem zwanzigsten Whisky angelangt war. »Sie trauen mir nicht, ich finde das nicht fair! Bestimmt bekomme ich durch Sie noch Unannehmlichkeiten mit meiner Gesellschaft, und was wird dann aus mir?«

»Ich kann Ihnen jederzeit eine Stelle auf einem Schlepper verschaffen ... Gehen wir jetzt zu dieser Frau und ihrem Mann!«

Sie öffneten die Tür der Kabine, in der Monsieur und Madame Morton eingeschlossen waren. Wutentbrannt und empört stürzte sich der Mann ihnen entgegen.

»Wo ist die Polizei? Wo ist die ›Wisconsin‹?«

»Schnauze!« fuhr Fred ihn an. »Durchsuch seine Taschen, Tatave!«

»Ich verlange, sofort zu meinem Konsul gebracht zu werden!«

»Und aus welchem Land ist er, dein Konsul?«

»Aus der Schweiz! Ich bin Schweizer Staatsbürger ...«

Er war groß und blaß; das tropische Klima mußte ihm zugesetzt haben, denn trotz seiner athletischen Figur schien er recht schwächlich.

»Nun, Tatave?«

»Aus seinem Reisepaß geht hervor, daß er ledig ist ...«

Der herausfordernde Blick der jungen Frau galt insbesondere Fred, von dem sie annahm, daß er der Boß war.

»Mit welchem Recht mischen Sie sich in unsere Angelegenheiten? Sollte die ›Wisconsin‹ tatsächlich abgefahren sein, so ...«

»Sie ist vor einer guten halben Stunde ausgelaufen, mein schönes Kind. Sie müssen sich damit abfinden und die zehn Tage bis zum nächsten Schiff warten.«

»Was wollen Sie von uns?«

»Bacula!« sagte er nur.

»Wie, Bacula?«

»Ich lege großen Wert darauf zu erfahren, was Sie mit ihm gemacht haben. Ich sehe, daß Sie mir am liebsten ins Gesicht springen würden ... Ich warne Sie, ich bin schon mit ganz anderen fertig geworden!«

»Ganz anderen was?«

Er zuckte die Schultern und trat dicht vor sie hin. Mit einer gewollt zynischen Geste strich er ihr über Brust und Hüften und vergewisserte sich, daß sie nichts unter ihrem dünnen Kleidchen versteckte.

»Na hören Sie mal!«

»Schon gut! Ihr Gepäck?«

»Sind Sie von der Polizei?«

»Nein.«

»Dann ... mit welchem Recht? ...«

Aber Fred ließ sich auf keine Diskussion ein. Seit er die junge Frau berührt hatte, zuckte ein erregtes Lächeln in seinen Mundwinkeln.

»Sagen Sie, da Sie nicht die Frau des Doktor Morton sind, wie heißen Sie? Haben Sie Papiere?«

»Das geht Sie nichts an!«

»Ganz wie Sie wollen.«

Den anderen befahl er:

»Geht euch ein bißchen die Beine vertreten oder trinkt einen Whisky beim Kapitän ... Sie verschwinden auch, Monsieur Morton ... oh doch, ich lege großen Wert darauf! Sie werden doch schon gemerkt haben, daß ich hier sage, wo's langgeht!«

Als er mit der jungen Frau allein in der Kabine war, ging er zur Tür, verriegelte sie und wandte sich, immer noch ein leises Lächeln auf den Lippen, ihr wieder zu.

»Nun?« fragte er.

Sie lächelte ebenfalls, und ihre Augen glänzten.

»Sie sind eine merkwürdige Person«, murmelte sie. »Was wollen Sie von mir?«

»Für den Anfang erst einmal alles«, kam die zynische Antwort. »Alles weitere kommt später.«

2

Gutgelaunt stand Fred vor dem Spiegel und knotete seine Krawatte. Sein Gesicht, von der Leidenschaft noch gezeichnet, interessierte ihn weniger als die Gelassenheit der nackten jungen Frau, die, ohne auch nur eine Spur von Scham zu zeigen, auf der Couch ausgestreckt lag.

»Wenigstens haben wir jetzt Morton die Hörner aufgesetzt«, scherzte er zynisch und fuhr sich mit den Fingern durch das braune Haar.

Sie lächelte, ein ganz leises, fast unmerkliches Lächeln, in dem jedoch ihr ganzer Zauber lag. Sie hob die rechte Hand von ihrem Busen, streckte sie zu Fred hin und murmelte:

»Zigarette.«

Er steckte ihr eine an und schob sie ihr zwischen die Lippen, die immer noch lächelten, dann setzte er sich ans Fußende der Couch und blickte streng auf sie herab.

»Nun?«

»Nun was?«

»Erzähl!«

Man spürte, daß die Worte plötzlich einen anderen Sinn für sie hatten, daß es viel mehr war als nur ein Gespräch. Sie hatten einander erkannt, festgestellt, daß sie beide Außenseiter waren, und nun ließ es sich leichter reden.

»Soll ich ganz vorne anfangen?« fragte sie bereitwillig. Der Gedanke, sich zuzudecken, kam ihr nicht. Und während Fred ihrem Bericht lauschte, streichelte er zärtlich ihr elfenbeinglänzendes Knie.

»Ich bin Norwegerin ... Edna Storm ... Die Bemerkung, ich käme aus guter Familie, spare ich mir, denn das würde nicht ganz zutreffen. Ich habe in Hamburg gelebt, in Berlin, in Paris ...«

»Was warst du?«

»Zuerst Mannequin, dann Tänzerin. Ich verließ Europa mit einem jungen, sehr netten Chilenen, der mich in seiner Heimat heiraten wollte. Ein Junge aus wirklich guter Familie, so gut, daß seine Eltern sich mit der Polizei arrangierten und erreichten, daß man mich des Landes verwies. Ich ging nach Lima, wo ich in einem

Tanzlokal auftrat, bis man mir unter dem Vorwand, es gäbe zu viele Ausländerinnen im Lande, meine Aufenthaltsgenehmigung entzog. Ich zog weiter nach Guayaquil, wo ich Morton traf. Wieder einer, der mich heiraten will, diesmal in Europa! Na ja, jedenfalls zahlt er mir die Reise, das ist schon etwas!«

Sie wußte, daß er jedes ihrer Worte auf die Waagschale legte und daß ihm auch die kleinste Unwahrheit nicht verborgen bliebe.

»Zufrieden?« fragte sie ihn. »Würden Sie bitte den Ventilator etwas heranrücken?«

Der frische Luftzug jagte ihr einen leisen Schauer über die nackte Haut.

»Wie lange bist du in Buenaventura gewesen?«

»So lange wie die ›Gobi‹. Es war kein Vergnügen.«

Buenaventura ... eine der trostlosesten Hafenstädte des südlichen Pazifiks. Ein flacher, grauer Küstenstreifen. Ein ewig verhangener Himmel und eine feuchte, erstickende Hitze, die einen zwingt, sich dreimal am Tag umzuziehen. Auch die Nächte bringen keinerlei Erfrischung.

In der Nähe des Hafens und des Bahnhofs ein Hotel, ein riesiger Betonklotz mitten in der leeren Landschaft, mit einer Halle, einer Bar, Gästezimmern. Ein ganzes Stück entfernt dann die Stadt: Holzbauten, enge Sträßchen und eine aus Weißen, Schwarzen und Mestizen gemischte Bevölkerung.

»Du hast Bacula gleich am ersten Tag kennengelernt, stimmt's?« Sie nickte stumm.

»Und ihr habt auch gleich am ersten Tag miteinander geschlafen?«

»Am zweiten«, berichtigte sie.

Das war es, was Fred Bacula am meisten vorwarf. Ging es um geschäftliche Dinge oder um irgendeine Gaunerei, war er unschlagbar, bewahrte er bis ins Letzte eine absolute, fast unmenschliche Kaltblütigkeit. Doch sobald eine Frau auftauchte, war er der schlimmste Schürzenjäger.

Vielleicht war es bei ihm eher eine Frage des Stolzes als eine Frage des physischen Verlangens? Sein häßliches, unvollkommenes Äußeres hielt ihn nicht davon ab, die Frauen betören zu wollen, und er ging dabei mit wilder Entschlossenheit vor.

»Hat er dir gesagt, warum er in Buenaventura war?«

»Er hat mir nur zu verstehen gegeben, daß er kurz vor dem Abschluß eines ziemlich großen Geschäfts stünde.«

»Hat Morton nichts gemerkt?«

»Gar nichts! Er ist ein ziemlich naiver Schweizerbürger! Als Bacula uns einlud, glaubte er, er täte es allein um unserer Gesellschaft willen. Ich habe es dann so eingerichtet, daß ich Bacula hinterher noch einmal treffen konnte.«

»Und Géniat?«

»Wir haben ihn erst ganz zum Schluß kennengelernt. Kapitän Mops machte uns mit ihm bekannt. Außer Bacula, der das Flugzeug nehmen wollte, sollten wir alle mit dem Schiff weiterreisen. Leider ließ die für die ›Gobi‹ bestimmte Fracht auf sich warten, und die Abfahrt wurde von einem Tag auf den anderen verschoben. Géniat verbrachte die meiste Zeit zusammen mit Mops, trank seine Whiskys und spielte am Glücksspielautomaten.«

»Kam er auch mit Bacula zusammen?«

»Sozusagen. Man traf sich immer wieder an der Bar ... Man trank ... Bacula bezahlte den Champagner. Es ist eine Manie von ihm, alle Leute zum Trinken einzuladen.«

Sie brauchte sich nicht genauer auszudrücken, denn Fred kannte nur zu gut die Atmosphäre der kleinen Hafenstädte Südamerikas, wo man stunden-, ja oft tagelang auf sein Schiff warten muß und die Zeit nur damit totschlagen kann, an der Bar eines düsteren Hotels zu sitzen und zu trinken.

»Wie oft ist Bacula an Bord der ›Gobi‹ gewesen?«

»Mehrmals. Ich habe es nicht gezählt. Er hatte auch Langeweile. Soweit ich verstanden habe, war sein Geschäft abgeschlossen, doch er erwartete noch etwas vor seiner Abreise, vielleicht einen Vertrag ... ich weiß es nicht.«

Fred aber wußte: Es handelte sich nicht um einen Vertrag, sondern um einen Packen Geld, um dreißig- oder vierzigtausend Dollar.

Aber Bacula war nicht mit dem Flugzeug in Panama angekommen! Und in Buenaventura war Bacula auch nicht mehr!

Und Will schrieb, daß Bacula, tot oder am Leben, an Bord der ›Gobi‹ sei.

Fred erhob sich von der Couch, zündete sich noch eine Zigarette an und nahm seinen Strohhut. Er warf einen letzten Blick auf die nackte junge Frau, zuckte die Schultern und brummte:

»Okay, ich habe genug gehört. Ich werde Morton natürlich nichts sagen und dich vor den anderen auch nicht duzen ... Jedem sein *business* ...«

Auf Deck hielt einer seiner Männer Wache. Es war der kurzbeinige Tatave, dem eine Narbe über ein Auge lief und es fast völlig verdeckte.

»Nichts gefunden?« fragte ihn Fred.

»Noch nichts. Henri sucht noch.«

In diesem Augenblick erschien Morton. Zitternd vor Erregung schrie er:

»Was haben Sie mit meiner Frau gemacht?«

Sein Ton war aggressiv, und er schien bereit, zuzuschlagen.

»Ich habe ihr nichts angetan, mein Guter. Da Sie schon einmal hier sind, können Sie mir gleich ein paar Fragen beantworten ...«

»Gar nichts werde ich! Ich will an Land! Ich will mich bei meinem Konsul beschweren und werde alles der Polizei erzählen ...«

Fred erwiderte voller Verachtung:

»Ich wette, du hast, wenn du als kleiner Junge Prügel bezogen hast, immer sofort damit gedroht, es deiner Mammi zu sagen ...«

»Wir werden schon sehen, daß ihr bald alle im Gefängnis sitzt!« schimpfte nun Géniat. Seine Augen glänzten fiebrig und seine Hände zitterten wie die eines Alkoholikers.

Nun, sollte er auch einen Schluck genommen haben, betrunken war er jedenfalls nicht. Es war das Fieber, das seinen Blick so stechend machte, seinen Augen diesen krankhaften Glanz verlieh.

»Sie und Ihresgleichen, die Baculas und andere, Sie sind es, die Südamerika vergiften! Bald wird hier nur noch für Schurken Platz sein! Die anderen, die ehrbaren Leute, jene, die, wie ich, hierherkommen, um ernsthaft zu arbeiten, die ekeln Sie aus dem Lande, und wenn Ihnen das nicht gelingt, dann lassen Sie sie umbringen! Wagen Sie bloß nicht das Gegenteil zu behaupten!«

Nichts konnte ihn bremsen. Er war tüchtig in Fahrt geraten, und Fred hörte ihm aufmerksam zu.

»Als ich in Paris meinen Vertrag unterzeichnete, sagte man mir, ich bekäme die Leitung über eine der ertragreichsten Minen Kolumbiens, die an einem vernünftigen Ort läge. Aber nein! Erst muß ich in einer Piroge sechs Tage den Fluß hinauffahren, und dann finde ich mich im tiefsten Sumpf wieder, wo ich eine alte Holzbaracke und unzureichendes Material vorfinde. An die hundert Mestizen erwarteten mich; sie hatten seit einem halben Jahr keinen Lohn mehr bekommen. Zwei Jahre mußte ich dort ausharren, und man schickte mir immer und immer wieder Versprechungen, aber weder Geld noch Material! Als ich ihnen drohte, an die Zeitungen zu schreiben und zu berichten, daß diese Mine so gut wie gar nicht existiere, beauftragten sie einen Mann, mich zu töten. Einen Mann aus Ihren Kreisen! Es mangelt hier nicht an gedungenen Mördern! Ich hasse diese Leute, ich hasse Sie alle! Ich habe es auch abgelehnt, mit Ihrem Bacula zu trinken, und es wäre mir eine Freude, ihn tot zu wissen . . .«

Freds Blick hatte sich zusehends verdüstert. Er selbst

lebte doch in diesem menschlichen Dschungel, verlangte da nicht sein Beruf, die Leute sofort richtig einschätzen zu können?

Edna Storm? Ihr Bericht hatte Hand und Fuß, und Fred zweifelte nicht an ihrer Aufrichtigkeit.

Morton? Wenn er Theater spielte, dann tat er es perfekt. Physisch und moralisch gesehen, vertrat er genau den Typ des Reisenden, der in jeder Stadt zu seinem Konsul rennt.

Géniat? Er hatte wirklich Fieber, und er verbarg seinen Haß nicht.

Blieb also Mops, den Fred seit Jahren kannte. Mops, der gerne und viel trank und der, wenn er ab und zu mal seine eigenen kleinen Geschäfte machte, äußerst schlau vorging.

Und doch befand sich unter diesen Personen eine, die ...

Fred trat mit sorgenvoller Miene in Mops' Büro, und er fand den Kapitän im zweiten Stadium der Trunkenheit, in dem die Bewegungen unsicher und die Aussprache schwerfällig wird.

»Nun, sind Sie fertig?« stammelte er. Die Hand, die sein Glas umfaßte, zitterte wie die Géniats. »Ist es jetzt erlaubt, an Land zu gehen?«

»Hören Sie, Mops, Sie kennen mich, Sie wissen, daß ich nie bluffe. Hören Sie mir genau zu: *Ich muß unbedingt wissen, was aus Bacula und den Papieren, die er bei sich trug, geworden ist.* Die Polizei möchte ich nur als letzten Ausweg hinzuziehen. Sie wissen, daß ich mit der panamesischen Polizei auf gutem Fuß stehe und daß sie meinen Wünschen entsprechend vorgehen würde. Schauen Sie mich an ... Sie sind betrunken, aber das macht nichts ... Was wissen Sie?«

»Ich weiß überhaupt nichts!«

»Sie haben doch mit Bacula zusammen getrunken!«

»Er hat mit allen getrunken! Er wartete auf etwas, und er langweilte sich ...«

»Hätte er ohne Ihr Wissen an Bord kommen können?«

»Natürlich!«

»Und ohne daß Ihre Männer ihn bemerkten?«

»Wir sind kein Passagierschiff, also stelle ich nachts keine Wachen auf.«

»Wie standen Bacula und Edna zueinander?«

»Das müßten Sie doch eigentlich wissen!«

»War es so offensichtlich?«

»Weiß Gott!«

»Auch für Morton?«

»Nein, für ihn, glaube ich, nicht. Leute wie er werden sich nie dieser Art Schwierigkeiten bewußt.«

»Nun sagen Sie bloß, Mops ... Sollten Sie zufällig auch mit Edna? ...«

»Bah!« ... Gelegentlich ... Aber nicht in Buenaventura. Erst als wir auf dem Meer waren. Sie wollte wissen, wie man ein Schiff manövriert. Wir waren alleine auf der Brücke. Sie wissen, wie das geht. Ich bin eigentlich nicht so sehr scharf auf Frauen, aber von Zeit zu Zeit ...«

»Hat sie mit Ihnen über Bacula gesprochen?«

»Dazu war kaum der richtige Augenblick.«

Etwas später meinte Fred, gekränkter, als er zugeben wollte, zu der Norwegerin:

»Ich gratuliere! Ich stelle fest, daß ich beinahe in deiner Sammlung gefehlt hätte! Das ganze Schiff durfte also ...«

»Nicht Géniat«, warf sie ohne die geringste Scham ein.

»Aber nur, weil der nicht wollte!«

Mitternacht. Über der Stadt hing der Schein der violetten und roten Leuchtreklamen der Nachtbars von Panama. Fred saß mit seinen beiden Gehilfen auf der Reling im hinteren Teil des Frachters.

»Glaubst du nicht, sie hätten ihn, wenn er an Bord war, vor der Ankunft in Panama ins Meer geworfen?« fragte Tatave, dem die Geschichte keine Ruhe ließ.

»Es gibt da etwas, was sie auf keinen Fall ins Wasser geworfen hätten«, entgegnete Fred trocken.

»Natürlich, das Geld. Nur, so ein kleines Päckchen auf einem Dampfer zu finden ...«

»Es geht darum, herauszufinden, wer es versteckt hat. Wenn wir das wissen, werde ich die Person schon zum Reden bringen, keine Bange!«

Fred ging noch einmal alle Personen durch, einen nach dem anderen, verdächtigte sie bald, um dann doch wieder zu dem Schluß zu kommen, daß sie der Tat nicht fähig seien. Edna ... sie vor allem wollte ihm nicht aus dem Kopf gehen. Nicht nur, weil sie Baculas Geliebte gewesen war, sondern weil sie sich zu natürlich benahm, sich allzu wohl in ihrer Haut fühlte.

»Wenn ich mich je wieder mit einer Frau einlasse ...« brummte er vor sich hin.

»Glaubst du, sie war es?«

Und Morton? War er wirklich so naiv? War er vielleicht nicht gerade das Gegenteil, ein erstklassiger Schauspieler, der sich über Freds Arglosigkeit lustig machte, sobald er ihm den Rücken kehrte?

Auch Géniat konnte sehr gut ...

»Sag mal, Fred«, wurde er in seinen Überlegungen unterbrochen, »willst du das Schiff und damit ja auch uns lange hier festhalten? Ich sollte nämlich in die Stadt ...«

»Wann du in die Stadt gehst, entscheide ich!«

»Werden wir die ganze Nacht auf dem Schiff bleiben, mitten im Hafen?«

»Wir bleiben so lange, wie es nötig ist«, antwortete Fred und fragte dann den chinesischen Boy, der sich in der Dunkelheit lautlos genähert hatte:

»Was willst du?«

»Der Kapitän läßt ausrichten, daß er Sie zu sprechen wünscht.«

Mit gerunzelter Stirn und in der Haltung eines Mannes, der überall Gefahr wittert, folgte Fred dem Chinesen in Mops' Büro. Eine trostlose Gestalt saß dort auf dem Bett und sah ihm mit dem verschwommenen Blick eines Betrunkenen im dritten Stadium des Besäufnisses entgegen.

»Ich habe Sie kommen lassen, weil ...«

Er lallte so stark, daß man ihn kaum verstand.

»Schicken Sie den Boy hinaus ... Ich habe Kopfschmerzen ... kommt sicher vom vielen Nachdenken ... Ich habe mich an etwas erinnert. Vielleicht hat es gar nichts zu sagen ... Ein Typ wie Sie, Fred, wird sofort dahinterkommen ... Denn Sie sind ein großartiger Kerl! ... Ich sage es immer wieder zu allen Leuten, von Valparaiso bis Panama: Es gibt keinen zweiten, der so ist wie Fred ...«

»Woran hast du dich erinnert?«

»Nett, daß du mich duzt, wie damals, als wir zum erstenmal miteinander getrunken haben ... wir sind doch Brüder, was, Fred?«

Fred seufzte und fragte sich, wann der Betrunkene endlich zur Sache käme.

»Vielleicht ist die Idee nicht besonders gut, aber immerhin ... eine Idee! Nur, du darfst es ihr nicht erzählen! ... Als ich eines Tages mit der Kleinen in meiner Kabine schwatzte, zeigte sie mir eine Fotografie ... Kein großes, ein ganz kleines Bildchen. Der Mann darauf sah echt gut aus, und sie hat mir freiweg gestanden ...«

Er machte eine Pause, um einen Schluck zu trinken, bekam einen Schluckauf und mußte dann lange überlegen, bis er den Faden wiedergefunden hatte.

»Sie hat mir einfach so gesagt ... Wie hat das Flittchen sich doch gleich ausgedrückt? ... Denn daß sie ein Flittchen ist ... ich schwöre dir, Fred, du kannst es glauben ...«

»Der Mann auf dem Foto?«

»Ja. Ein schöner Junge. Ich würde ihn gleich wiedererkennen ... So wie ich dich wiedererkenne ... Sie hat mir also erzählt, daß sie es sich in Buenaventura anders überlegt habe, daß sie vielleicht nicht mit Morton nach Europa ginge, sondern bei diesem Typ auf dem Foto bliebe ... Er erwartet sie in Panama ...«

»Wo soll sie ihn treffen?«

»Im Continental ... Anscheinend wartet er dort jeden Abend auf sie.«

Die lange Rede hatte Mops angestrengt, und er sank müde auf die Couch zurück und streckte sich in seiner ganzen Länge aus. Gleich würde er in tiefen Schlaf fallen und dann kaum wachzukriegen sein.

Kurz entschlossen holte Fred einen Krug Wasser aus der Waschkabine und entleerte ihn über dem Gesicht des Kapitäns. Der fuhr hoch und jammerte:

»Fred! ... Was tust du, Fred? ... Du siehst doch, daß ich krank bin ...«

»Los, steh auf!«

Der nun folgende Streit währte fünf Minuten. Es war eine burleske Szene: Der dicke Kapitän, der sich unter Schluchzen weigerte, sich anzuziehen und immer wieder nach dem Bett schielte, auf dem er sich so gerne ausgestreckt hätte, und Fred, der ihn wie ein Kind ausschimpfte und ihm, während er ihn zur Tür hinausschob, noch die Mütze aufsetzte.

Die ›Gobi‹ lag immer noch mitten im Hafen vor Anker, und um an Land zu kommen, mußte man mit der Schaluppe fahren, die unten an der Gangway festgemacht war. Fred flüsterte schnell seinen beiden Begleitern etwas zu, und der eine deutete, wie um ihn zu vergewissern, auf die Stelle, an der ein großer Revolver seine Jacke ausbeulte.

»Gehen wir!«

»Hör zu, Fred«, sagte Mops, immer noch betrunken. »Ich schwöre dir, ich bin krank. Und ich will mich auch nicht in diese Sache einmischen ... Geh ohne mich!«

»Du bist gut! Wie soll ich den Typ erkennen?«

Bald darauf legte das kleine Motorboot am Kai an. Fred grüßte vertraulich den wachhabenden Polizisten, während er Mops vor sich herschob und ihn schließlich in einen Wagen drängte, dessen Chauffeur er gut kannte.

»Zum ›Continental‹, Pedro!«

»Ja, Monsieur Fred.«

Als sie vor dem Hotel hielten, war Mops eingeschlafen. Sein Kopf lag an Freds Schulter, und dieser mußte ihn erst wachrütteln. Der Tanzsaal des Hotels war voller Leute, denn im Hafen lagen zwei große Schiffe, ein schwedisches und ein amerikanisches. Alle Passagiere waren hierhergekommen, um unter dem violetten Schein der Lampen zu tanzen oder in den spärlich beleuchteten Nischen bei einer Flasche und in der Gesellschaft von Animierdamen zu sitzen.

»Ich habe Durst!« jammerte Mops und setzte sich an einen Tisch.

»Du kriegst aber nur Wasser! Kellner! ... Ein Mineralwasser für den Kapitän und für mich ein Halbes!«

Fred kannte alle Leute des Hotels, die Bardame, die Kellner, den Geschäftsführer und die Musiker, und er winkte ihnen zu. Sein Benehmen ließ erkennen, daß er mit dieser Atmosphäre ganz vertraut war, und er sah sich bereits unter den Gästen nach dem Mann um, der zu der Beschreibung, die Mops ihm gegeben hatte, passen konnte.

»Nun, Mops, ist unser Mann hier?«

»Ich suche ... Es ist nicht einfach bei so vielen Leuten ... Ich gehe mich mal umschauen!«

»Du bleibst hier!« befahl Fred, der ihm trotz allem noch mißtraute.

Sie schauten sich suchend unter den Gästen um, aber Mops schüttelte immer wieder den Kopf, zögerte manchmal, und Fred redete auf ihn ein, hielt ihn wach und vereitelte seine Versuche, nach einem Glas auf dem Nachbartisch zu greifen.

»Bist du sicher, daß der dort es nicht ist? Wie sieht er aus?«

Nach einer Stunde begann Fred die Hoffnung zu verlieren. Er glaubte fest, der Kapitän habe ihm in seinem Suff ein Märchen aufgebunden, als Mops sich aufrichtete und auf einen Mann deutete, der gerade eintrat.

»Das ist er! Ich weiß es genau, der Typ auf dem Foto!«

Freds Miene verdüsterte sich. Der Mann, der sich im Hintergrund an einen Tisch gesetzt und zu trinken bestellt hatte, ohne sich um seine Umgebung zu kümmern, war ihm unbekannt.

Und Fred war es ein Greuel, Leute, die aus seiner eigenen Welt, dem *Milieu,* kamen, nicht zu kennen. Er empfand es fast als eine Beleidigung seiner Person, daß es jemanden geben konnte, von dessen Existenz er, Fred, nichts wußte.

Der Mann war jung, ein bißchen zu jung, kaum fünfundzwanzig Jahre alt, und es ließ sich schwer sagen, ob er aus dem *Milieu* kam oder nicht.

»Ein Halbstarker«, vermutete Fred. »Ein Anfänger ...«

»Kann ich jetzt einen Whisky haben?« fragte Mops und rief den Kellner.

»Einen Augenblick! Wir werden an seinem Tisch etwas trinken. Gehen wir zu ihm. Du sagst ihm, ich sei ein Freund, Edna sei an Bord und erwarte uns alle ...«

»Wir nehmen ihn mit auf die ›Gobi‹?«

»Herrgott!« fuhr Fred ihn unfreundlich an.

»Aber wenn es Ärger gibt? Das Schiff gehört mir nicht, und die Gesellschaft ...«

»Tu was ich dir sage!«

»Hör zu, Fred ...«

»Ich höre nicht zu ... Tu was ich dir sage!«

Und sie setzten sich tatsächlich zu dem Unbekannten, der erschrocken aufblickte und die Männer neugierig musterte, als sie sich vorstellten.

Mops bestellte sich gleich einen doppelten Whisky und sagte leise, nachdem er ihn hinuntergespült hatte:

»Ich komme von Edna. Sie befindet sich auf meinem Schiff.«

Fred durchbohrte den Unbekannten, der bei Ednas Name die Stirn gerunzelt hatte, mit einem Blick, als wollte er in sein tiefstes Inneres sehen.

»Sie bittet Sie, an Bord zu kommen, denn sie möchte Ihnen etwas geben.«

Der Mann zuckte nicht mit der Wimper. Mit einer überlegt langsamen Geste steckte er sich eine Zigarette an. Fred selbst hätte sich nicht gelassener geben können. Während er den blauen Dunst ausstieß, deutete er mit dem Kinn auf Fred und murmelte:

»Monsieur wird uns begleiten?«

»Er ist ein Freund ... Auch ein Freund Ednas.«

»So!«

Man wußte immer noch nicht, was er dachte und wozu er sich entschlossen hatte.

»Liegt das Schiff am Kai?«

»Nein. Auf Reede.«

»So daß ich also, einmal an Bord, Ihrer und der Gnade dieses Herrn ausgeliefert bin?«

Seine Worte kamen bedächtig, in gleichmäßigem Tonfall. Keine Regung war in seinem Gesicht zu lesen. Ruhig hielt er die Zigarette in seiner schönen Hand, die ein großer Siegelring zierte.

»Was beweist mir, daß Edna an Bord ist?«

»Sie haben mein Wort.« Es waren Freds erste Worte in dieser Unterhaltung.

»Nun, natürlich, das ist schon etwas.«

War es Ironie? Oder Einfalt? – Er rief den Kellner, zahlte die Getränke und bestellte noch ein Päckchen sehr teurer Zigaretten. Bei all dem ließ er sich Zeit und zeigte eine nachdenkliche Miene.

»Nun, Messieurs ... da Edna es so will ... Wie geht es dem guten Kind?«

»Sehr gut.«

»Ich nehme an, daß bereits das ganze Schiff ihrem Charme erlegen ist?«

Fred wandte sich ab, damit die anderen sein Lächeln nicht sehen konnten.

3

Es war ziemlich eindrucksvoll. Dieser Teil des Hafens lag völlig verlassen, man hörte keinen Laut. Man sah nur die beleuchteten Decks und Bullaugen der großen Schiffe, die in einiger Entfernung lagen und auf denen schattenhafte Gestalten umhergingen.

An Bord der ›Gobi‹ hingegen herrschte völlige Dunkelheit, nur die vorgeschriebenen Positionslichter brannten.

Der Unbekannte saß rauchend im hinteren Teil des Motorbootes und blickte vor sich hin. Es war merkwürdig, daß ausgerechnet Fred nervös wurde.

Er hatte das Heft in der Hand, gewiß! Er war der Herr der Lage! Und doch, die Geschichte nahm eine Wendung, die ihm nicht ganz behagte.

Er war seiner Sache erst wieder ganz sicher, als er die Gangway hochging und seine beiden Begleiter auf ihren Posten sah.

»Nichts Neues«, antwortete Tatave auf den fragenden Blick seines Chefs. »Ich glaube, sie schlafen alle ...«

»Ich sage Edna Bescheid«, sagte Mops rasch. »Würden Sie bitte in der Offiziersmesse warten?«

»Sekunde! Ich gehe selbst zu ihr. Führen Sie den Herrn in die Offiziersmesse, wir treffen uns dann dort.«

Ohne anzuklopfen betrat Fred die unverschlossene Kabine der Norwegerin. Es war dunkel in dem Raum, und sie schien zu schlafen.

»Entschuldige, daß ich dich störe«, sagte Fred und

knipste das Licht an. »Es ist jemand da für dich. Hier, zieh diesen Morgenrock über. Es ist nicht unbedingt nötig, daß du nackt herumläufst.«

»Jemand für mich?«

»Besuch, ja, wundert dich das?«

Sein Benehmen ihr gegenüber war verändert. Er musterte sie streng, mißtraute ihr offensichtlich.

»Beeil dich! Ich habe Besseres zu tun, als mir dein betroffenes Gesicht anzusehen!«

»Wer könnte mich besuchen wollen? Ich kenne niemand in Panama.«

»Das werden wir gleich sehen. Gehen wir!«

Als er hinter ihr den Gang hinunterging, blieb er kurz bei Tatave stehen und raunte ihm zu:

»Nimm die Gelegenheit wahr und durchsuche noch einmal ihre Kabine – von oben bis unten!«

Die Atmosphäre in der Offiziersmesse war verwirrend. Mops hatte bereits Whisky und Gläser bringen lassen und prostete dem Unbekannten zu, der es sich in einem im Boden verankerten Sessel bequem gemacht hatte. Als Edna eintrat, stand er auf und verbeugte sich vor ihr. Mit seiner festen Stimme, die Fred allmählich beunruhigte, sagte er:

»Guten Tag, Edna. Es scheint, Sie haben mich rufen lassen?«

Man hätte in diesem Augenblick schwören mögen, daß die junge Frau ihn nicht kannte und nicht begriff, was dieser Besuch sollte. Instinktiv suchte sie den Blick Freds, wie um ihn zu fragen, was das ganze bedeuten sollte.

»Diese Herren hier haben mich an Bord gebracht,

wobei sie mir ihr Wort gaben, daß ich hier völlig in Sicherheit sei ...«

Ein vages Lächeln, mit dem man sich in gewissen Situationen aus der Verlegenheit ziehen kann, trat auf ihre Lippen.

»Setzen Sie sich und trinken Sie einen Schluck mit uns!«

Fred ging zur Tür, vor der Henri, sein zweiter Leibwächter, stand und befahl ihm:

»Du rührst dich nicht von der Stelle ... Auch wenn du irgendwelche seltsamen Geräusche hören solltest ...«

Er überprüfte schnell noch seinen Revolver und ging dann in den Raum zurück, wo er die Tür abschloß und den Schlüssel dann ostentativ in seine Tasche gleiten ließ.

»So!« meinte er und schaute einen nach dem anderen an.

»Was tun Sie da?« fragte Edna erstaunt.

»Ich will nur, daß wir uns ungestört unterhalten können ... Denn wir sollten uns unterhalten, nicht wahr, junger Mann? Ihnen also sollte unsere charmante Freundin das Päckchen übergeben!«

Er bekam keine Antwort. Und entgegen all seiner Erwartungen hatte Fred den Eindruck, im Gesicht des Unbekannten – wenn sich darin überhaupt eine Regung ablesen ließ – einen leisen Schimmer von Ironie zu entdecken.

»Edna, Sie werden nachher so nett sein und mir dieses Päckchen, das Sie versteckt haben, herholen. Oder besser noch, wir gehen es gemeinsam holen.«

»Ich weiß nicht, wovon Sie sprechen.«

»Von den dreißig- oder vierzigtausend Dollar, die Bacula bei sich hatte, als er starb. Ich gebe zu, daß das Theater gar nicht so schlecht gespielt war. Es war ein Glück für Sie, Morton bei sich zu haben, der ein schöner Dummkopf ist... So konnten Sie tatsächlich in die Rolle einer kleinen Dirne schlüpfen, die endlich den großen Fang gemacht hatte. Und ich bezweifle, ob ich schließlich nicht doch eher Mops oder diesen halbverrückten Géniat verdächtigt hätte.«

»Geben Sie mir bitte eine Zigarette«, bat sie den Unbekannten. Sie zündete sie gemächlich an, blies den Rauch an die Decke und seufzte:

»Ich begreife immer noch nichts. Wie spät ist es, Kapitän?«

»Zehn Minuten nach zwei.«

»Ich frage mich, warum man mich aus dem Bett geholt hat. Ich träumte gerade so schön. Das Schiff war in Tahiti gelandet, ich weiß nicht, warum. Wahrscheinlich weil alle, die von Tahiti erzählen, behaupten, es sei der schönste Platz auf Erden...«

Fred überlegte: Welches Spiel treibt sie? Und welches ihr Partner? Warum bleiben sie so ruhig und sehen aus, als ob sie sich über mich lustig machten?

»Schluß jetzt mit diesem Unfug!« rief er laut. »Ihr braucht mir nicht die ganze Nacht lang zu beweisen, was für Schlauköpfe ihr seid! ... Edna, wo ist das Päckchen?«

»Welches Päckchen?«

Er zog seinen Revolver heraus, spielte mit ihm herum.

»Ihr scheint zu vergessen, Kinderchen, daß ich im Augenblick der absolute Herr über das Schiff bin. Die Mannschaft schläft. Meine zwei Männer bewachen die Offiziersmesse. Ihr müßt euch jetzt entschließen, den Mund aufzumachen, andernfalls ...«

Er ließ drohend seinen Revolver im Raum kreisen.

»Zuerst einmal, wer sind Sie?« wandte Fred sich kühl an den Unbekannten.

»Man nennt mich Parpin, wenn es das ist, was Sie wissen wollen. Ich bin erst kurze Zeit in Mittelamerika, aber ich habe hier gute Freunde ...«

»Wen?«

»Bacula zum Beispiel.«

»Sie sind ein Freund Baculas?«

»Wir waren in Kalifornien ein paar Jahre zusammen ... Ich war damals noch sehr jung, und er stand mir zur Seite ...«

»Edna kennen Sie auch?«

»Keineswegs. Offengestanden sehe ich sie heute zum erstenmal, doch ich hoffe, nicht zum letztenmal.«

»Warum waren Sie mit ihr im ›Continental‹ verabredet?«

»Sie glauben, daß ich es war?«

»Wollen Sie mir wohl antworten, zum Donnerwetter! Oder ist es Ihnen lieber, daß ich einen meiner Männer hereinhole, damit er Sie zum Reden bringt?«

»Wahrhaftig, die Idee ist gar nicht so schlecht! Die müssen ja Durst haben, da draußen. Je mehr wir sind, desto lustiger wird der Abend werden ...«

Er hatte noch nicht zu Ende gesprochen, als Fred

plötzlich erstarrte, die Ohren spitzte und sich zum Kapitän umdrehte, der ihn breit angrinste.

»Was ist los? Ist der Anker gelichtet worden? Ist das Schiff in Fahrt?«

Ein Tritt ins Schienbein, den ihm der Unbekannte verabreichte, genügte, um Fred ein paar Sekunden lang schwanken zu lassen, Zeit genug, ihm den Revolver abzunehmen, den nun Parpin auf ihn richtete.

Auch der Kapitän hatte sich plötzlich erhoben, und er war keine Spur mehr betrunken.

»Jetzt sind Sie an der Reihe, Parpin. Ich muß mich um mein Schiff kümmern.«

Er trat zu Fred, der von Parpin mit der Pistole in Schach gehalten wurde, und zog ihm den Schlüssel aus der Tasche.

»Macht aber nicht zu viel Lärm«, empfahl der Kapitän noch im Hinausgehen.

4

»Sie dürfen sich setzen, Fred«, sagte Parpin, der nichts von seiner Ruhe eingebüßt hatte, liebenswürdig. »Da sich unsere kleine Unterhaltung doch ziemlich hinausziehen wird ...«

»Wo sind meine Männer?«

»Im Augenblick sind sie im Laderaum. Ich glaube, es ist besser für Sie, wenn sie unserer Unterhaltung nicht beiwohnen. Sollten Sie anderer Meinung sein ...«

»Nein!« stieß Fred wütend hervor.

»Sehr schön. Wollen Sie immer noch wissen, wer Bacula getötet hat?«

»Nein!«

»So so! Es interessiert Sie nicht mehr? Ich dachte doch, Sie wären nur hier an Bord, um Ihren besten Freund zu rächen?«

»Woher kommen Sie?«

»Das habe ich Ihnen schon gesagt: aus Kalifornien. Ich habe mich dort mit verschiedenen Dingen befaßt. Es ist ein schönes Land. Vor allem habe ich dort die Interessen Baculas vertreten.«

»Komisch, daß er mir nie von Ihnen erzählt hat.«

»Mein Gott! Meinen Sie, er hätte Sie über alle seine Geschäfte unterrichtet? Früher vielleicht einmal! Ich glaube schon, daß es eine Zeit gab, da er Ihnen völlig vertraute. Doch dann hat er gemerkt, wie furchtbar ehrgeizig Sie sind, und daß Sie nichts dagegen gehabt hätten, eines Tages selbst der große Boß und nicht mehr nur einer seiner Vertreter zu sein ...«

Fred zuckte die Schultern, lauschte dem Stampfen der Schiffsmotoren und dem Hupen der Sirene, die das Verlassen der Fahrtrinne ankündigte.

»Wie kommt es, daß ich nichts gehört habe, als man den Anker einholte?« fragte er bekümmert.

»Weil er schon oben war, als wir an Bord kamen. Dank der Dunkelheit haben Sie es nicht bemerkt. Und als wir hier in der Offiziersmesse beisammen saßen, haben wir Sie ein paar Minuten lang beschäftigt, so lange, bis wir Fahrt hatten ... Sie sehen, Sie waren nicht Manns genug, sich mit Bacula zu messen!«

»Ich hatte nie vor, mich mit Bacula zu messen ...«

»Nicht mit ihm persönlich, das ist richtig! Sie haben viel zu viel Angst um Ihre eigene Haut und um Ihren hübschen Schnabel! Nichtsdestoweniger hatten Sie ein unbändiges Verlangen nach diesen vierzigtausend Dollars! Denn es gibt sie tatsächlich... Edna, wo sind sie?«

»In Mortons Medikamentenkoffer. Er weiß nichts davon.«

»Sehr schön. Holen Sie das Geld, damit unser Freund Fred nicht denken muß, wir blufften nur...«

Sie ging hinaus, und Fred fragte:

»Was haben Sie mit mir vor?«

»Ich weiß es noch nicht genau. Alles in allem überlege ich, ob ich nicht Ihre beiden Männer heraufkommen lasse, die so jederzeit bezeugen könnten, daß ich regulär gehandelt habe...«

Edna kam mit einem kleinen Beutel aus Wachstuch zurück. Während sie ihn ihrem Partner aushändigte, bat er sie:

»Bestellen Sie dem Kapitän, er möge die beiden Männer heraufbringen.«

Der Wachstuchbeutel lag geöffnet auf dem Tisch, und Bündel mit Hundertdollarnoten lugten hervor. Mops blieb ostentativ auf der Kommandobrücke; er wollte sich aus dieser Geschichte heraushalten.

Henri und Tatave hatte man auf einer Bank abgesetzt. Sie waren mit so vielen Stricken gefesselt, daß sie kaum aufrecht sitzen konnten.

An sie wandte sich jetzt der Unbekannte, dessen Tonfall sich seit dem ›Continental‹ um keinen Deut verändert hatte.

»Ihr beide werdet mir doch wohl antworten. Was hat Fred euch über diese Sache erzählt?«

Tatave schaute ihn von unten her an, blickte dann zu Fred und sagte schließlich mit einem Seufzer:

»Die Wahrheit ... Daß Bacula getötet wurde. Daß der Mörder wahrscheinlich an Bord sei und einige tausend Dollar bei sich habe.«

»Er hat nicht gesagt, von wem Bacula getötet wurde?«

»Nein. Wir haben gesucht ... haben Nachforschungen angestellt.«

»Nun, dann werde ich jetzt diese Untersuchung abschließen. Es ist ganz schnell gesagt: Bacula ist tatsächlich ermordet worden, nämlich an dem Tag, als er Buenaventura mit dem Flugzeug verlassen wollte. Aber er ist nicht an Bord dieses Schiffes ermordet worden, sondern an Land. Ein feiger Mord, begangen im Hinterzimmer einer Bar ...«

Fred kaute wütend auf den Lippen, während die beiden anderen verdutzt zuhörten.

»Bacula wurde von einem Neger ermordet, einem gewissen Will, der in Freds Sold steht. Seine Anweisung lautete, den Mord erst im allerletzten Augenblick auszuführen, um so ganz sicher zu gehen, daß Bacula das Geld bei sich hat ...«

»Eine hübsche Geschichte«, spottete Fred. »Nur, die Wahrheit sieht ein bißchen anders aus. Tatsächlich habe ich von Will einen Brief bekommen, in dem er mir schrieb, daß Bacula auf dem Schiff ermordet wurde und daß das Geld ...«

»Sekunde, Fred! Darüber unterhalten wir uns später. Kennen Sie Baculas Schrift? Hier haben Sie eine Probe. Dieser Brief an mich ist mit demselben Flugzeug gekommen wie der Brief von Will.«

In dem Brief stand:

Mein lieber Parpin,
ein paar Worte in Eile. Wahrscheinlich werde ich zur selben Zeit wie dieser Brief eintreffen, der dann nicht mehr von Bedeutung wäre. Nichtsdestoweniger schreibe ich ihn, denn ich habe düstere Ahnungen ... Schon seit langer Zeit mißtraue ich Fred, der gern meinen Platz übernehmen würde. Ich weiß nicht warum, aber seit ich hier bin, fühle ich mich verfolgt, ohne daß ich genau sagen könnte, wo der Feind steckt.

Aus diesem Grund werde ich die vierzigtausend Dollar nicht selbst mitnehmen. Ich habe das Päckchen einer Frau anvertraut, ohne ihr zu sagen, was es enthält. Ich werde sie bei ihrer Ankunft in Panama erwarten. Sollte ich nicht da sein, bedeutet das, daß meine Ahnungen berechtigt waren. Du verstehst?

In diesem Fall mußt du als erstes diese Frau treffen. Ich habe ihr ein Foto von dir gegeben, und sie wird dich im ›Continental‹ aufsuchen. Du wirst sie auch gleich erkennen: Eine recht hübsche Blondine, wie man sie nur selten in diesen Ländern hier trifft. Übrigens, ich glaube, sie ist ganz verrückt nach mir ...

Edna mußte über die Überheblichkeit des armen Bacula lächeln, der so einfältig war, ihre Leidenschaftlichkeit für bare Münze zu nehmen.

Was Fred betrifft ... sollte die Geschichte schlecht für mich ausgehen, so möchte ich, daß er die Strafe be-

kommt, die er verdient. Ich verlasse mich in dieser Hinsicht auf dich ...

Es war komisch, die Reaktion von Freds Männern zu beobachten. Überrascht schauten sie ihren Chef an, und eine Mischung aus Furcht und Empörung lag in ihrem Blick.

»Nun, Fred?« fragte Parpin.

»Wetten, daß es Ihnen nie gelingen wird, zu beweisen, daß ich Bacula getötet habe, denn schließlich war ich ja mehrere tausend Kilometer von ihm entfernt!«

»Man kann auch durch einen Mittelsmann töten lassen, und Will ...«

»Sein Brief beweist das Gegenteil.«

»Er beweist, daß Will, nachdem er das Verbrechen begangen hatte, das Geld nicht finden konnte. Er hat angenommen, daß Bacula es auf die ›Gobi‹ gebracht hatte. Und so teilte er Ihnen per Luftpost mit, erstens, daß er seinen Auftrag erledigt habe, und zweitens, daß sich das Geld auf dem Schiff befände. Den Mord an Bacula, den er ja schlecht wörtlich erwähnen konnte, hat er geschickt umschrieben.«

»Ich bin gespannt, was die Polizei zu diesen Fantastereien sagen wird!«

»Sie wird überhaupt nichts dazu sagen.«

»Ach?«

Und dieses kleine ›ach!‹ verriet Freds ganze Angst. Instinktiv blickte er zu Edna, schien sich an sie klammern zu wollen.

»Sie wollen doch nicht sagen, daß ...«

Und Parpin meinte gelassen:

»Es ist Zeit, daß Sie sich wieder hinlegen, Edna. Es bringt Ihnen nichts, die ganze Nacht aufzubleiben.«

Sie erhob sich, wandte ihr blasses Gesicht Fred zu und schaute ihn an, als wollte sie etwas sagen. Fred war drauf und dran, sich ihr zu Füßen zu werfen, vor allem, als er den feuchten Schimmer in ihren Augen entdeckte.

Aber dann stieß sie nur einen tiefen Seufzer aus und verließ den Raum mit einem schicksalergebenen Schulterzucken. Bald waren ihre Schritte auf den Eisenplanken des Decks verklungen.

»So, Fred! Sie haben verloren. Es ist aus.«

»Was werden Sie mit mir machen?«

»Das, was Sie mit Bacula gemacht haben. Nur – ich heiße nicht Fred, und ich brauche für bestimmte Dinge keinen Mittelsmann. Schießt Ihr Revolver einigermaßen genau?«

»Ich flehe Sie an ...«

»Nein, Fred! Es ist genug! Versuchen Sie, bei Ihren Männern so in Erinnerung zu bleiben, daß sie Sie nicht verachten müssen.«

Mops befand sich oben auf der Brücke, wo er einen Whisky nach dem anderen trank. Er starrte hinaus aufs Meer, das sich in unendlicher Weite vor der ›Gobi‹ ausbreitete. Aus einer dunklen Ecke drang ein leises Schluchzen.

»Geben Sie mir auch etwas zu trinken ...«

Er füllte ein Glas, und Edna leerte es in einem Zug. Sie mußte sich schütteln, dann schluchzte sie wieder:

»Es ist schrecklich. Ich bin so froh, wenn alles vorbei ist ...«

Und Mops erst! Ohne es sich selbst einzugestehen, warteten beide auf einen Knall, auf den unheilvollen Knall eines Revolvers in einem geschlossenen Raum.

Doch der Schuß war kaum zu hören. Es war nur ein leises Knacken, das sie von den anderen Geräuschen auf dem Schiff gerade noch unterscheiden konnten.

»War es das, Kapitän?«

Er gab keine Antwort.

»Glauben Sie, es war richtig, zu ... Hören Sie ...«

Nein! Es gab nichts mehr zu hören. Da war nur ein Plumps im Wasser, dann eine Tür, die auf- und wieder zugeschlagen wurde.

Parpin, ein bißchen blaß, aber immer noch Herr seiner selbst, war in die Offiziersmesse zurückgekehrt und musterte nun die beiden Gefesselten. Eine Zeitlang stand er reglos da und überlegte. Schließlich hatte er seinen Entschluß gefaßt. Er ging zu Tatave und Henri und schnitt bei beiden die Fesseln durch.

»So! Wäret ihr seine Komplizen gewesen, dann hättet ihr sein Schicksal geteilt. Aber ich bin überzeugt, daß Fred euch nichts gesagt hat. Er wußte genau, daß ihr nicht gegen Bacula gearbeitet hättet.«

Die beiden Männer wußten nichts zu sagen.

»Man wird euch in Buenaventura an Land setzen. Ihr könnt dann machen, was ihr wollt. Ihr könnt, wenn es euch Spaß macht, zur Polizei gehen und erzählen, was ihr erlebt habt ...«

»Sie wissen genau, daß wir das nicht tun werden!«

Parpin zuckte die Schultern, steckte sich eine letzte Zigarette an und begab sich zur Brücke, ohne sich weiter um die beiden zu kümmern.

Vier Tage später fand man in Buenaventura einen Neger erhängt in dem Hinterzimmer seiner Bar.

Es war Will. In dieser Haltung war er wirklich nicht schön.

Einige behaupten, er habe sich den Strick nicht eigenhändig um den Hals gelegt.

Andere erinnern sich, daß er seit ein paar Tagen in Angst und Schrecken lebte.

In Panama fragte man sich, was aus Fred geworden sei. Aber seine treuesten Kumpane, Henri und Tatave, beteuerten, nichts über seinen Verbleib zu wissen, und man kümmerte sich bald wieder um andere Dinge.

Ein Verbrechen in Gabun

1

Die Angst alleine ist schon eines der gräßlichsten Dinge, die es gibt. Doch es ist noch gräßlicher, die Angst eines dicken, fetten Mannes zu erleben, dessen Haut, die sich über krankhafte Speckwülste spannt, die wie Pudding an ihm beben und zittern, sich unter dem Schock der Angst immer mehr ins Gelbe verfärbt, während eine Hitze von fünfzig Grad im Schatten dickflüssigen Schweiß aus allen Poren seiner Haut treibt.

Doch genau dies war an jenem Tag der Fall bei Monsieur Stil, der sich so schwerfällig in einen Korbsessel hatte fallen lassen, daß dieser sich krächzend verbog und jetzt auseinanderzubrechen drohte.

Aber es ist besser, die Geschichte von Anfang an zu erzählen. An jenem Morgen war es in Libreville, dem größten Hafen Gabuns, besonders heiß. Die Trockenzeit näherte sich ihrem Ende, und seit Wochen wartete man auf das Gewitter, das in der Luft hing, aber einfach nicht losbrechen wollte.

Monsieur Bédavent, der Polizeikommissar, lag wie gewöhnlich in seiner Hängematte, und die geschlossenen Bambusjalousien ließen das Sonnenlicht nur in ganz feinen, waagrechten Lichtstreifen zu ihm dringen.

Vor dem aufgeräumten Schreibtisch des Kommissars saß ein großer Neger mit feinen arabischen Gesichtszügen und runden Gazellenaugen, der sich ganz wie ein Musterbeamter der Durchsicht von Papieren hingab.

Selber schuld, wer hier nicht zufrieden war! Monsieur Bédavent war ein für allemal zu dem Schluß gekommen, daß ein wohlgenährter Mann, der an die schattigen Café-Terrassen Avignons gewöhnt ist, nicht dafür geschaffen sei, sich in einem Land abzuhetzen, in dem man schon bei der geringsten Bewegung sein Hemd durchschwitzte.

Er war auch der Auffassung, daß ein Gehirn nicht in der Lage sei, stundenlang auf Volltouren zu arbeiten, und so verbrachte er den größten Teil seines Tages – die Pfeife zwischen den Zähnen und Erfrischungen in Reichweite – mit der Lektüre von Abenteuerromanen, angefangen bei Alexandre Dumas bis hin zu Paul Féval und Zevaco.

Draußen, vor den Bambusjalousien, herrschte eine Hitze wie in einem Backofen, der sich selbst die Eingeborenen nicht aussetzten, wenn es nicht unbedingt nötig war.

Irgendwann, die Stille war bis dahin nur vom Papierrascheln und dem monotonen Kratzen der Feder des eingeborenen Sekretärs unterbrochen, brach dann der Lärm los, wurde lauter und näherte sich gleich einem Gewitter. Monsieur Bédavent hob den Kopf, der Neger ebenfalls. Beide wußten, was los war.

»Führe ihn herein, Hi!«

Hi war nicht der wirkliche Name des Negers. Ein Missionar hatte ihn auf den Namen Hilarion getauft, aber Bédavent fand es lustiger, ihn einfach »Hi« zu rufen, wobei er das *h* besonders stark betonte.

Hi hatte also Monsieur Stil, eine gewaltige Masse von Fleisch und Fett, die ein weißer Leinenanzug nur mangelhaft zusammenhielt, hereingeführt. Monsieur Stils Augen waren vor Schreck geweitet, und er schnappte vergebens nach Luft.

»Stell den Motor seines Wagens ab, Hi!« sagte Monsieur Bédavent leise, denn Monsieur Stil, der das älteste und lauteste Auto in Libreville fuhr, hatte in seiner Aufregung vergessen, die Zündung auszuschalten.

Dann wandte sich der Kommissar seinem Besucher zu.

»Ein kleiner Whisky, Monsieur Stil? ... Ach ja, Sie trinken ja keinen Alkohol ... Nun? ... War *er* es wieder? ... Jedenfalls kann ich feststellen, daß Sie dem Tod entronnen sind ...«

»Seien Sie gerecht, Kommissar! Ich glaube nicht, daß sich das Wunder noch einmal wiederholt ... Ich habe den Gegenstand in meinem Wagen ... Sie werden sehen ...«

»Welchen Gegenstand?«

»Eine Bratpfanne ... Lachen Sie nicht! ... Es ist weit weniger komisch, als Sie glauben!«

Wenn auch beide dick waren, so waren sie in ihrer Art doch sehr verschieden. Während der Kommissar mehr an eine Bulldogge erinnerte, dachte man bei Monsieur Stil eher an einen Dickhäuter.

Er wischte sich den Schweiß vom Gesicht, rutschte nervös in dem schon fast besiegten Sessel umher und warf angstvolle Blicke um sich, obwohl er sich doch im Allerheiligsten der Polizei und damit in Sicherheit befand.

»Es war gerade vor ein paar Minuten ... Der Markt ging zu Ende, und wie immer waren ein paar Eingeborene im Laden ... Ich ging meinen Angestellten zur Hand ... Eine alte Negerin verlangte eine Bratpfanne, und ich mußte ins Lager gehen, das, wie Sie wissen, auf den Hof hinaus liegt ... Ich verließ gerade den Lagerraum mit der Bratpfanne in der Hand, als ein Schuß losging und die Kugel auf der Pfanne plattschlug ... Bitte ... lachen Sie nicht«

»Sie hielten die Pfanne also in der Höhe Ihres Herzens?«

»Ich hielt sie so, schauen Sie ... Es ist ein Zufall ...«

»Haben Sie dieses Mal wenigstens den Schützen gesehen? Sie sind doch sicher gleich in die Richtung gerannt, aus der der Schuß kam!«

»Als ich meine Sinne wieder richtig zusammen hatte, war es zu spät ... Außerdem hätte der Mann noch einmal schießen können.«

»Das ist bedauerlich, Monsieur Stil.«

»Daß er mich verfehlt hat?«

»Daß Sie ihn nicht gesehen haben. Wenn Sie sich direkt auf ihn gestürzt hätten ... Woher kam Ihrer Meinung nach der Schuß?«

»Sie wissen, daß sich hinten im Hof eine Art Autofriedhof, wie meine Frau und ich es nennen, befindet. Eine Anhäufung von Schrott und altem Eisen, die einen sicheren Schutz bietet ...«

Ohne einen entsprechenden Befehl erhalten zu haben, brachte Hi die Bratpfanne herein, auf der ganz deutlich die Aufschlagstelle der Kugel zu sehen war. Der Kommissar bedeutete Hi, die Pfanne auf den Schreibtisch zu legen.

Dann nahm er einen Schluck Bier – man behauptete allgemein, daß Bédavent seine zehn Flaschen am Tag trank –, schaute Monsieur Stil an und fragte mit so träger Stimme, daß man kaum die einzelnen Silben unterscheiden konnte:

»Haben Sie die Kugel?«

»Hier. Sie ist fast vor meinen Füßen auf den Boden gefallen ...«

Mit einem Blick forderte der Kommissar Hi auf, ihm die Kugel zu bringen, und nach einer kurzen Überprüfung gab er sie dem Neger zurück, wobei er murmelte:

»Dasselbe Kaliber, sollte man meinen!«

»Es ist ganz sicher dasselbe!« stieß Monsieur Stil hervor. »Sie wollen mich doch nicht glauben machen, daß mir mehrere Personen nach dem Leben trachten und daß diese drei Attentate das Werk verschiedener Mörder sind? ... Ich bin so schnell zu Ihnen gekommen, wie ich konnte, dabei habe ich sogar einen Hund überfahren ... Ich wage nicht mehr aus dem Haus zu gehen. Der Gedanke, daß irgendwo hinter einem Gebüsch, einem Baum, einer Mauer, im Schatten einer Haustür, ein Mann lauert ...«

»Das ist unangenehm, in der Tat!« seufzte der Kommissar und schenkte sich nach. »Wir müssen diesem Zustand ein Ende setzen, Monsieur Stil.«

Seine Stimme hatte einen so sanften, wohl gar fast

ironischen Klang, daß man meinen konnte, er spräche über ein Skatturnier oder über irgendwelche Jugendstreiche.

»Ich verstehe also richtig: Sie haben immer noch keinen Verdacht?«

Monsieur Stil schlug schnell die Augen nieder, wie um ein kurzes Aufblitzen in ihnen zu verbergen, und antwortete leicht verlegen:

»Nein.«

»Das heißt, Sie wollen mir die verdächtige Person nicht nennen ... Ich verstehe Sie, Monsieur Stil, und Ihre Skrupel ehren Sie. Selbstverständlich ist es eine delikate Sache, ohne Beweis einen Verdacht gegen einen Menschen zu richten, der vielleicht so unschuldig ist wie ein neugeborenes Kind ...«

»Von wem sprechen Sie?«

»Von der Person, an die Sie denken ... Oder von jemand anderem ... Sie gelten als ein reicher Mann, Monsieur Stil ...«

»Die Leute übertreiben! Die Geschäfte laufen nicht von alleine, und wenn ich nicht von morgens bis abends wie ein Ochse schuften würde, würde das Geld vorne und hinten nicht reichen ... Wenn die Leute doch nur etwas anständiger wären und ihre Schulden bei mir bezahlten!«

Monsieur Bédavent schaute ernst drein. Er kannte die Moralpredigten dieses guten Mannes, der ohne einen Sou nach Gabun gekommen war und mittlerweile das bestgehende Geschäft in Libreville besaß.

Monsieur Stil war zu einer fast offiziellen Persönlichkeit geworden, zu einer Institution, auf die man zählen konnte. Seine Kunden waren ja nicht nur die Eingeborenen, die ihre Baumwollstoffe und Küchengeräte bei ihm kauften, sondern auch die Weißen, denen er Autos lieferte, Motorboote, um die Flüsse hinaufzufahren, und alles, was in der Kolonie gegessen und getrunken wurde, den Champagner und Lebensmittelkonserven.

Monsieur Stil war aber nicht nur das. Er war auch eine Art Privatbank, denn es kam schon mal vor, daß er hohe Summen auf Mahagoni- und Okoumestämme, die den Wald noch nicht verlassen hatten, oder auf kommende Palmölernten verlieh.

»Wenn ich das Geld des fetten Stil hätte ...« hörte man oft in der Stadt sagen.

Doch der fette Stil arbeitete – wie er ja soeben gesagt hatte – von morgens bis abends in seinem Laden, genauso hart wie seine Angestellten, wog eigenhändig ein Pfund schwarze Seife ab, vermaß einen Meter fünfzig von dem Tüll, aus dem man die Moskitonetze machte.

Nun, vor drei Wochen – Monsieur Stil saß am Steuer seines alten Wagens und fuhr durch den Waldabschnitt, der die Stadt von der Flußmündung trennt – wurde ein Schuß auf ihn abgefeuert, man weiß nicht, woher er kam, und die Kugel hatte die Windschutzscheibe von Monsieur Stils Auto durchschlagen und hatte seine Schulter gestreift.

Ungefähr zehn Tage später, er war zu Fuß in der Stadt, d. h. er befand sich auf einer Straße, an der ein paar Eingeborenenhütten standen, ging wieder irgendwo auf einem leeren Gelände ein Schuß los, aber Monsieur Stil konnte den Schützen nicht entdecken.

Dieses Mal hatte die Kugel Monsieur Stils Tropenhelm durchbohrt und sich dann auf komische Weise in dem Schweißband verfangen.

Und nun das dritte Attentat, das Monsieur Stil, von oben bis unten *eine* einzige fette, zitternde Masse, in das Büro des Polizeikommissars stürzen ließ, den das gar nicht zu berühren schien!

An der Decke drehten sich zwei große Ventilatoren, deren Brummen man nach einiger Zeit gar nicht mehr wahrnahm. Automatisch wischte man sich in mehr oder weniger kurzen Zeitabständen den Schweiß vom Gesicht, und ebenso automatisch befeuchtete sich Monsieur Bédavent die Kehle, indem er einen ordentlichen Schluck Starkbier zu sich nahm.

Wenn er so im offenen Hemd in seiner Hängematte lag, erschien er eher wie ein hoher Funktionär als der ziemlich kleine Staatsbeamte, der er war, und Monsieur Stil konnte es sich nicht versagen, ihm deshalb einen vorwurfsvollen Blick zuzuwerfen.

»Schauen Sie, Monsieur Stil, ich habe seit dem ersten Attentat sehr viel nachgedacht... Ja, ich habe versucht, eine Liste der Personen aufzustellen, die imstande wären, Sie so zu hassen...«

»Warum sollte man mich hassen?« protestierte der dicke Mann.

»Wir sind ja unter uns, nicht wahr, Monsieur Stil. Sie werden zugeben, daß die Waren in Ihrem Laden fast doppelt so viel kosten, wie sie eigentlich wert sind...«

»Pardon! Sie vergessen den Kredit, den ich immer wieder geben muß, und die ganz beträchtlichen Summen, die man mir einfach nicht zurückzahlt...«

»Genau das ist es! Sie haben die Leute an den Kredit gewöhnt. Sobald sie bei Ihnen anschreiben lassen können, kaufen sie, ohne nachzurechnen, und eines schönen Tages stehen sie bei Ihnen so sehr in der Kreide, daß Sie sie in der Hand haben und sie von nun an nur noch für Sie arbeiten ...«

»Es gefällt mir nicht, wie Sie die Dinge darstellen ...«

»Ich tue es, um zu folgendem Schluß zu kommen: All jene, die Ihnen Geld schulden, Holzfäller, Kaufleute, Beamte oder Eingeborene, wären froh, wenn Sie aus dem Leben scheiden würden.«

»Wie schändlich!«

»Ich weiß nicht, ob das schändlich ist, aber so ist es. Es gibt sogar einige, vor allem unter den Holzfällern, die behaupten, Sie hätten sie ruiniert, indem Sie sie Schriftstücke unterschreiben ließen, deren Inhalt sie nicht immer verstanden. Das ist der Fall bei Louis Gourçat, man nennt ihn den Grand Louis, der nur noch ein Wrack ist, betrunken von morgens bis abends. Er braucht nur ein bißchen aufgeregt zu sein, und schon schwört er, Sie umzubringen ...«

»Er redet viel!« seufzte Monsieur Stil und blickte nieder. »Es sind nicht jene Schwätzer, die mir angst machen ...«

»In diesem Fall ... Wollen Sie wirklich nichts trinken? ... In diesem Fall, meine ich, bleibt uns noch eine andere Sorte von Kolonisten ... Sie haben eine sehr hübsche Frau, Monsieur Stil ... Ich bitte zu entschuldigen, daß ich Sie auf Ihr Privatleben anspreche, aber es ist doch so? Wenn man wie wir dazu verdammt ist, zusammen in diesem Heizkessel, denn das ist Libreville, zu leben, da beobachtet doch jeder jeden ganz genau, und die Frauen spielen dabei natürlich eine große Rolle ... Es gibt nicht viele weiße Frauen hier ... Und hübsche weiße Frauen gibt es nur zwei oder drei ... Und Madame Stil ist die hübscheste von allen ... Als Sie sie von Ihrer letzten Europareise mitbrachten, hat es eine kleine Revolution gegeben ...«

»Habe ich nicht das Recht, eine hübsche Frau zu besitzen?«

»Doch, das haben Sie. Wie alt sind Sie, Monsieur Stil?«

»Bald dreiundfünfzig ...«

»Madame Stil ist fünfundzwanzig, nicht wahr? Und man sieht es ihr nicht an. Aber als Polizeikommissar weiß ich natürlich ihr genaues Alter. Denken Sie darüber nach, Monsieur Stil ...«

»Was wollen Sie damit sagen?«

»Daß die Leute sich darüber ihre Gedanken machen und daß darüber geredet wird ... Schauen Sie mich nicht so an. Wir beide versuchen jetzt in aller Ruhe herauszufinden, wer auf die Idee gekommen sein könnte, dreimal auf Sie zu schießen ... *A priori* können wir die Eingeborenen gleich ausschließen, denn zum einen haben die meist keinen Revolver und zum anderen könnten sie auch gar nicht so gut damit umgehen ... Ihr Mordbube ist ein erfahrener Schütze, bedenken Sie das, und ohne den Zufall, der jedesmal mitspielte ...«

»Wollen Sie mir noch mehr angst machen?«

Er sah wirklich häßlich aus, als die Panik ihn wieder

erfaßte, und der Kommissar, der seine Pfeife ansteckte, vermied es, ihn anzusehen. Mit matter Stimme, als spräche er zu sich selbst, fuhr er fort:

»Es gibt also Leute, die wie Grand Louis behaupten, Sie hätten sie ruiniert, und andere, die vielleicht hoffen, sich Madame Stil nähern zu können, wenn sie Sie aus dem Weg schaffen.«

»Meine Frau ist eine anständige Frau!« protestierte der arme Mann heftig.

»Schon möglich, Monsieur Stil. Aber eine anständige Frau ist nur noch verlockender ... Sie bewachen sie streng, nicht wahr?«

»Ich bewache sie nicht ... Ich meine, ich mißtraue ihr nicht. Aber ich mag es nicht, daß andere Männer um sie herumstreichen ...«

»Sind Sie eifersüchtig, Monsieur Stil?«

»Das ist mein Recht ...«

»Haben Sie vielleicht irgendeinen Anbeter Ihrer Frau beleidigt?«

Die Stimme des Kommissars wurde immer schlaffer. Er brachte kaum noch die Lippen auseinander. Eine dünne Rauchfahne stieg aus seiner Pfeife an die Decke, wo sie sogleich im Wirbel des Ventilators zerstob.

Hi saß wie gewohnt an seinem Schreibtisch und beschrieb Blatt um Blatt mit seiner kleinen, gestochenen Schrift. Kein einziges Mal schaute er auf. Hörte er zu? Oder interessierten ihn die Geschichten der Weißen nicht?

»Ich finde, Kommissar«, brummte schließlich Monsieur Stil, »daß wir genug über mein Privatleben und mich gesprochen haben. Tatsachen sind Tatsachen:

Man hat dreimal versucht, mich hinterrücks zu erschießen. Die Polizei ist verpflichtet, mich zu beschützen, denn ich bin französischer Staatsbürger ...«

»Naturalisiert, nicht wahr?«

»Das ist dasselbe. Ich nehme nicht an, daß Sie beabsichtigen, mich wie einen Hund abknallen zu lassen, wenn ich an einer Hecke oder einer Mauer vorbeigehe ... Dreimal bin ich wie durch ein Wunder dem Tod entronnen, Sie haben es selbst zugegeben ... Was beweist mir, daß beim vierten Mal ...«

»Sie haben recht, Monsieur Stil!«

»Also?«

»Zunächst rate ich Ihnen, Ihr Haus nie ohne Begleitung zu verlassen. Wenn Sie wollen, kann ich Ihnen einen meiner Männer mitgeben ...«

»Wie würde ich dann dastehen?«

»Gewiß, man wird sagen: Monsieur Stil hat Angst! Aber außer dieser Möglichkeit ... Es sei denn, Sie haben einen guten Freund, der ...«

»Ich kann, wenn ich unbedingt aus dem Haus muß, Doktor Chauvin bitten, mich zu begleiten ...«

Das Kratzen von His Feder verstummte eine Sekunde lang. Der Kommissar tauchte die Nase in sein Bierglas.

»Das ist eine Lösung!« stimmte er zu, nachdem er getrunken hatte. »Ich meinerseits werde Ihr Haus bewachen lassen. Eine Frage noch, Monsieur Stil: Besitzen Sie einen Revolver?«

»Nein. Früher hatte ich mal einen. Aber seit ich verheiratet bin, möchte ich keine Waffe im Haus haben. Frauen sind nervös. Sie wissen manchmal nicht, was sie tun, und wenn sie mit so etwas spielen, kann leicht ein Unglück geschehen ...«

Der Kommissar erhob sich. Das geschah selten. Ganz steif vom langen Liegen ging er zu einem kleinen Schränkchen und kramte in einer Schublade. Er nahm einen automatischen Revolver heraus und reichte ihn seinem Besucher.

»Hier, Monsieur Stil, es ist besser, Sie sind bewaffnet und können sich wehren, wenn man Sie angreift ...«

»Und wenn ich den Mann erschieße?«

»Nach dem Gesetz wäre es Notwehr ... Geschähe ihm auch ganz recht! ... Ich gebe Ihnen die Erlaubnis zu schießen. Zielen Sie am besten auf die Beine. Sollte ein Unglück geschehen, werde ich die Situation dem Gericht erklären und die Verantwortung auf mich nehmen.«

Der dicke Stil erhob sich nun auch und hielt den Revolver mit offensichtlichem Unbehagen in der Hand.

»Ist er geladen?«

»Es sind sechs Kugeln im Magazin. Die Sicherung müssen Sie so betätigen ...«

»Glauben Sie, Kommissar, daß der Mann es wieder versuchen wird?«

Sein Benehmen war grotesk und erbärmlich. Der Kommissar legte sich wieder in seine Hängematte und wischte sich den Schweiß vom Gesicht, als hätte ihn die eben vollbrachte Anstrengung total erschöpft.

»Seien Sie vorsichtig, Monsieur Stil! Das ist alles, was ich Ihnen sagen kann ... In diesen Ländern ist es gefährlich, zuviel Geld zu verdienen und eine so hübsche Frau zu haben. Hi! Begleite Monsieur Stil zu seinem Wagen!«

Als das Getöse von Monsieur Stils Klapperkiste verklungen war und Hi ins Büro zurückkam, machte er ein Gesicht wie jemand, der nur aus Höflichkeit ein lautes Lachen unterdrückt. Und auch dem Kommissar in seiner Hängematte stand ein Schmunzeln im Gesicht.

»Komm her, Hi. Erzähl . . .«

Es bedurfte zwischen den beiden nicht vieler Worte, um sich zu verstehen, so sehr waren sie aneinander gewöhnt. Jene Leute, die dem Kommissar vorwarfen, er kümmerte sich nicht genügend um sein Amt, wären erstaunt gewesen, wenn sie die merkwürdige Unterhaltung zwischen dem Beamten und dem Neger gehört hätten.

»Gestern hat sie wieder den Richter getroffen«, sagte Hi und wußte, daß sein Chef verstand.

Sie sprachen von Madame Stil, ganz klar, von Madame Stil und ihren Liebhabern, die seit drei Jahren für die Skandalgeschichten in Libreville sorgten.

»Wo?«

»Beim Fotografen.«

Bédavent mußte lächeln. Er kannte seit langem den Trick mit dem Fotografen. Es war Madame Stils Einfall gewesen.

In einer Stadt, in der es neben ein paar Gassen mit Eingeborenenhütten nur eine einzige größere bewohnte Straße gibt, ist es für eine Frau und ihren

Liebhaber ziemlich schwierig, sich unbemerkt irgendwo zu treffen.

Madame Stil hatte ihre Leidenschaft für die Fotografie entdeckt. Mit ihrem kleinen Fotoapparat verknipste sie wahre Unmengen von Filmen, und hin und wieder hatte sie das Bedürfnis, den Fotohändler aufzusuchen, um der Entwicklung ihrer Bilder beizuwohnen.

Der Fotograf war ein Mestize, und sein Holzhaus stand ziemlich abgelegen.

Wenn Madame Stil bei ihm war, konnte sie weiß Gott nichts dafür, wenn irgendein anderer Kunde dazukam, um Blitzlichter zu kaufen.

Zum Beispiel der Untersuchungsrichter, der ebenfalls seit einigen Wochen viel fotografierte und der ebenfalls großen Wert darauf legte, die Entwicklung seiner Filme zu überwachen!

Nun, wenn er und Madame Stil dort zusammentrafen, hatte der Fotograf fast immer eine dringende Arbeit in dem kleinen Labor zu erledigen, das er sich ganz hinten im Garten errichtet hatte!

»Und die anderen?« fragte der Kommissar.

»Den Telegrafenbeamten trifft sie nicht mehr. Ich glaube, sie haben sich gestritten.«

»Rechtsanwalt Bruant?«

»Nicht mehr seit einem Monat.«

»Und der Angestellte unseres Fabrikanten?«

»Aus.«

»Also?«

»Nur der Richter und Doktor Chauvin ...«

Im Klartext bedeutete das, daß die Liebhaber einer nach dem anderen entthront worden waren, bis auf den Untersuchungsrichter, der sich mit Madame Stil auch weiterhin beim Fotografen traf, und Doktor Chauvin, der als Freund des Hauses oft zu Besuch bei Stils war und die Gelegenheit nutzte, wenn sich der Dickhäuter außer Haus befand.

»Hol mir den Doktor Chauvin, Hi! ... Und gib mir mein Buch!«

Der Kommissar las bereits zum dritten Mal *Die Dame von Monsoreau,* und der verängstigte Stil hatte ihn an einer Passage unterbrochen, die er ganz besonders liebte.

Die Dame von Monsoreau ließ ihn unterdessen nicht die Dame von Libreville vergessen, und bisweilen kratzte er sich den vorzeitig kahl gewordenen Schädel, verharrte einen Augenblick, bevor er weiterblätterte, und stieß einen Seufzer aus oder lächelte vor sich hin, je nachdem, welcher Gedanke ihm gerade durch den Kopf ging.

Es war fast Mittag, und es wurde immer heißer. Hi fuhr in seinem Khakianzug auf dem Fahrrad durch die Straßen, auf denen es keinen Schatten mehr gab. Aufs Meer hinauszublicken war fast unmöglich, denn es blinkte wie geschmolzenes Metall, so daß einem die Augen brannten.

»Und wenn sich der Idiot nun doch umbringen läßt?« seufzte der Kommissar, als er am Ende eines Kapitels angelangt war.

2

»Treten Sie ein, Herr Doktor! Setzen Sie sich!«

Der Kommissar bewegte sich nicht. Die Augen halb geschlossen, lag er, wie von der Hitze erschlagen, träge in seiner Hängematte. Er tat, als bemerke er die Nervosität seines Besuchers nicht, der mit verkniffenem Mund und starrem Blick hereingestürmt war.

»Wollen Sie mir bitte sagen, ob dies eine offizielle Vorladung ist?« fragte Chauvin und übersah die schlaffe Hand, die ihm Bédavent entgegenstreckte.

»Setzen Sie sich, Doktor. Ich versichere Ihnen, Sie werden es nicht mehr lange in den Kolonien aushalten, wenn Sie sich weiterhin so aufregen ...«

Der Kommissar trank einen Schluck Bier, und da er sich nun schon einmal aufgerichtet hatte, nutzte er die Gelegenheit und musterte seinen Besucher.

Chauvin war noch keine dreißig Jahre alt. Er war mager, nervös, und es war etwas wie Müdigkeit oder Fieber in seinen Augen. An diesem Vormittag war er besonders nervös, was den Kommissar jedoch nicht weiter berührte.

»Wenn Sie wollen, daß wir es einen Arztbesuch nennen, werde ich Sie um eine Arznei für meine Leber bitten ...«

Der andere erwiderte trocken:

»Die beste Arznei wäre weniger Bier! Übrigens, es ist mir sehr unangenehm, von einem Neger geholt zu werden, der ...«

»Hi!« rief der Kommissar. »Haben Sie den Doktor unkorrekt behandelt?«

Der Arzt antwortete selbst:

»Es ist nicht Ihr Angestellter, der unkorrekt war. Es ist die Art ...«

»Sie werden sich nie hier eingewöhnen, Doktor. Setzen Sie sich jetzt bitte! Wenn Sie wüßten, wie ermüdend es ist, mit einem Menschen zu sprechen, der dauernd vor einem herumtanzt! Ich wollte mich ein bißchen mit Ihnen unterhalten, und glauben Sie mir, es ist zu Ihrem Besten ...«

»Ich bin alt genug, um auf mich aufzupassen!«

»Aber ja doch, ja! Nichtsdestoweniger haben Sie heute morgen wieder zu viele Tabletten geschluckt ... Streiten Sie es nicht ab! Ich habe es Ihnen gleich angesehen ... In Europa mag Ihnen das vielleicht nichts schaden, aber hier bringt es einen Mann in kurzer Zeit um ...«

»Hören Sie, Kommissar! Ich bin durch meinen Eid verpflichtet, Ihnen bis zum Schluß zuzuhören, und ich finde mich damit ab ... Aber wenn ich jetzt gehen dürfte? ...«

»Warum? Ist Charlotte alleine?«

Das genügte, um den jungen Mann aufbrausen zu lassen. Seine Nervosität war bald nicht mehr mitanzusehen.

»Ich verbiete Ihnen, von ...«

»Von Madame Stil zu sprechen? Beruhigen Sie sich, Doktor! ... Ich habe Sie rufen lassen, weil bis vor kurzem ihr Mann bei mir war ...«

»Was hat er Ihnen erzählt?«

»Schau an! Auf einmal sind Sie neugierig! ... Nehmen Sie mal an, er hätte einen Verdacht ...«

»Das ist nicht wahr!«

»Was wissen Sie darüber?«

Verwirrt stotterte der Arzt:

»Er kann keinen Verdacht haben, denn es gibt nichts zu verdächtigen! ... Charlotte ... ich meine, Madame Stil und ich sind Freunde ...«

»Wollen Sie nicht aufhören, Doktor?«

»Aufhören womit?«

»In meinem Büro so herumzuhüpfen, daß ich bald seekrank werde! Außerdem erhitzen Sie sich. Ihre Jacke ist schon durchgeschwitzt! ... Und nachher bekommen Sie wieder einen Fieberanfall!«

Der Kommissar lag ruhig da, und seine Stimme klang so matt, daß es fast beunruhigend war. Er beobachtete, wie sein Besucher zu dem Neger hinüberschaute, und seufzte:

»Stört Sie die Anwesenheit meines tüchtigen Hi? Ich schicke ihn gerne hinaus. Sie sollen jedoch wissen, daß Hi Ihrer letzten Unterhaltung mit Madame Stil von A bis Z zugehört hat ...«

»Das ist nicht wahr! Sie lügen! Sie haben nicht das Recht ...«

»Mein Gott, was sind Sie ermüdend, Doktor! Und wie falsch war es von Ihnen, nach Gabun zu kommen! Haben Sie denn noch nicht gemerkt, daß man hier aber auch die kleinste Kleinigkeit über jeden weiß? ...«

»Sie lassen mich von einem Eingeborenen bespitzeln? Vielleicht behaupten Sie auch noch, daß er mich in meinem eigenen Haus ...«

»Hi! Wann war das letzte Rendezvous des Doktors mit Madame Stil?«

»Vorgestern.«

»Wo?«

»In Madame Stils Zimmer. Monsieur Stil war zum Hafen gefahren, um eine Sendung abzuholen.«

Der Doktor errötete und ballte die Fäuste.

»Danke, Hi! Gehen Sie jetzt bitte hinaus. Ich werde Sie rufen, wenn ich Sie brauche! Setzen Sie sich bitte endlich, Doktor! Zwingen Sie mich nicht, lauter zu sprechen ... Wenn Sie wüßten, wie schwach meine Stimmbänder sind ...«

Und Chauvin nahm schließlich Platz, doch seine Haltung blieb gespannt und abwehrend. Er war ein schöner Junge, von dieser aggressiven, nervösen Schönheit, die den Frauen gefällt. Aber die Fieberanfälle und auch die Tabletten gaben seinem Blick manchmal etwas Verstörtes.

»Bleiben Sie brav so sitzen, es dauert nicht länger als fünf Minuten. Ich schätze Sie sehr, was Sie auch denken mögen ...«

»Sie meinen, daß Sie mich genauso verachten wie die anderen!«

»Aber nein, Chauvin, man verachtet Sie nicht ... Es stimmt, man meidet Sie, aber nur, weil Sie nicht begreifen wollen ... Sie sind mit den Vorstellungen eines Europäers hier angekommen, und Sie haben diese Vorstellungen nicht aufgegeben ... Sie wollen die Menschen und die Dinge beurteilen, als wären wir in Paris oder Avignon ... Sie finden einfach nicht den nötigen Abstand ...«

»Weil ich mit all den kleinen schmutzigen Dingen, deren Zeuge ich gegen meinen Willen werde, und mit den noch schmutzigeren Geschichten, die ich errate, nicht einverstanden bin?«

»Man verlangt nicht von Ihnen, das gutzuheißen, sondern zu schweigen ... Der Begriff von Sitte und Moral ist hier nicht derselbe wie in Europa ... Man hat Sie bestohlen, das weiß man ... Als Sie bei dem Forstwirtschaftsunternehmen Ihren Vertrag unterzeichnet haben, hat man Ihnen versprochen, neben Ihrem festen Gehalt von ...«

»Fünfzehnhundert Franc im Monat!« lachte der junge Mann höhnisch.

»Ja. Man hat Ihnen also versprochen, Sie könnten sich hier einen privaten Kundenstamm schaffen. Doch als Sie ankamen, war Ihnen ein anderer zuvorgekommen, Sie mußten sich mit den fünfzehnhundert Franc begnügen ... So ist es doch, oder?«

»Ist das nicht eine saubere Geschichte?«

»Es ist die Geschichte der meisten Kolonie-Verträge ... Dann haben Sie Madame Stil getroffen ... sich in sie verliebt, wie die anderen ...«

»Ich verbiete Ihnen ...«

»Ich sage, *wie die anderen*, wie all jene, denen sie seit ihrer Ankunft ihre Gunst schenkte ...«

»Sie lügen!«

Der Kommissar überging den Einwand.

»Der Unterschied zwischen Ihnen und den anderen ist, daß Sie sich bis über beide Ohren in sie verliebten und dieses Abenteuer auch noch ernst nehmen ... Das ist sehr ärgerlich für Sie, Chauvin ...«

»Ich befehle Ihnen zu schweigen ... Ich werde nicht zulassen, daß die Ehre einer Frau ...«

»Und ich werde es vereiteln, wenn es mir gelingt, daß ein tüchtiger junger Mann, der vielleicht eine Zukunft hat, sich hier die Finger verbrennt ... Sie sind ein anständiger Mensch, Chauvin, aber ich möchte fast hinzufügen, daß Sie zu anständig sind. Sie sind tatsächlich einer von denen, die bei jeder Gelegenheit protestieren und die gegen alles, was sie schockiert, in den Krieg ziehen ... Es gibt einen gewissen Don Quichotte, der ...«

»Muß ich Ihnen weiter zuhören?«

Der Kommissar schenkte sein Glas voll, ehe er fortfuhr:

»Dasselbe gilt für die Liebe. Und dennoch, anständig, wie Sie sind, verraten Sie die Gastfreundschaft des armen Stil, da Sie ihn unter seinem eigenen Dach betrügen ...«

Der Arzt starrte an die Decke und gab keine Antwort.

»Nichtsdestoweniger scheinen Sie der einzige zu sein, auf den er nicht eifersüchtig ist. Die anderen mußten sich die ungewöhnlichsten Tricks ausdenken, um Charlotte an den ausgefallensten Orten treffen zu können ... Sie dagegen läßt er mit ihr alleine, wenn er aus dem Haus muß ... Und Sie packen die Gelegenheit natürlich beim Schopfe! ...«

»Wenn Sie Ihre Neger unter den Betten verstekken ...«

»Nicht unter den Betten. Nehmen wir einfach an, daß ihnen nichts entgeht ... Bis hierhin, Chauvin, ist die Sache gar nicht so schlimm. Es hätte Ihnen lediglich passieren können, eines Tages feststellen zu müssen, daß Madame Stil auf andere Rendezvous nicht verzichtet hat, auch nachdem Sie bereits mit ihr liiert waren.«

»Das ist nicht wahr ...«

»Was soll's! Glauben Sie, was Sie wollen ... Sie riskierten ebenfalls, vom dicken Stil erwischt zu werden, und ich frage mich, was passiert wäre ...«

Der Kommissar blickte lieber nicht zu seinem Besucher hinüber. Der saß mit gesenktem Kopf da, spielte nervös mit seinen Fingern, und auf seiner Stirn standen Schweißperlen.

»Ein Glas Bier?«

»Danke.«

»Falsch von Ihnen. Lieber ein bißchen betrunken als das Gift von Tabletten im Körper ... Sie haben sich das hier angewöhnt, nicht wahr? Die Einsamkeit, die Enttäuschung ...«

»Ich wußte nicht, daß Sie hier auch den Beichtvater spielen!«

»Es handelt sich gegebenenfalls darum, zu verhindern, daß jemand seine Tage im Gefängnis beendet.«

»Von wem sprechen Sie? Glauben Sie, ich hätte auf Stil geschossen?«

»Ich glaube nichts. Ich sage Ihnen nur eines, Chauvin: Jeder in Libreville weiß, daß Sie Madame Stils Liebhaber sind. Auch wissen alle, daß es kein vorübergehendes Abenteuer ist, sondern die große Liebe, die Liebe, die, wie man sagt, blind macht und dienen zu allen möglichen Handlungen verführt ... Dreimal wurde auf Monsieur Stil geschossen ... Die drei Attentate wurden von jemandem verübt, der die Gewohnheiten Monsieur Stils genau kennt, und der letzte Versuch, heute vormittag, von jemandem, der in dem Haus ein und aus geht ... Wo waren Sie, als der Schuß fiel? ... zu Hause? ...«

»Nein ... Ich ging spazieren.«

»In der Nähe des Ladens?«

»Nicht sehr weit weg ...«

»Sehen Sie! Ich wette, Sie warteten, daß Stil herauskam und Sie zu seiner Frau gehen konnten ...«

»Ich bitte Sie, Kommissar! Dieses Gespräch ist abscheulich!«

»Und das, was passieren könnte, ist noch abscheulicher ... Nehmen Sie an, es kommt zu einem vierten Attentat, und dieses Mal erwischt es Stil ...«

»Ich hätte nichts damit zu tun ...«

»Ich weiß nicht. Immerhin wären Sie der erste, den man verdächtigen würde. Man würde behaupten, Sie hätten sie ganz für sich alleine haben wollen ... Oder Stil hätte ihr Verhältnis entdeckt, und Sie hätten ihn beiseite geschafft ... Besitzen Sie einen Revolver?«

Der Arzt zögerte, bevor er mit einer Stimme, die vielleicht zu sicher klang, antwortete:

»Ich habe nie eine Waffe besessen.«

»Ist auch besser so! Sie würden es fertigbringen, Sie an einem traurigen Tag auf sich selbst zu richten!«

Für eine Weile trat Stille ein. Der Arzt reagierte nicht mehr so heftig wie zu Beginn der Unterhaltung. Er war verwirrt von den Äußerungen des Kommissars. Diesen schien der Schlaf übermannt zu haben. Doch plötzlich murmelte er:

»Wir müssen sehr aufpassen ...«

»Worauf?«

»Auf alles ... Schlafen Sie mit Madame Stil, wenn es Ihnen wirklich Spaß macht, aber nehmen Sie die Sache nicht zu ernst! Begehen Sie keine Unvorsichtigkeit! Seien Sie wachsam in der Gegenwart von Stil...«

»Ist das alles?« höhnte der junge Mann.

»Das ist schon viel! Das Wichtigste aber ist, daß Sie ruhiger werden, Chauvin ... Ich habe einige wie Sie gekannt, deren Nerven für die Kolonie nicht stark genug waren! Ein junger Ingenieur zum Beispiel ... er hat so lange gesoffen, bis er verrückt wurde. Oder der Vertreter einer großen Gesellschaft, der eines Tages im Fieber seinen Boy tötete, weil er glaubte, daß dieser ihn vergiften wollte ... Wenn Ihr Vertrag nicht wäre, würde ich Ihnen raten, das nächste Schiff nach Frankreich zu nehmen und die schöne Madame Stil einfach zu entführen, wenn sie Ihnen folgen will...«

»Spricht da der Polizeikommissar?«

»Wer auch immer Sie wollen ... Inzwischen werde ich...«

Er unterbrach sich, lauschte. Draußen hörte man schwere Schritte, dann schien es einen kurzen Kampf im Vorzimmer zu geben. Schließlich wurde die Tür heftig aufgestoßen, und im Türrahmen erschien die enorme Gestalt von Grand Louis, der offensichtlich schon ziemlich betrunken war.

So wie er aussah, dem fünf Tage alten Bart, den hochgekrempelten Hemdsärmeln und der Narbe, die quer über seine linke Wange lief, konnte er wirklich niemanden bestechen.

Sein erster Blick galt dem jungen Arzt, den er von oben bis unten musterte, als wollte er ihn zermalmen.

»Sieh an! Hier ist der Kerl!«

»Was wollen Sie, Grand Louis?« fragte der Kommissar leise, ohne seine Hängematte zu verlassen.

»Als erstes würde ich gerne wissen, was Sie mit dem da zu schaffen haben ... Ich habe allmählich genug, verstehen Sie? ...«

Die drückende Hitze und das Gewitter, das seit fünf Tagen in der Luft hing, erhöhte nur noch die Spannungen zwischen den Menschen, die von Alkohol und Chinin auch so schon mehr oder weniger aufgeputscht waren.

»Stil war vorhin im Hotel ...«

In der Stadt gab es nur ein Hotel, dessen großer Saal der übliche Treffpunkt war. Sogar einen Billardtisch gab es dort.

»Ich weiß nicht, was Sie ihm erzählt haben, aber nach seinen Worten haben Sie ihm die Erlaubnis gegeben zu schießen, sobald er sich bedroht fühlt ... Er erzählt das jedem ... Und mich hat er dabei mit einem bitterbösen Blick bedacht ... Nun sagen Sie mal, Kommissar ...«

»Setz dich, Grand Louis!«

»Ich setze mich, wann ich will. Zuerst will ich Bescheid wissen. Es stimmt, daß Stil ein Gauner ist, der mich um meine ganzen Ersparnisse gebracht hat. Es stimmt, daß ich ohne ihn noch eine der besten Konzessionen in Gabun besäße. Es stimmt, daß ich erledigt bin und daß ich hier im Dreck krepieren werde. Es stimmt, daß ich mich an Stil rächen würde, wenn ich noch ein Mann wäre ...«

Er spuckte aus und fuhr sich mit dem Handrücken über die feuchte Stirn.

»Trotz allem war ich es nicht, der geschossen hat, und ich würde nie einen von hinten erschießen! Ich sage nicht, daß ich nicht irgendwann, wenn ich die Nase voll habe, zu ihm gehe und ihm seine dreckige Schnauze einschlage ... Und dann ...«

Wieder spuckte er auf den Boden, dann wandte er sich an den Arzt und brummte voller Verachtung:

»Das tut Leuten wie dem gut!«

»Langsam, Grand Louis!«

»Sie werden es auch nicht schaffen, mich zum Schweigen zu bringen, Sie großartiger Kommissar, Sie! Ich sage, da ist etwas Schmutziges im Gange, und ich will nicht der Dummkopf sein! Wenn der Typ, der dreimal auf Stil geschossen hat (erneuter Blick auf den Arzt), wieder losschlägt, und wenn er dieses Mal nicht danebenschießt, wen wird man dann beschuldigen? – Grand Louis! Weil man weiß, daß ich ihn hasse, und weil ich oft genug gesagt habe, daß ich ihn noch umbringen werde ...«

»Guter Gott, was bist du gesprächig!«

»Oh! Ich bin noch nicht fertig! Ich spüre genau, daß es nicht mehr lange dauern wird, bis etwas Schreckliches passiert ... Ich will nicht die Rolle des Signalwärters spielen, der an dem Zugunglück schuld ist ... Wenn ich die nötigen Mittel hätte, würde ich verreisen, ein paar hundert Kilometer weit weg, so daß man mich nicht verdächtigen kann ... Aber da Stil mir ja alles genommen hat, bleibt mir nichts anderes übrig als hierzubleiben ...«

Fast mochte man glauben, das regelmäßige Brummen der Ventilatoren habe den Kommissar eingeschläfert.

»Ich bin gekommen, um Sie zu bitten, mich festzunehmen.«

»Aus welchem Grund?«

»Aus irgendeinem ... Wenn Sie wollen, kann ich Sie beleidigen ... Ich kann auch dem Doktor die Nase einschlagen ... Sie stecken mich für ein paar Wochen ins Gefängnis, so daß ich, wenn etwas passiert ...«

»Unmöglich, Grand Louis!«

»Mich ins Gefängnis zu stecken? Dann stimmt es also? Sie wollen, daß ich in Verdacht gerate? Hören Sie, was man mir erzählt hat – ich sage nicht, wer es war –, man hat mir erzählt, daß derjenige, der nach Stils Leben trachtet, keine Lust habe, den Rest seiner Tage im Gefängnis zu verbringen ... Und wenn man nun einen anderen an seiner Stelle verurteilte ...«

Der Arzt saß unruhig in dem Korbsessel, demselben, den Stil am Vormittag ramponiert hatte, als er sich mit seinem ganzen Gewicht hineinfallen ließ.

»Nun gut, da Sie mir nicht helfen wollen, muß ich selbst sehen, was ich tun kann ...«

Mit diesen Worten zog er einen großen Trommelrevolver aus der Tasche, erlaubte sich den Spaß, damit herumzufuchteln, und richtete ihn mal auf den Kommissar, mal auf den Arzt.

Bédavent rührte sich nicht, seinem Mund entstieg eine kleine Rauchwolke. Aber Chauvin war aufgesprungen, wollte sich auf Grand Louis stürzen, doch da war es schon zu spät.

»Was soll's!« knurrte Grand Louis.

Eine Detonation erschütterte den Raum, und bitterer Geschmack von Pulver breitete sich aus. Grand Louis stand noch aufrecht, doch er mußte sich an der Lehne eines Stuhles festhalten.

»Das ist gemein«, seufzte Bédavent und drückte gelassen den Knopf der elektrischen Klingel.

Hi erschien auch sogleich; er mußte schon die ganze Zeit hinter der Tür gestanden haben.

»Ruf die Ambulanz ... Grand Louis muß ins Krankenhaus gebracht werden ... Eigentlich könnten Sie ihm Erste Hilfe leisten, Doktor!«

Grand Louis, der immer noch stand, verzerrte vor Schmerz das Gesicht, obwohl er sich eigentlich nichts anmerken lassen wollte.

Da man ihm verwehrt hatte, ins Gefängnis zu gehen, wollte er sich wenigstens in die schützenden Mauern eines Krankenhauses begeben, und deshalb hatte er sich eine Kugel ins linke Bein geschossen.

Mit einem schalen Lächeln – seine Verwundung mußte sehr schmerzhaft sein – murmelte er:

»Sie sehen, Kommissar, Sie sind doch nicht immer der Klügste ...«

Der Arzt bemühte sich vergeblich, ihm den Schuh auszuziehen, und er mußte zur Schere greifen und das Oberleder aufschneiden.

Grand Louis wurde zusehends blasser, schwankte unmerklich. Und als der Arzt seine Socke der Länge nach aufriß – der blutige Stoff überkrustete die Wunde –, schloß Grand Louis die Augen, schwankte eine Sekunde lang wie ein Pendel und schlug dann in seiner ganzen Länge auf den Boden.

Kommissar Bédavent seufzte, zog die angebrochene Flasche Bier zu sich heran und warf einen bedauernden Blick auf *Die Dame von Monsoreau,* die man ihn einfach nicht in Frieden zu Ende lesen ließ.

3

An jenem Tag gab es eigentlich keine anderen sensationellen Ereignisse. Doch eine gewisse Anzahl kleinerer Begebenheiten sollten sich im Nachhinein als wichtig herausstellen.

Zunächst einmal das Gebaren des fetten Stil, den die Unterhaltung mit dem Kommissar erleichtert zu haben schien. Wie Grand Louis erzählt hatte, war er zur Aperitif-Stunde im Hotel aufgetaucht. Er hatte vor aller Augen mit dem Revolver herumgefuchtelt, den der Kommissar ihm gegeben hatte, drohend um sich geblickt und gesagt:

»Wir werden schon sehen, ob ich diesen Lump das nächste Mal nicht erwische!«

Dann, als er mit seiner Frau zu Mittag aß, hatte er wieder den Revolver aus seiner Tasche gezogen.

»Jetzt, wo man mir zu schießen erlaubt hat, werde ich nicht mehr länger nur als Zielscheibe dienen, wirst schon sehen!«

»Und wenn du zuerst getroffen wirst?« fragte Madame Stil, die nicht so schnell ihre Ruhe verlor.

»Ich werde es schon so einrichten, daß ich als erster schieße . . .«

»Wenn du ihn aber gar nicht siehst?«

»Dann müßte er mich gleich beim ersten Schuß treffen ... Wenn nicht ...«

Aber das war wohl Prahlerei! Bot er doch eher das Bild eines Mannes, der sich selbst Mut machen wollte! Und die Szene im Hotel schien doch nur dazu bestimmt zu sein, den eventuell anwesenden Mörder abzuschrecken.

Nach dem Mittagessen hielt er seine Siesta, und bis vier Uhr nachmittags herrschte allgemeine Ruhe. Dann kam Doktor Chauvin zu seinem gewohnten Besuch in den Laden. Durch seine Mimik versuchte er Madame Stil zu verstehen zu geben, daß er sie alleine sprechen wollte. Doch sie deutete ihm mit einem Seitenblick auf ihren Mann an, daß dieser nicht beabsichtigte, das Haus zu verlassen.

Der Arzt wurde immer nervöser, ließ bald alle Vorsicht außer acht und gestikulierte hinter Stils Rücken.

Schließlich entschloß er sich, ein Stück Papier zu nehmen und darauf zu schreiben:

Ich will unbedingt wissen, ob du mich betrügst.

Es war ein wenig grotesk. Wie ein verliebter Schuljunge benahm er sich.

Madame Stil zuckte die Schultern und begab sich hinter den langen Ladentisch, wo sie auf einem grauen Papierfetzen notierte:

Idiot!

Doch Chauvin gab sich nicht geschlagen, und das Hin und Her mit den Zetteln ging weiter.

Ich will die ganze Wahrheit! verlangte er.

Und sie antwortete:

Warum sollte ich dich betrügen? Ich liebe nur dich.

Und er wieder, hartnäckig:

Aber vorher? Wieviel Liebhaber hast du gehabt?

Sie gab es auf, machte ihm nur noch ein Zeichen, daß er verrückt sei.

Das alles spielte sich in dem riesigen Laden ab, zwischen den Regalen mit den verschiedensten Waren, während der dicke Stil zwischen Angestellten und Kunden umherlief.

»Sie bleiben zum Abendessen, Chauvin!« sagte er irgendwann. »Doch! Es liegt mir viel daran! Ich möchte Sie um eine Gefälligkeit bitten ...«

Unterdessen hatte man im Krankenhaus Grand Louis operiert und in einen Saal gebracht, wo eine Schwester über ihn wachte.

Der Kommissar lag in seiner Hängematte. Er war beim letzten Kapitel von *Die Dame von Monsoreau* angelangt, und der übermäßige Biergenuß ließ seine Augen glänzen.

»Sie verstehen mich, Chauvin«, sagte der fette Stil nach dem Essen, während er seinen Stuhl zurückschob, um Platz für seinen Bauch zu schaffen. »Die anderen ärgern sich, weil es ihnen nicht gelungen ist, mich so zu erledigen, wie sie es gerne gehabt hätten. In Wahrheit bin ich viel anständiger als sie ...«

Unter dem Tisch drückte Charlotte ihre Beine gegen die des Doktors.

»Ich bin kein Philanthrop, selbstverständlich«, fuhr Stil fort und labte sich an seiner eigenen Lobrede. »Ich bin ein Kaufmann. Ich mache Geschäfte, aber sie sind immer ordnungsgemäß. Ich bin nicht für die Dummheiten anderer verantwortlich ... Wenn sie kein Geld haben, warum kaufen sie dann trotzdem weiter ein? ... Sie unterschreiben Schuldscheine, also wissen sie, was sie tun ... Ihr Bier, wenn sie am Tag der Fälligkeit ...«

Die Höflichkeit zwang den Doktor, zustimmend zu nicken, denn schließlich war er der Geliebte Madame Stils und durfte deshalb bei ihrem Gatten kein Mißfallen erregen!

Man spürte seine Gereiztheit. Von Zeit zu Zeit schaute er seine Geliebte an, und in seinem Blick stand all seine Verzweiflung, sein Haß für die ganze Heuchelei, aber auch all seine Liebe, die ihn noch Schlimmeres hätte hinnehmen lassen.

»Sie sind ein Freund, Chauvin! ... Ja, Sie sind wirklich ein Freund, nicht wahr? ... Der Kommissar hat mir geraten, nicht alleine aus dem Haus zu gehen, so daß, wenn mir etwas passiert, wenigstens jemand da ist, der den Mörder sieht und der mich, sollte es soweit kommen, nicht im Dreck krepieren läßt ... Ich habe an Sie gedacht und ...«

Er schwitzte, keuchte. Die Angst hatte ihn wieder gepackt; das zeigte sich auch kurz darauf, als er sich nicht traute, alleine die Hoftür abschließen zu gehen, wie er es sonst allabendlich tat.

Chauvin begleitete ihn also. Stil packte ihn nervös am Arm, gestand:

»Ich habe so furchtbare Angst zu sterben! ... Sie werden mich beschützen, nicht wahr? ...«

Zur gleichen Zeit unterhielten sich die wenigen Stammgäste, Beamte und Holzfäller, die sich im Hotel von Libreville eingefunden hatten, mit ernster Miene. Alle blickten argwöhnisch um sich.

»Ist es wahr«, hörte man, »daß sich Grand Louis eine Kugel ins Bein geschossen hat, um nicht des Mordes an Stil bezichtigt werden zu können?«

»Es ist wahr! Er liegt im Krankenhaus ...«

»Na dann wird bestimmt was passieren ...«

»Warum?«

»Weil Grand Louis zu gewitzt ist, um sich selbst grundlos zu verwunden ... Man könnte glauben, er habe einen Wink bekommen ...«

»Und wenn er noch gewitzter wäre, als es den Anschein hat? ... Wenn er alles schon heimlich in die Wege geleitet und sich nun rechtzeitig in Schutz begeben hätte? ...«

Alle Anwesenden hatten gute Gründe, Stil zu verachten, und deshalb wagte keiner offen zu sprechen. Man wollte sich ganz natürlich geben, man schlug einen gleichgültigen Ton an.

»Also ich mag keine Schießeisen ...«

»Und wenn ich jemanden erschießen wollte, würde ich ihn nicht dreimal verfehlen, das weiß jeder ...«

»Eines ist seltsam!«

»Was?«

»Daß man dreimal danebengeschossen hat. Ein

Schuß hätte ihn doch wenigstens erwischen müssen ...«

»Und seine Frau?«

»Wie?«

»Wenn sie das Ganze arrangiert hätte? ... Sie würde ein hübsches Sümmchen erben und ihre Freiheit haben ...«

Einer mißtraute dem anderen. Das Gewitter ließ immer noch auf sich warten, obwohl am dunklen Himmel schon Blitze aufleuchteten. Aber kein Donnern. Kein einziger Tropfen Regen. Kein Lüftchen regte sich. Die Blätter hingen still in den Bäumen, und die Kokospalmen ragten wie Zinkplastiken in den Himmel.

»Ich muß ein Experiment machen, Chauvin ... Es ist so lange her, daß ich einen Revolver in der Hand hatte ...«

Madame Stil erschrak.

»Beruhige dich, Ernest ...«

»Ist es dir vielleicht lieber, wenn ich im letzten Moment danebenschieße?«

Er holte den Revolver hervor, schaute sich nach einem Gegenstand um, auf den er schießen konnte, und wählte schließlich einen Teller, der an der Wand hing.

Ein ohrenbetäubender Knall, und der Teller zerbarst in tausend Stücke. Ein befriedigtes Lächeln trat auf Stils Lippen.

»Mir scheint, meine Angst läßt nach«, sagte er. »Auf! Es ist Zeit zum Schlafengehen ... Gute Nacht, Doktor, und nochmals vielen Dank!«

Er konnte natürlich nicht ahnen, daß sich in seinem

eigenen Haus ein Mann versteckt hielt. Auch nicht, daß Hi eine Stunde später, als Stil schnarchend neben seiner nervösen Frau lag, nach draußen schlüpfte und sich auf den Weg zu seinem Vorgesetzten machte.

4

Doktor Chauvin, der finsterer denn je dreinschaute, wartete geduldig auf Stil, der den Wagen volltankte. Es war sechs Uhr morgens, in dieser Jahreszeit die einzige annähernd angenehme Stunde, und der Markt, ein buntes, lärmendes Treiben, war in vollem Gange. Am palmenbestandenen Strand lagen Pirogen, aus denen man Fische und andere schillernde Meeresfrüchte lud.

Chauvin war wütend. Charlotte hatte ihm gestern keine klare Antwort auf seine Frage gegeben, und er hatte die ganze Nacht darüber nachgedacht, was ihm der Kommissar anvertraut hatte.

Er wollte es einfach nicht glauben. Sein ganzes Wesen sträubte sich gegen die Beschuldigung, die man gegen seine Mätresse erhob.

»Du bist mein erster Geliebter!« hatte sie einmal, als sie sich in den Armen lagen, geschworen.

Aber warum behauptete dann der Kommissar, daß . . .«

Und warum grinsten alle, auch die Eingeborenen, wenn er des Weges kam?

Die Situation war ebenso tragisch wie grotesk. Um Charlotte zu halten, um sie weiterhin treffen zu können, war er, der er Kompromisse so sehr haßte, gezwungen, sich als ein Freund dieses fetten, schwammigen Mannes auszugeben, dem alles, was er, Chauvin, im Leben verurteilte, eigen war: Egoismus, Feigheit, kalte Berechnung und eine abgrundtiefe Unehrlichkeit ...

Und er speiste nicht nur an seinem Tisch, nein! Derselbe Mann stellte sich auch noch, weil er sich bedroht fühlte, unter seinen Schutz!

»Alle machen sich über meinen Wagen lustig!« meinte Stil, während er sich hinters Steuer zwängte. »Und doch ist er der einzige, der noch nie eine Panne gehabt hat ... Vor zehn Jahren hatte ich ihn für dreißigtausend Francs einem Kolonisten verkauft ... Zwei Jahre später habe ich ihn zurückgekauft – für dreitausend ... Oh! Fast hätte ich vergessen, mich von meiner Frau zu verabschieden ...«

Und er kehrte ins Haus zu seiner noch schlafenden Frau zurück, während sich der Doktor voller Unwillen vorstellte, wie sich diese widerliche Person über das Bett seiner Geliebten beugte und ihr Gesicht mit Küssen bedeckte, die sie nicht abweisen konnte ...

»Fahren wir! Meine Frau läßt Sie grüßen ...«

Chauvin wandte den Kopf in der Hoffnung, sie käme für einen Augenblick an ihr Fenster. Doch es war nichts zu sehen, und ein paar Minuten später hatten die beiden Männer die Stadt hinter sich und fuhren auf einer holprigen Straße, die eher die Bezeichnung Piste verdient hätte, durch den Wald.

Hin und wieder sah man ein paar Hütten und halbnackte, von einer Kinderschar umringte Negerinnen. Am Rande eines Dorfes hielt Stil an.

»Fast hätte ich es vergessen! ... Gerade fällt mir ein, daß Sie ja gar nicht bewaffnet sind! ... Ich habe mir noch einen Revolver besorgt für den Fall, daß man uns angreift ... Nehmen Sie ihn ... Wenn Sie etwas Verdächtiges sehen, schießen Sie, ohne zu zögern ... Wir haben die Genehmigung des Kommissars ...«

Und Stil lachte laut auf; aber vielleicht wollte er damit nur seine Angst verbergen!

»Fahren wir weiter! ... Wir werden bald wissen, ob dieser Lenglois, den wir aufsuchen wollen, das Geld aufgetrieben hat ... Wenn nicht, muß ich ihn verhaften lassen ... Drei Jahre hält er mich jetzt schon auf zynische Art hin, und wenn ich mir das weiterhin gefallen lasse, tun es ihm die anderen gleich ... Ach Doktor! Was gibt es doch für Strolche auf der Welt!«

Die Hitze wurde unerträglich. Wollte sich das Gewitter nicht bald entschließen, hereinzubrechen und so die Regenzeit anzukündigen? Das Gras war verbrannt, der Wald konnte jeden Augenblick in Brand geraten, und fast alle Wasserläufe waren ausgetrocknet.

»Was halten Sie von meiner Frau, Doktor? ... Unter uns ...«

»Aber ich ...«

»Glauben Sie auch, daß es falsch von mir war, eine um viele Jahre jüngere Frau zu nehmen? ... Aber sie verstehen das noch nicht ... Merken Sie sich: Das eigene Alter wird von denen bestimmt, mit denen Sie zusammenleben ... Sehen Sie, wenn man Kinder hat, erlebt man durch sie noch einmal ein Stück Jugendzeit ... Und dasselbe gilt für eine Frau ...«

Sein vertrauliches Geschwätz hielt ihn nicht davon ab, ängstlich den Straßenrand zu beobachten.

»Wenn ich eine Frau in meinem Alter hätte, wäre es für mich für immer vorbei mit der Jugend ... Sie würde mir den Alltag nur noch grauer machen ... Und körperliche Freuden gäbe es auch nicht mehr ... Nehmen Sie eine junge Frau, und die Jugend ist Ihnen sicher ...«

Der Doktor zog es vor, den Kopf abzuwenden. Nervös kaute er auf seinen Lippen.

»Sie als Arzt müßten mich besser verstehen als jeder andere ... Und ist es obendrein nicht das, was mehr oder weniger alle Männer tun, die es sich leisten können? ... Ich verdiene das Geld ... Charlotte, die, als ich sie während meines letzten Aufenthaltes in Frankreich kennenlernte, nur eine kleine Arbeiterin war, hat jetzt ein leichtes, sorgenloses Leben ... Da lohnt es sich doch, auf ein paar Genüsse zu verzichten, nicht wahr? Ohne zu vergessen, daß auch ich sie ihr, genauso wie ein junger Mann, hin und wieder verschaffen kann ...«

Was hätte Chauvin tun können, damit Stil endlich den Mund hielt? Es war widerlich, und es brachte den Arzt so auf, daß er am ganzen Körper zuckte.

Und irgendwann überlegte er sich, ob er nicht besser daran täte, seinen Revolver zu ziehen und diese unwürdige Person ein für allemal zum Schweigen zu bringen.

»Sie können sich nicht vorstellen, wie zärtlich sie gelegentlich ist ... Wenn ich Ihnen beschreiben könnte ...«

»Ich bitte Sie!«

»Sie haben recht ... Aber Sie sind ein so guter Freund ... Unser einziger Freund, kann ich sagen, denn die anderen sind alles neidische, haßerfüllte Wesen, die ...«

Plötzlich stoppte Stil den Wagen, und der Arzt beobachtete, wie er bleich wurde.

»Was ist los?« fragte er.

»Pst! ... Dort hinten! ... Sehen Sie ...«

»Ich sehe nichts.«

»Hinter den Lianen ... Es bewegt sich ...«

Der arme Mann zitterte und wagte nicht weiterzufahren.

»Ich wette, da lauert jemand hinter den Lianen ... So war es auch beim ersten Mal, als man mir durch die Windschutzscheibe schoß ... Jeder weiß, daß ich diese Straße nehmen muß, um zu Lenglois zu kommen ... Noch zwanzig Meter, und ich bin sicher, es knallt ...«

»Ich versichere Ihnen, daß ...«

»Sehen Sie genau hin ... Etwas links von dem Mangrovenbaum ...«

Chauvin wurde es unerträglich im Wagen. Er stieg aus.

»Wollen Sie, daß ich nachschaue?« fragte er.

»Vorsicht! ... Sie könnten getroffen werden ... Ziehen Sie wenigstens Ihren Revolver!«

Der fette Stil verließ nun auch den Wagen, doch er hielt vorsichtig Abstand hinter seinem Begleiter.

»Gehen Sie langsam heran ... Wer weiß, vielleicht lernen wir endlich meinen berühmten Feind kennen? ...«

Die Straße war leer. Kein Laut war zu hören. Chauvin ging vorsichtig weiter, denn Stils Angst hatte ihn gegen seinen Willen beeindruckt.

»Warten Sie ... Ich will nicht, daß Ihnen etwas zustößt ... Bücken Sie sich ... Hören Sie, Doktor ...«

»Wir haben sicher nur ein Tier aufgeschreckt ...«

»In diesem Fall werden wir es gleich wissen ... Schießen Sie ins Unterholz ... Schießen Sie! ...«

Chauvin schoß. Und nichts rührte sich in dem Buschwerk. Nichts kam hinter den Lianen hervor.

»Sehen Sie!«

Chauvin drehte sich um, überzeugt, daß sich nun die Angst seines Begleiters gelegt hätte. Seinen qualmenden Revolver hielt er noch in der Hand.

In diesem Augenblick dröhnte noch ein Schuß, und die beiden Männer, drei Meter voneinander entfernt, standen sich reglos gegenüber.

5

»Was tun Sie da?« fragte Chauvin mechanisch und starrte Stil mit aufgerissenen Augen an.

Er realisierte nicht sofort, was los war. Als er sich umgedreht hatte, hatte er gesehen, wie Stil mit einer scheußlichen Grimasse einen Schuß abfeuerte.

Er hatte nicht gleich erkannt, daß er selbst das Ziel dieser Kugel sein sollte. Und jetzt feuerte Stil wieder, die Augen traten ihm aus dem Kopf, ein Ausdruck bestialischer Freude lag in seinem Gesicht, und er feuerte einmal, zweimal ...

»Hören Sie auf!« schrie der Doktor, der vergessen hatte, daß er selbst auch bewaffnet war und nur den Zeigefinger krümmen mußte, um sein Gegenüber zu erschießen.

Das hämische Lachen im Gesicht des dicken Mannes erlosch und wich dem Ausdruck von Verwunderung, Wut, Panik.

Voller Entsetzen starrte er in den Lauf seines Revolvers. Dann legte er wieder an und schoß und schoß ...

Und plötzlich ließ er die Waffe sinken, sie entglitt seiner Hand, fiel auf den Boden, und er schaute entsetzt um sich.

»Dieser Verräter!« brüllte er. »Er hat mich ...«

»Stil!« rief der Doktor mit matter Stimme. »Was haben Sie getan?«

Aber Stil hörte nicht. Er rannte zu seinem Wagen. Er hatte ihn fast erreicht, als ein anderes Auto ein paar Meter weiter stoppte.

»Eine Falle!«

Gemächlich, als käme er zu Besuch, stieg Bédavent aus seinem Wagen und ging auf Stil zu. Und während er sich den Schweiß von der Stirn wischte, sagte er:

»Was für ein Zufall, Monsieur Stil, Sie hier zu treffen ...«

»Sie ...«, knurrte Stil und schien bereit, sich auf den Polizeibeamten zu stürzen, der zwei Köpfe kleiner war als er.

»Und der Doktor! ... Sind Sie auf der Jagd, Monsieur Chauvin? ...«

»Was werden Sie tun?« fragte Stil leise.

»Ich?« meinte der Kommissar und spielte den Naiven.

»Wieviel?«

»Wieviel was?«

»Fünfzigtausend ...«

Der Arzt trat zu ihnen. Mit der Waffe, die er immer noch in der Hand hatte, sah er ein wenig lächerlich aus.

»Sagen Sie mal, Doktor, sind Sie betrunken? Haben Sie jetzt kapiert, daß ich die Leute nicht zu meinem Vergnügen störe? Was habe ich Ihnen gestern morgen gesagt?«

»Ich verstehe immer noch nicht ...«

»Monsieur Stil wird es Ihnen erklären ... Geben Sie Ihre Arme her, Stil! ... Und keine Mätzchen, ja? ... Es ist noch eine Kugel in Ihrem Revolver, oder vielmehr in meinem, aber es ist eine Gummikugel, sehr gut imitiert, wahrhaftig ...«

Hi wartete gleichmütig hinter dem Steuer des Polizeiwagens. Die Handschellen schlossen sich um die Handgelenke des fetten Mannes, der keuchend atmete.

»Hi wird sich um ihn kümmern. Wir beide, Doktor, nehmen Stils alte Kiste ... Wir unterhalten uns während der Fahrt ... Ach, würde es Ihnen etwas ausmachen, zu fahren? Es ist so furchtbar anstrengend!«

Das Polizeiauto fuhr vor ihnen her, und Hi bewachte den Verhafteten aus den Augenwinkeln. Der Kommissar schwieg eine ganze Weile, bevor er mit seiner matten Stimme ein paar Sätze murmelte, die man nur mit größter Anstrengung verstehen konnte.

»Ich glaube, das war das schönste Verbrechen, das

ich je erleben durfte ... Ein *legales* Verbrechen! ... Ein Verbrechen, zu dem die Polizei den Täter quasi ermutigen mußte ...«

Wieder kilometerlanges Schweigen. Der Doktor fuhr so nervös, daß der Kommissar ihm mehrmals ins Steuer greifen mußte.

»Er fabriziert drei Attentate auf sich, an denen alles dran ist. Mit einem alten Revolver, den er nie jemandem gezeigt hat, schießt er erst in seine Windschutzscheibe, dann in seinen Tropenhelm und schließlich auf eine Bratpfanne ... Er ist bedroht! ... Er bittet die Polizei um Hilfe! ... Denn kann diese ihm nicht bestätigen, daß er in Notwehr gehandelt hat?«

Sie fuhren durch ein Dorf, und der Kommissar verstummte, um die prachtvollen Brüste einer jungen Negerin zu bewundern. Er seufzte und fuhr dann fort:

»Ich kenne meine Burschen hier, all die Jungs, die Stil verachten, gut genug, um zu wissen, daß sie sich, wenn sie Stil umbringen wollten, nicht mit einer Kugel zufriedengäben. Bei allen drei Versuchen wurde zu gut oder zu schlecht gezielt. Ich habe mir überlegt, ob nicht irgendein Amateur, Sie zum Beispiel, in Frage käme ... Dann habe ich eingesehen, daß das ziemlich ausgeschlossen war ...

Für alle Fälle habe ich die Kugeln durch harmlose Platzpatronen ersetzen lassen.

Und als Stil mir sagte, daß er Sie als seinen Beschützer wählen würde, da habe ich begriffen, daß er Ihnen an den Kragen wollte ...

Und seit heute früh, als er Sie in den Wald mitnahm ...«

»Warum hat er diese ganze Komödie gespielt?« fragte der Doktor, der nun, nachdem alles vorbei war, in Panikstimmung geriet.

»Weil er auf diese Art nichts riskierte. Sie können sich darauf verlassen, daß der Revolver, den er Ihnen gegeben hat, eben der ist, aus dem die drei Kugeln stammen: Die Kugel auf den Tropenhelm, die auf die Windschutzscheibe und die auf die Bratpfanne. Er hat Sie geschickt dazu gebracht, ins Leere zu schießen ... Die Waffe wurde also benutzt ... Und nun brauchte er Sie nur noch zu töten ...

Wieso sollte man nicht glauben, daß Sie der Attentäter waren? Wieso nicht einsehen, daß Stil aus Notwehr geschossen hat?

Er hätte behauptet, daß Sie ihn bei einem kurzen Stopp angegriffen haben.«

Der arme Doktor senkte den Kopf und vergaß völlig, daß er den Wagen fuhr. Wieder einmal mußte der Kommissar das Lenkrad übernehmen.

»Aber warum ich?« schluchzte Chauvin.

»Wie meinen Sie das?«

»Sie behaupten doch, daß Charlotte noch andere Liebhaber hatte ...«

»Da bin ich ganz auf meine Vermutungen angewiesen, aber ich sage Ihnen: Es ist ausgeschlossen, daß Stil über die Affären seiner Frau nicht Bescheid wußte, wenigstens über einige von ihnen. Nur handelte es sich dabei um Männer, die ihm ziemlich viel Geld einbrachten oder die er sich nützlich machen konnte ... Ich frage mich sogar, ob er diese Frau nicht mit einer bestimmten Absicht nach Libreville gebracht hat ...

Sie wissen nichts von der Mentalität gewisser Menschen ... Sie sind jung, Doktor! Und Sie sind viel zu ehrlich, um nicht naiv zu sein.

Die anderen, die gehörten sozusagen zum Geschäft ...

Aber Sie, Sie waren ein ernstzunehmender Nebenbuhler, der ihm gar nichts einbrachte ... Stil mußte gespürt haben, daß seine Frau Sie wirklich zu lieben begann ... Ich bin überzeugt, daß er den Augenblick vorausgesehen hatte, da sie ihn verlassen würde, um Ihnen zu folgen.

Nun, das ist nicht nur die Eifersucht eines Ehemannes, sondern es ist diese komplexe Eifersucht, die den Männern aus dem *Milieu* so eigen ist ...

Feige, wie er ist, hat er seine Vorsichtsmaßnahmen getroffen ... Er hat seine Rolle perfekt gespielt, und ohne unseren tüchtigen Hi, der sich kleiner als eine Maus machen kann ...«

»Was hat Hi denn getan?«

»Nun, dieser Eingeborene, über den Sie sich so aufregten, als er Sie gestern zu mir brachte, hat, ohne sich sehen zu lassen, das Haus Ihres Monsieur Stil gründlich durchsucht. Auf einem Schrank hat er den Revolver entdeckt, dessen Existenz Stil leugnete ... Dieser Revolver, der der Ihre geworden wäre ...«

»Ich verstehe nicht ...«, stammelte der Arzt.

»Was verstehen Sie nicht?«

»Daß Sie, während Sie in Ihrer Hängematte lagen, Ihr Bier tranken und Romane lasen, das alles herausgekriegt haben ...«

Der Kommissar lächelte und seufzte:

»Sie haben recht ... Wenn ich daran denke, daß ich das letzte Kapitel immer noch nicht zu Ende gelesen habe! ... Wo lasse ich Sie raus? ... Sicher vor dem Laden? Merken Sie sich, wenn Stil derart eifersüchtig war, dann muß seine Frau ...«

»Sie glauben, sie liebt mich wirklich?«

»Ich weiß nicht, wie das Ende in *Die Dame von Monsoreau* aussieht. Aber wie Ihre Geschichte ausgeht, scheint mir, hängt allein von Ihnen ab ... In drei Wochen geht ein Schiff ... Madame Stil dürfte keine große Lust haben, dem Prozeß beizuwohnen ...«

Man sah das Meer, die weißgetünchten Villen, den verlassenen Kai, über den das Sonnenlicht flutete.

»Es ist schade ... beinahe schade ...«, murmelte der Kommissar vor sich hin.

»Was?«

»Daß ein so schönes Verbrechen danebengehauen hat ... Sie können das nicht verstehen ... Ich spreche als ein Mann vom Fach ... Wenn man den Polizeiposten in Libreville mit einem anderen Mann besetzt hätte, und wenn die Sache gelungen wäre, ich glaube, ich hätte meinen Hut gezogen – vor Stil ...«

Der Polizist von Istanbul

I

Er war ein kleiner alter Mann mit einer schmutziggrauen Gesichtsfarbe, und das Wort ›schäbig‹ schien geradezu für ihn geschaffen zu sein. Seine so schon schwächliche Gestalt ließ eine schiefe Schulter noch dürftiger erscheinen. Und zu allem Überfluß trug er einen schwarzen Anzug von unbestimmtem Schnitt, der so ungefähr eine Mischung der heutigen Mode und des Gehrocks darstellte, den die Türken in früheren Zeiten trugen.

Wäre man ihm auf der Straße begegnet, so hätte man ihn für einen der unzählbaren Greise halten können, die wie früher die Hunde durch Konstantinopel (heute Istanbul) streiften und die weiß Gott wo aßen und schliefen und dabei doch eine seltsame Würde bewahrten.

Im ›Pera-Palace‹, dem vornehmsten Hotel Istanbuls, wirkte seine Anwesenheit noch schockierender, obwohl er sich bescheiden in eine dunkle Ecke zurückgezogen hatte, reglos dasaß und nur die groben Bernsteinkugeln seines Rosenkranzes mechanisch durch seine Finger gleiten ließ.

Ein Bettler? Immer wieder trifft man in den Hotelpalästen diese Leute, die ganze Tage darauf warten und hoffen, bei reichen Touristen Gehör zu finden und sie für ihr Schicksal zu interessieren.

Aber wenn er ein Bettler gewesen wäre, hätte ihm der Portier, der in tadelloser Uniform hinter dem Mahagonitresen seinen Dienst versah, wahrscheinlich nicht hin und wieder diskret und freundlich zugewinkt.

Noch mehr dagegen sprach das Verhalten des Barkellners in dem weißen Jackett, der ihm aus der Bar, die man hinter einer weitläufigen gläsernen Abtrennung entdeckte, ein Glas Raki bringen ließ, das Nationalgetränk der Türkei, das, sobald der Alkohol mit Wasser in Berührung kommt, opalfarben schimmert und süßen Anisduft ausströmt.

Am besten ist es, die Ereignisse der Reihe nach und in ihrer ganzen Objektivität darzustellen.

Es war sieben Uhr abends – der Himmel hatte die schillernden Farben des Raki, und die etwas abgekühlte Luft ließ einen leichter atmen –, als in der Rezeption das Telefon klingelte, das eigentlich nie stillstand. Doch dieses Mal wandte sich der Portier, der mit auffallendem Eifer in den Hörer sprach, nach dem kleinen alten Mann um und zwinkerte ihm kurz zu.

Gleichzeitig hörte man ihn in die Muschel sagen:

»Gut, Monsieur Burns ... Sehr wohl, Monsieur Burns ... Er wird in einer Viertelstunde hier sein, Monsieur Burns ... Gewiß, ich bürge dafür, Monsieur Burns ...«

Er hängte ein und rief einen Hotelboy zu sich, dem er mit lauter Stimme auftrug:

»Geh zu Avrenos und sage ihm, er möge in einer Viertelstunde mit einem vernünftigen Wagen hier sein ... Es ist für Monsieur Burns.«

Der kleine alte Mann rührte sich nicht, und nichts in seinem Verhalten ließ vermuten, daß er zugehört hatte. Er betete weiter seinen Rosenkranz her, übrigens immer noch eine weitverbreitete Angewohnheit der Türken, die man selbst bei Geschäftsleuten und bei den Angestellten moderner Banken beobachten kann.

Der kleine alte Mann blickte auch nicht zu der aufgeschlagenen Zeitung hinüber, die sich soeben bewegt hatte.

Denn in der Halle des ›Pera-Palace‹, wo sich der kleine alte Mann so unbeweglich wie eine der riesigen blauen Porzellanvasen in seine Ecke drückte, saß noch jemand, genauso versteckt wie er, jemand, der sich im tiefsten Sessel verkrochen hatte und von dem man nur die übereinandergeschlagenen Beine und die schmalen Schuhe aus weißem Leder sah; der Rest seines Körpers verschwand hinter einer ausgebreiteten Zeitung.

Eine Viertelstunde verging. In der Luft hing dieser schwere, würzige Duft, der für die Städte des Vorderen Orients so typisch ist.

Dann hielt ein großer Hispano mit offenem Verdeck vor dem Hoteleingang. Er war alt, wie die meisten früheren Luxusautos, die jetzt als Taxis dienten. Der Chauffeur, der eine weiße Schirmmütze trug, blieb im Wagen. Ein anderer Mann stieg aus, ging durch die Drehtür und begrüßte den Portier mit einem Handschlag.

Sein Gesicht hatte die Farbe einer nicht ganz reifen Olive, seine Haare glänzten, die Augen waren lebhaft und seine Zähne spitz. Er trug einen extravagant geschnittenen Anzug, und seine Finger zierten zahlreiche Ringe. Schon von weitem sah man ihm den *drogman* an.

Es war Avrenos, dessen Tätigkeit darin bestand, reichen Ausländern Konstantinopel zu zeigen, sowohl bei Tag als auch und insbesondere bei Nacht, und ihnen jedes Vergnügen zu verschaffen, das sie sich wünschen mochten.

Avrenos warf einen verstohlenen Blick auf den kleinen alten Mann.

Währenddessen ging der Portier ans Telefon.

»Hallo! Würden Sie Monsieur Burns bitte ausrichten, daß sein *drogman* mit dem Wagen da ist?«

Hinter der Zeitung erklang der Ruf nach dem Boy.

»Bestellen Sie mir ein Taxi!« befahl der Unbekannte.

Monsieur Eric Burns, amerikanischer Staatsbürger und Hersteller der *most famous cigarettes in the world,* erschien plötzlich auf dem oberen Absatz des monumentalen Treppenaufgangs. Er hatte nicht viel übrig für den Fahrstuhl, der alt und langsam war. Trotz seiner Größe hatte er eine geschmeidige, legere Art.

Er war nicht älter als fünfunddreißig, und sein Gang war der eines selbstsicheren, unternehmungslustigen Mannes.

»Ist es dieser Herr?« fragte er den Portier, während er Avrenos kritisch musterte.

Er war nicht begeistert. Sein Blick und das gleichzeitige Schulterzucken drückten sogar ziemliche Geringschätzung aus. Dennoch sagte er:

»Ist gut. Als erstes möchte ich in einem kleinen türkischen Restaurant zu Abend essen, in einem echten türkischen Restaurant, in dem man nur einheimische Gerichte serviert ...«

»Jawohl, ehrenwerter Herr!«

»Ich bin nicht Ihr ehrenwerter Herr! Nennen Sie mich Monsieur Burns, wie alle!«

Und nun geschah etwas ziemlich Ungewöhnliches. Der kleine alte Mann mußte es gewohnt sein, sich lautlos zu bewegen, ohne dabei auch nur ein Lüftchen zu regen, denn niemand sah ihn seinen Platz verlassen, durch die Halle schreiten und hinausgehen.

Erst als Monsieur Burns in dem Hispano neben Avrenos Platz genommen hatte, bemerkte er den schäbigen Greis, der regungslos neben dem Chauffeur saß.

Er runzelte die Stirn und fragte:

»Wer ist das?«

»Er ist da, um die Türen aufzuhalten und das Auto zu bewachen, wenn wir irgendwo anhalten«, erklärte der *drogman.* »Das ist so üblich hier ...«

Monsieur Burns, der sich auf einer Weltreise befand und vor zwei Tagen in der Türkei angekommen war, war vielleicht der Meinung, ein originelles Programm gewählt zu haben.

In Wahrheit aber führte man ihn zu exakt denselben Kuriositäten und Vergnügungsorten wie jeden anderen Ausländer auch, wobei man sich immer nach dessen Geldbeutel richtete.

Zunächst also das Abendessen, das in einem kleinen, sehr schmuddeligen Restaurant beim Fischmarkt in der Altstadt eingenommen wurde. Es gab gebratene

Muscheln, Basilikum-Krabben, eigenartige Hors-d'œuvres von sehr rezentem Geschmack und dann ein Gericht, das, wie Avrenos leise und schlüpfrig lächelnd erklärte, aus gewissen Körperteilen junger Lämmer bestand.

Es waren noch mehr Ausländer da, die meisten in Begleitung ihrer *drogmen.*

Einer aber hatte alleine gleich nach ihnen das Lokal betreten, und Burns musterte ihn stirnrunzelnd.

Der kleine alte Mann saß draußen im Auto und döste vor sich hin.

Der zweite Teil des Programms war miserabel. Wahrscheinlich hatte Burns selbst um den Besuch einer Haschkneipe gebeten. Der Hispano wand sich durch eine Unmenge kleiner Sträßchen in der Altstadt. Ein Taxi folgte ihnen in kurzer Entfernung.

Von Zeit zu Zeit stieg Avrenos aus, manövrierte seinen Kunden durch ein Labyrinth unbefahrbarer Gäßchen und erklärte:

»Vorgestern ist hier noch geraucht worden. Ich frage mich, ob nicht die Polizei ...«

Und wie zufällig waren alle ihm bekannten Rauschgifthöhlen kurz zuvor von der Polizei geschlossen worden.

So begnügte sich Avrenos mit der Beschreibung dieser Stätten, was weit weniger gefährlich war als ihr Besuch.

»In diesem Café, jetzt ist es geschlossen, hatte man in den Bretterboden Löcher gebohrt, durch die man den Kunden das Mundstück der Nargileh reichte, die ein Diener, der flach unter den Planken in einer Aushöhlung lag, betrieb ...«

Monsieur Burns sagte nichts. Man konnte ihm nicht ansehen, ob er zufrieden war oder nicht. Er murmelte nur ab und zu:

»Weiter ...«

Als nächstes folgte unvermeidlich das ›Moulin-Rouge‹, ein Nachtlokal voller Plüsch und zerschlissenem Samt, wo ein Dutzend Animierdamen gähnend auf das Klingeln der Glocke wartete, die der Türsteher bei der Ankunft eines Gastes betätigte.

Ohne Burns vorher zu fragen, wurde an alle Champagner ausgeschenkt. Die meisten der Mädchen waren Griechinnen. Einige sprachen ein paar Worte Englisch. Sie baten den Besucher um einen Tanz, und er akzeptierte ohne große Begeisterung. Im Gegenteil, als eines der Mädchen an seiner Krawattennadel herumfingerte und fragte, ob sie sie haben könnte, wehrte er schroff ab:

»Pfoten weg!«

Ein neuer Gast traf ein, und er erlöste Burns von einem Drittel der Mädchen.

Wie zufällig war der andere auch Amerikaner. Und wie zufällig handelte es sich um eben jenen Mann, der kurz nach Burns in dem Restaurant am Fischmarkt aufgetaucht war, und seine Schuhe glichen genau jenen, die der Unbekannte mit der Zeitung im ›Pera-Palace‹ getragen hatte. Er schien ein paar Jahre jünger als Burns zu sein, war blond und sah sehr gut aus. Den Damen fiel es nicht schwer, ihn davon zu überzeugen, daß sie in ihn vernarrt seien.

Avrenos hatte seine Augen überall, winkte mal den Musikern, mal dem Kellner, der hin und wieder eine zusätzliche leere Flasche zu jenen gesellte, die tatsächlich getrunken worden waren. Dieser Kellner war es auch, der der Hübschesten unter den Animierdamen den Wink gab, daß es nun an der Zeit sei, Hunger zu haben, d. h. sie sollte Burns überreden, das Essen zu bestellen.

Der Amerikaner ließ alles mit sich geschehen. Eine hübsche Kaukasierin mit Namen Natascha schien ihm besonders zu gefallen, und diese wartete nur auf einen Wink von Avrenos, um zu seufzen:

»Wollen wir nicht einen kleinen Spaziergang durch den Friedhof von Eyüp machen?«

Auch das war super-klassisch. Nachdem Burns die paar Tausend Francs hingeblättert hatte, die der Oberkellner des Moulin-Rouge von ihm verlangte, begab er sich zu seinem Wagen und setzte sich neben Natascha, die nun zwischen ihm und Avrenos eingezwängt war. Der kleine alte Mann saß immer noch unbeweglich wie eine Schaufensterpuppe neben dem Chauffeur.

Burns brauchte dem Fahrer nicht zu sagen, daß er sie zum Eyüp-Friedhof bringen sollte, denn alle Ausländer, die in Begleitung einer hübschen Frau waren, äußerten den Wunsch, in dem alten muselmanischen Friedhof im Mondschein spazieren zu gehen. Das war schon Tradition.

Die Fahrt dauerte eine Viertelstunde. Nur der Mond, der noch nicht aufgegangen war, fehlte bei dem Zeremoniell.

Als das Auto stoppte, war es rundherum dunkel. Hundert Meter hinter ihnen hielt ein zweiter Wagen.

Arm in Arm mit Natascha ging Burns einen Friedhofweg hinunter. Es war stockfinster.

Avrenos machte eine Zigarettenpause und dann noch ein Nickerchen, und der Chauffeur tat es ihm gleich.

Nur der schäbige Greis schien sich die Beine etwas vertreten zu wollen, denn er stieg aus und verschwand in der Finsternis.

Er sah ohne zu sehen. Er verließ sich auf seinen Instinkt. Hundert Meter vor ihm ging Burns mit Natascha. Wahrscheinlich würde der Amerikaner ganz traditionsgemäß vorgehen und das Mädchen erst zwischen den Gräbern in seine Arme nehmen.

Fünfzig Meter weiter hinten war noch ein Mann. Lautlos schlich er dem Paar nach und verringerte immer mehr den Abstand, bis er sich plötzlich, als man weit genug vom Wagen entfernt war, vorstürzte und den Amerikaner mit einem Knüppel niederschlug, wobei er die Geschicklichkeit eines Profis bewies.

Der kleine alte Mann achtete nicht weiter darauf. Er pirschte wie eine Wildkatze weiter durch die Nacht.

Der Angreifer wechselte ein paar Worte mit Natascha und zog sie dann mit sich zu der Stelle, wo er sein Taxi stehen hatte.

Der kleine alte Mann folgte ihnen, d.h. er nahm vielmehr eine Abkürzung, so daß er das Taxi vor ihnen erreichte. Dort flüsterte er dem Fahrer etwas zu und versteckte sich dann neben ihm.

Das Paar stieg ein und der Wagen fuhr los. Hinten auf dem Rücksitz gab der Mann mit dem Knüppel Natascha ein paar Geldscheine, genug, um sie ihre Skrupel vergessen zu lassen. Schließlich setzte er sie vor dem Eingang des ›Moulin-Rouge‹ ab.

Das Taxi fuhr weiter bis zum ›Pera-Palace‹, dort stieg der Mann aus, bezahlte und ging eiligen Schrittes ins Hotel.

Gleichzeitig mit ihm betrat auch der alte Mann durch eine andere, kleinere Tür, das Hotel. Er versteckte sich hinter einem Vorhang und beobachtete den Unbekannten, der auf den Portier zuging, diesen um Feuer bat und, während er sich über die Flamme beugte, einen der Schlüssel vom Brett nahm, die für die noch nicht zurückgekehrten Gäste bereitgehalten wurden.

»Gute Nacht!«

»Soll ich Sie morgen früh wecken, Monsieur Smit?«

»Nein. Lassen Sie mich schlafen.«

Als Monsieur Smit im Treppenaufgang verschwunden war, trat der kleine alte Mann ebenfalls an die Rezeption und meinte nach einem Blick auf das Schlüsselbrett:

»Er hat sich vergriffen. Er hat den Schlüssel von Monsieur Burns genommen.«

»Soll ich es ihm sagen?«

»Nie im Leben! Verbinden Sie mich mit der Nummer 1814.«

»Sofort, Ali Bey.«

Die Bar war jetzt, um drei Uhr früh, geschlossen.

Dennoch ging Ali Bey, der sich nur kurz in der Telefonzelle aufgehalten hatte, zu einem Schrank, entnahm ihm eine Flasche Raki, als wäre diese allein für ihn reserviert, und schenkte sich ein Glas voll. Auf den Gedanken, dem so hilfsbereiten Portier etwas anzubieten, kam er nicht.

Er sah immer noch so alt, so farblos, so schäbig aus. Doch seine kleinen Augen bekamen plötzlich einen seltsamen Glanz; aber vielleicht war auch nur der Raki schuld.

Der Mann, den man Smit genannt hatte, hatte inzwischen mit der größten Selbstverständlichkeit Eric Burns' Appartement betreten.

Es war die Luxussuite in der ersten Etage, in der alle Gäste von Rang und Namen und auch schon Königliche Hoheiten gewohnt hatten. Der Salon war mit Goldzeug überladen, die Wände mit echten Teppichen bespannt. Das Badezimmer war weitläufig wie eine Schwimmhalle, und an das Schlafzimmer schloß sich ein wundervoller Balkon an, von dem aus man bei Tag einen einzigartigen Blick über den Bosporus und die Minarettenstadt hatte.

Smit hatte das Licht angeknipst und sich einer präzisen Untersuchung der Räumlichkeiten hingegeben. Dann hatte er Jackett und Schuhe ausgezogen, sich auf das Bett gesetzt und mit peinlicher Sorgfalt seine beiden geladenen Revolver überprüft.

Schließlich war er mit seinen Kleidern und Revolvern unter die Laken geschlüpft und hatte das Licht gelöscht.

Von nun an schienen ihm die Minuten lang zu werden; selten vernahm man ein Geräusch: Mal ertönte die Hupe eines Taxis, das Besucher des ›Moulin-Rouge‹ oder der anderen drei Nachtklubs der Stadt heimbrachte. Mal hörte man die entfernten Schritte eines verspäteten Fußgängers.

Irgendwann hatte Smit den Eindruck, daß ein Wagen vor dem ›Pera-Palace‹ hielt, aber er war sich dessen nicht ganz sicher, denn im gleichen Augenblick fing in einem nahegelegenen Garten ein Hund an zu bellen.

Zehn, fünfzehn Minuten verstrichen.

Mit jeder Hand umklammerte Smit unter dem Laken einen Revolver, und beide Zeigefinger lagen am Abzug.

Schlich sich da nicht jemand auf dem Flur herum? Und blieb dieser Jemand nicht vor der Tür stehen?

Mit angespannten Nerven wartete Smit ab, und er glaubte ganz sicher ein Geräusch von Metall im Schloß zu vernehmen, das jemand mit einem Schlüssel oder einem Dietrich herumdrehte.

Wenig später spürte er regelrecht die Gegenwart eines anderen Menschen. Es war eine sehr vage Empfindung: Nicht weit von ihm bewegte sich jemand, lebte, atmete.

Aber was hatte dieser Jemand vor? Wo genau stand er? In welche Richtung des Zimmers begab er sich?

Mit der Lampe, die über Smits Kopf hing, konnte er innerhalb von einer Sekunde den ganzen Raum erleuchten. Dennoch war es besser zu warten. Er wollte sichergehen.

Er bemühte sich, so regelmäßig wie ein Schlafender zu atmen.

Was war das? Es klang wie ein Knistern! Keine Schritte, sondern ein sanfteres, leiseres Geräusch, so als würde jemand seine Kleider auf den Boden fallen lassen.

Dann ... Smits Nerven machten nicht mehr mit. Für eine Sekunde ließ er den Revolver in seiner linken Hand los, um nach dem Lichtschalter zu greifen.

Er setzte sich im Bett auf, zielte mit dem anderen Revolver in die Richtung, aus der das Geräusch kam, und rief, während er das Licht anmachte:

»Hände hoch! ... Keine Bewegung!«

Er war so verblüfft, daß er während der nächsten Sekunden, in denen er seinen Revolver auf die Frau richtete, die sich gerade ihrer Kleider entledigte, ein komisches Bild abgegeben haben mußte.

Denn dort stand tatsächlich nur eine Frau, eine schöne Brünette, die ihn, bereits halbnackt, entsetzt anstarrte.

»Wer sind Sie?« fragte sie mit starkem türkischen Akzent, der ihre Worte wie Musik klingen ließ.

»Und Sie?«

»Aber ... Ich wohne hier!«

Er sprang aus dem Bett und beglückwünschte sich, nicht mehr von seinen Kleidern ausgezogen zu haben. Die Frau hatte ihr Kleid aufgehoben und bedeckte sich damit, aber ihre schönen Schultern und der Ansatz ihrer Brüste waren nicht zu übersehen.

»Wieso wohnen Sie hier?«

»Bin ich denn nicht in Appartement 12?«

»Sie sind in Nummer 2«, antwortete er mißtrauisch. »Wenn Sie auf Zimmer 12 wohnen, warum haben Sie dann kein Licht gemacht, da Sie sich doch zu Hause glaubten?«

Ihre großen dunklen Augen füllten sich mit Angst.

»Und Sie? Warum gehen Sie mit Revolvern schlafen? Ich möchte mich anziehen. Lassen Sie mich gehen ...«

»Nicht bevor alles geklärt ist!«

»Was wollen Sie wissen?«

»Was suchten Sie in diesem Zimmer?«

»Ich sagte Ihnen schon, ich glaubte, bei mir zu sein. Das Licht habe ich nicht angemacht, um meinen Mann nicht aufzuwecken. Es ist schon spät, und ich hatte ihm versprochen, vor zwei Uhr zurück zu sein ...«

Sie machte keine Anstalten, sich wieder anzuziehen, bedeckte sich sogar weniger als zuvor, vielleicht ohne sich dessen bewußt zu sein. Es schien Monsieur Smit ein wenig zu verwirren, doch gleichzeitig gefiel es ihm auch.

»Ihr Mann ist in Zimmer 12? Wer ist er?«

»Er ist ein bedeutender griechischer Kaufmann ... Monsieur Graphopoulos. Ich bin Türkin. Wir sind für ein paar Tage in Istanbul. Ich bin mit einer Freundin ausgewesen und ...«

Sie errötete und schien den Tränen nahe zu sein, aber gleichzeitig bedachte sie Monsieur Smit mit einem Blick, den er nur als Ermutigung auffassen konnte.

»Es tut mir leid, daß ich Sie gestört habe«, seufzte sie.

»Ich gehe jetzt. Ich verstehe nicht, wie ich mich im Zimmer irren konnte ... Obwohl, wir haben ziemlich viel Champagner getrunken ...«

»Mit anderen Männern!« warf er ein.

»Nein! Wir waren nur Frauen! Wir hatten uns lange nicht gesehen und uns so viele Dinge zu erzählen ...«

Die Hotelhalle, in der nur wenige Lampen brannten, war fast leer. Der kleine alte Mann hatte seinen Platz in dem Sessel wieder eingenommen. Er schien nicht das geringste Schlafbedürfnis zu haben.

Der Portier versah seinen Dienst. Hin und wieder blickten beide automatisch an die Decke, und wenn sich hinterher ihre Blicke trafen, zwinkerten sie sich äußerst ironisch und zufrieden zu.

Es ist noch hinzuzufügen, daß Ali Bey, bevor er sich setzte, die Flasche Raki und ein Glas auf ein Tischchen in seiner Reichweite abgestellt hatte.

In Eyüp lagen Avrenos und der Chauffeur schlafend in dem Hispano, während sich Eric Burns, nur halb bei Bewußtsein, von einem dicken Nebel umgeben glaubte und sich mit einer schwindelerregenden Anstrengung ans Licht zu tasten versuchte.

Nichtsdestoweniger lag er immer noch in seiner ganzen Länge auf dem Erdboden, und seine Nase steckte in duftendem Moos.

»Kommen Sie!« sagte Smit, den seine nächtliche Besucherin immer mehr verwirrte. »In einem anderen Zimmer können wir uns besser unterhalten.«

»Warum? Ist dies nicht Ihr Zimmer?«

»Unwichtig! Kommen Sie mit!«

»Aber wenn mein Mann mich überrascht?«

»Dazu besteht keine Gefahr.«

»Wie können Sie das sagen?«

»Kommen Sie! Sie werden sehen!«

Er nahm sein Jackett und Mantel und Hut seiner Besucherin. Er ging nur wenige Schritte über den Flur bis zu einer Tür, über der die Nummer 12 stand.

»Was tun Sie?« stammelte sie.

»Ich gehe in mein Zimmer, wie Sie sehen!«

»Aber ...«

»Treten Sie ein! Drinnen können wir gemütlich miteinander reden.

»Wie heißen Sie?« fragte er, als sie im Zimmer waren.

»Sadjidé.«

»Und Sie sind nicht verheiratet, nicht wahr?«

»Ich wäre es fast gewesen.«

Monsieur Smit machte den Eindruck, als schwankte er zwischen seiner Pflicht und einer aufkommenden Leidenschaft.

»Vorhin, ohne Kleid, gefielen Sie mir besser«, bemerkte er.

»Wollen Sie, daß ich es ausziehe?«

»Ich überlege mir ...«

Er überlegte es sich wirklich. Er musterte sie verstohlen, und in seinem Blick lag ein wachsendes Interesse, eine wachsende Begierde.

»Was tun Sie?« stotterte er plötzlich.

»Ich lege mich hin. Ist es nicht das, was Sie wollten?«

»Sie scheinen nicht recht zu wissen, daß wir ernsthaft miteinander zu reden haben!«

Sie entgegnete mit einem zugleich wollüstigen und ironischen Blick:

»Glauben Sie nicht, wir könnten uns ›danach‹ ernsthaft unterhalten?«

Monsieur Smit murrte. Eine ganze Weile ging er im Zimmer hin und her und versuchte, seine widersprüchlichen Gedanken zu ordnen. Er wirkte ein bißchen lächerlich, denn er hatte, ohne sich dessen bewußt zu sein, immer noch einen von seinen Revolvern in der Hand.

Aber der Anblick der wohlgeformten Schultern Sadjidés, ihrer nackten Brüste und ihres übrigen Körpers, der sich unter dem Laken abzeichnete, nahm ihm schließlich alle Hemmungen.

»Zum Teufel mit Burns!« entschied er plötzlich.

»Was haben Sie gesagt?«

»Nichts.«

»Sie haben von Burns gesprochen. Wer ist das? Und warum waren Sie in einem anderen Zimmer?«

»Und Sie?«

»Bei mir ist das was anderes.«

»Bei mir auch!«

»Wollen Sie mir nicht erklären, warum Sie gerade ›Zum Teufel mit Burns‹ gesagt haben?«

Aber Smit glitt schon unter die Laken und seufzte:

»Vielleicht ›danach‹.«

Das Fenster stand offen und man sah den Morgenhimmel, der die Farbe frischer Meeresfrüchte hatte.

Die Düfte des anbrechenden Tages wehten in das Zimmer.

Smit schlief – sein Kopf lag auf der warmen weichen Brust Sadjidés –, als vor dem ›Pera-Palace‹ ein Hispano hielt. Avrenos trat mit finsterer Miene und blassem Gesicht in die Hotelhalle. Sein Anzug war zerknittert, und als er Ali Bey entdeckte, der immer noch in seinem Sessel saß, murmelte er:

»Wie kommt es, daß Sie hier sind? Es ist etwas Schlimmes passiert ...«

»Ach!« meinte der kleine alte Mann sanft.

»Unser Mann ... Burns ... Wir haben ihn vorhin gefunden ... Er lag ...«

»Geht es ihm wieder gut?«

»Noch nicht ganz. Jemand muß mir helfen, ihn in sein Zimmer zu tragen.«

Nicht der kleine alte Mann, sondern der Portier kam ihm zu Hilfe. Burns war schwer. Selbst zu dritt hatten sie Mühe, ihn in die erste Etage zu schleppen und auf seinem Bett auszuziehen. Der Amerikaner war zwar bei Bewußtsein, aber sein Zustand glich dem eines Mannes, der zuviel getrunken hat und sich an nichts mehr erinnern kann. Der Portier, dem solche Abenteuer nichts Neues waren, legte ihm eine kalte Kompresse auf die Stirn und ging wieder hinunter.

»Was soll ich jetzt tun?« fragte Avrenos Ali Bey.

»Gar nichts ... Du kannst den Unfall der Polizei melden, aber ich rate dir davon ab.«

»Sie wollen nicht, daß man erfährt, daß Sie da waren?« brummte Avrenos unzufrieden und streifte den Alten mit einem bösen Blick.

»Es ist unnötig, über etwas zu sprechen, wonach man nicht gefragt wird.«

»Immer wieder dieselbe Geschichte!«

Er ging. Der kleine alte Mann schaute auf die Uhr, genehmigte sich ein letztes Glas Raki und bat dann den Portier:

»Weck mich bitte um sieben Uhr.«

Sein Sessel, der in der Ecke der Halle stand, diente ihm als Schlafstätte, und sein seltsamer Gehrock als Nachtgewand. Sogar den Hut behielt er auf.

2

Der Wutanfall Nahim Paschas an jenem Morgen war ein ausgenommen pittoreskes Spektakel. Man hatte gerade – wie das zwanzigmal am Tage geschah – auf dem Schreibtisch des Polizeipräfekten das traditionelle Kupfertablett mit dem türkischen Kaffee und den Wassergläsern abgestellt. Seit einer guten Stunde bot Nahim Pascha jedem wichtigen Besucher eine blonde Zigarette und einen Mokka an; das war so üblich in den höheren osmanischen Verwaltungskreisen.

Das Büro, dessen Fenster auf den sonnigen Hof eines alten Palastes hinausgingen, war voller Leute. Es waren fünfzehn oder zwanzig Personen, die teils saßen, teils standen, darunter bedeutende Stambuler Persönlichkeiten wie auch Schuhputzer und Lastenträger, die die landesübliche Kleidung trugen. Ein neues türkisches Gesetz verlangte tatsächlich, um die in Mode gekommene, üble Bakschischgeberei zu unterbinden, daß alle Beamten, welchen Grad sie auch hatten, ihre Besucher öffentlich empfingen, so daß, da es keine Amtsdiener und auch keine Warteräume mehr gab, alle Antragsteller der Unterhaltung ihrer Vorgänger beiwohnten.

Nahim Pascha war dick, von gepflegtem Äußeren und stark parfümiert. Fehlte nur noch der Fes, der nunmehr auch verboten war, und er wäre das perfekte Abbild des Türken gewesen, der einem früher von den Schachteln teurer Zigarettenmarken entgegenblickte.

Doch plötzlich sprang dieser gesetzte Herr mit einem Satz auf, fegte wütend das Tablett mit den Kaffeetassen vom Tisch und brüllte zu seinen Sekretären hinüber:

»Ali Bey soll sofort zu mir kommen!«

»Er ist noch nicht im Palast, Exzellenz!«

»Dann laßt ihn holen! Egal, wo er ist, bringt ihn her!«

Nahim Pascha setzte sich wieder, holte tief Luft und wischte sich den Schweiß ab, denn es war wirklich sehr heiß. Und gerade, als er sich mit dem Taschentuch über sein Gesicht fuhr, vernahm er direkt neben sich eine bescheidene Stimme.

»Sie haben den Wunsch geäußert, mich zu sehen, Exzellenz?«

Szenen dieser Art hatte es schon oft gegeben, denn Ali Bey war ein Wesen, das man nicht greifen konnte. Kein Mensch hätte zu sagen vermocht, wo er saß, wo er schlief und wo er seine Toilette machte, die, ehrlich gesagt, allerdings ziemlich rudimentär ausfiel.

Ebenso vage waren seine Aufgaben. Seine Funktion im Amt war nicht eindeutig festgelegt, nur etwa in dem Sinne, daß er sich ausschließlich um wichtige Ausländer zu kümmern hatte, aber halbamtlich, hinter den Kulissen und ohne feste Vorschriften.

Einige Leute behaupteten, daß dieser unrasierte und schlechtgekleidete alte Mann zu Zeiten der »Hohen Pforte« ein tüchtiger Botschaftssekretär war und schon in allen Hauptstädten Europas gelebt hatte.

Ali Bey rühmte sich nicht damit. Er erwähnte auch nie, daß er sieben oder acht Sprachen beherrschte, aber bei einer Unterhaltung zwischen Ausländern entging ihm kein Wort.

»Da sind Sie ja, Ali Bey! Welchen Auftrag habe ich Ihnen erst vorgestern erteilt?«

Da war noch jemand, der jetzt einen roten Kopf bekam und immer verlegener wurde. Es war Avrenos. Er stand Nahim Pascha gegenüber, und sein Bericht war es gewesen, der den Polizeipräfekten so in Wut gebracht hatte. Trotzdem sah ihm Ali Bey ruhig ins Gesicht; er zeigte keinen Ärger, sondern erklärte mit seiner sanften Stimme:

»Sie haben mir gesagt, Exzellenz, daß ein steinreicher Amerikaner, Eric Burns, nach Istanbul käme und daß, laut einer Nachricht der amerikanischen Polizei, das Leben von Eric Burns bedroht sei ... Sie haben mich gebeten, auf ihn aufzupassen, ohne mich zu zeigen und ...«

»Was haben Sie gemacht?«

»Ich habe aufgepaßt, Exzellenz.«

Der Polizeipräfekt war einem Wutanfall nahe, und

die armen Männer rundherum, die warteten, bis sie an die Reihe kamen, zitterten.

»Sie haben aufgepaßt, wahrhaftig! Können Sie mir sagen, wo sich Eric Burns in diesem Augenblick befindet?«

»In seinem Bett im ›Pera-Palace‹, Exzellenz.«

»Und in welchem Zustand, bitte? Was ist ihm heute nacht zugestoßen?«

»Ich denke nicht, Exzellenz, daß ihm irgend etwas Unangenehmes zugestoßen ist.«

Avrenos verschlug es bei dieser Dreistigkeit den Atem. Da er sich immer wieder gewisse Dinge zuschulden kommen ließ, war er, um gut Wetter zu machen, spornstreichs zum Polizeichef gelaufen und hatte ihm berichtet, was er wußte. Jetzt sah er zu, wie Ali Bey sich in die Nadeln setzte.

Das war nicht gut für ihn. Unvermeidlich würde er in Zukunft einen der beiden Männer, wenn nicht sogar alle zwei, gegen sich haben!

»Es ist Ihnen, Ali Bey, also nicht bekannt, daß der Mann, den zu bewachen ich Sie beauftragt habe, gegen drei Uhr heute nacht auf dem Friedhof von Eyüp war?«

»Doch, Exzellenz, das ist mir bekannt, aber das Gesetz der Gastfreundschaft verbietet uns, unsere Gäste an einem nächtlichen Spaziergang in charmanter Begleitung zu hindern ...«

»Aber es verpflichtet uns doch zumindest, sie davor zu schützen, niedergeschlagen zu werden!«

»Das ist richtig, Exzellenz.«

»Also, wenn ich mich nicht täusche, ist genau das

passiert. Entweder Sie wissen wirklich nichts davon, oder Sie haben es einfach nicht für nötig gehalten, mich davon zu unterrichten ...«

Mit einer zaghaften Bewegung und gesenktem Blick hob der arme Ali Bey den Telefonhörer ab und verlangte das ›Pera-Palace‹.

»Geben Sie mir bitte Monsieur Burns ... Was sagen Sie? ... Nein, diese Anweisung gilt nicht für den Polizeichef ... Sagen Sie Monsieur Burns, seine Exzellenz, Nahim Pascha persönlich, wünsche ihn zu sprechen.«

Er lächelte voller Demut, während er seinem Chef den Hörer reichte.

»Hallo! Monsieur Burns? ... Nahim Pascha, ja ... Ich rufe an, weil ich mich für das, was heute nacht passiert ist, entschuldigen und hören wollte, wie es Ihnen geht. Der Innenminister wird es sehr bedauern, wenn er erfährt, daß eine Persönlichkeit wie Sie ... Wie? ... Was? ... Sie verstehen nicht? ... Ihnen ist nichts passiert? ... Aber, in Eyüp? ... Sie waren nur spazieren? ... Und später? ...«

Ali Bey hütete sich aufzuschauen, und Avrenos, der den Sinn dieser Unterhaltung verstanden haben mußte, fragte sich, ob er verrückt geworden sei oder unter Halluzinationen leide.

»Entschuldigen Sie ... Man hat mir gesagt ... Ja ... Ich bin glücklich ... Sehr glücklich ... Es hat mich gefreut, Monsieur Burns ...«

Er hängte ein und schaute Avrenos böse an.

»Waren Sie heute nacht betrunken? Schämen Sie sich nicht, ausgerechnet in Ihrem Beruf einen über den Verstand zu trinken? Gehen Sie! Und kommen Sie mir ja nicht mehr mit solchem Gewäsch, sonst kann es Ihnen leid tun, glauben Sie mir das!«

Avrenos verschwand ohne ein weiteres Wort. Ali Bey blieb, und er bekam ein Täßchen Kaffee und ein Glas Wasser von dem Tablett, das gerade hereingebracht worden war, und eine Zigarette mit goldenem Mundstück, die er in seine Tasche gleiten ließ, denn er selbst rauchte nicht.

»Glauben Sie wirklich, Ali Bey, daß das Leben dieses Mannes in Gefahr ist?«

»Ich habe den amerikanischen Bericht gelesen. Aus ihm geht hervor, daß Burns seit mehreren Monaten Drohbriefe bekommt, in denen man von ihm die Zahlung von zweihunderttausend Dollar bis zu einem bestimmten Zeitpunkt verlangt, andernfalls würde er ermordet werden. Deshalb hat er auch, mit dem Einverständnis der Polizei, die Weltreise angetreten. Er ist kein Geschäftsmann. Er war schon bei seiner Geburt ein reicher Mann, denn es war Jack Burns, den man auch den *Großen Burns* nennt, der die Zigarettenfirma aufgebaut und die Millionen verdient hat.«

Ali Bey trug dies alles mit monotoner Stimme vor, und er hatte den Blick immer noch auf seine Schuhspitzen gerichtet.

»Woher kam er jetzt?« fragte Nahim Pascha.

»Er war auf Hawai, in Japan und in Indien. Aber auch auf seiner Reise haben ihn die Drohbriefe erreicht, die immer eindringlicher werden und seinen baldigen Tod ankündigen.«

»Kommen diese Briefe aus Amerika?«

»Eben nicht! Sie werden dort abgeschickt, wo sich

Burns gerade aufhält, und ich glaube sogar, daß er gestern einen ins ›Pera-Palace‹ bekam.«

»Welche Vorsichtsmaßnahmen hat er getroffen?«

»Seit New York begleitet ihn ein Detektiv namens Smit, der ihm wie ein Schatten folgt und mit zwei automatischen Revolvern bewaffnet ist.«

»Und der Detektiv hat seit der Abreise kein einziges verdächtiges Gesicht in Burns' Kielwasser entdeckt?«

»Das weiß ich nicht, Exzellenz. Ich halte mich im Hintergrund. Eric Burns und Smit wissen nichts von der Existenz meiner bescheidenen Person. Ich begnüge mich damit, darauf zu achten, daß einem amerikanischen Magnaten auf türkischem Boden kein Leid zugefügt wird.«

»Sie wollen nicht, daß ich Ihnen ein paar Leute zuteile?«

»Ich wüßte nicht, was ich mit ihnen anfangen sollte, Exzellenz!«

»Vielleicht wäre es trotz allem angebracht, das ›Pera-Palace‹ überwachen zu lassen?«

Ali Bey gab keine Antwort. Er verbeugte sich tief und entfernte sich mit seinem typischen Gang eines Clochards, der es einst im Leben zu etwas gebracht hatte.

Im Hof wartete Avrenos auf ihn. Er schämte sich und sah ihm angstvoll entgegen.

»Ich glaubte, er würde Anzeige erstatten«, stammelte er. »Und die Polizei wäre mir böse gewesen, wenn ich nichts gesagt hätte.«

»Man soll immer das sagen, was man weiß, aber man muß aufpassen und man darf sich nicht irren ...«

»Ali Bey, Sie wollen doch nicht behaupten ...«

»Sie haben das Telefongespräch des Präfekten doch angehört! Eric Burns hat ausdrücklich erklärt, daß ihm letzte Nacht nichts passiert ist ... Trinken Sie nicht zu viel, Avrenos!«

Und Ali Bey ging, ein Bein nachziehend, die breite sonnige Allee hinunter, die in die Altstadt führte.

Ein Gespenst, wahrlich! Lautlos, unbemerkt, schwebt es durch die Lüfte. – Man sah ihn weder kommen noch gehen, konnte meinen, daß er die Farbe der Dinge, an denen er vorüberkam, annahm, um sich mit ihnen zu verschmelzen. Doch es genügte, von ihm zu sprechen, und schon tauchte er auf – eine erbarmungswürdige, stille Gestalt.

So erging es dem Portier des ›Pera-Palace‹, der, wie er sich gerade mit der sortierten Post in der Hand der Halle zuwandte, erschrocken zusammenfuhr, als er Ali Bey vor sich sah, der ihm leise lächelnd die Hand entgegenstreckte.

Bei Ali Bey gab es kein Befehlen und kein Bitten. Er streckte die Hand aus, und der Portier übergab ihm das Bündel Briefe. Der kleine alte Mann ließ sie geschickt durch seine Finger wirbeln und behielt nur einen einzigen Umschlag zurück, der in Istanbul abgestempelt und an Erik Burns adressiert war.

Aber Ali Bey trieb seinen Spuk nicht nur in der Hotelhalle und an der Bar, denn wenige Augenblicke später sah sich der Chefkoch, der gerade einen Lammbraten aus dem Ofen genommen hatte, dem Polizisten gegenüber, der sich über einen Wasserkessel beugte.

Man sah ihm an, daß er an diese Art Arbeit gewöhnt

war. Er entsiegelte sorgfältig den Brief, faltete ihn auseinander und begab sich zum Lesen an das Kellerfenster, durch das das Licht in die unterirdische Küche strömte.

Eric Burns.
Ich habe Ihnen genügend Zeit zum Nachdenken gegeben, und ich habe die Gelegenheit gehabt, Ihnen wiederholt zu beweisen, daß meine Drohungen keine leeren Worte waren.

Keine Polizei und kein Detektiv wird Sie vor Ihrem Schicksal bewahren können, wenn Sie nicht innerhalb einer Woche, wo Sie sich auch aufhalten mögen, die geforderte Summe in der beschriebenen Weise bezahlen.

Unterdessen werden weitere Warnungen an Sie ergehen, und einige könnten sehr schmerzhaft für Sie werden.

Unterschrieben war mit drei kleinen Kreuzen in roter Tinte.

Erstaunlich für einen Brief dieser Art war, daß man ihn entgegen aller Tradition weder mit Maschine geschrieben noch aus ausgeschnittenen Zeitungsbuchstaben zusammengesetzt hatte.

Er war schön und sauber von Hand geschrieben, und es war die Schrift einer Frau. Einer türkischen Frau, hätte Ali Bey schwören mögen.

Der Chefkoch hatte eben nur ein Gericht abgeschmeckt, und da war der Polizist auch schon wieder verschwunden. Dafür sah ihn der Fotograf, der gegenüber des ›Pera-Palace‹ wohnte, plötzlich im schwachen Rotlicht seines Labors auftauchen.

»Würden Sie mir dies bitte kopieren, Selim Bey?«

Danach gab Ali Bey den Brief wieder beim Portier des ›Pera-Palace‹ ab.

»Sadjidé?« Seine Lippen bewegten sich kaum bei der leisen Frage, und der Portier brauchte nur den Blick an die Decke zu heben, um verstanden zu werden.

»Burns?«

»Schläft. Er hat sich heute morgen ein deftiges Frühstück bringen lassen.«

»Keinen Arzt?«

»Nur Aspirin.«

Wenn Ali Bey für den Portier auch verschwunden war, so hieß das noch lange nicht, daß er das Hotel verlassen hatte, denn kurz darauf entdeckte ihn der Barkellner, der seinen Tresen polierte, wie er sich ein großes Glas Raki füllte und Oliven knabberte.

Ein Etagenkellner glaubte ihn wenig später am Ende eines Flurs gesehen zu haben, aber er achtete nicht weiter darauf.

Im Bett des Zimmers 12 saß Smit in einem eleganten Pyjama neben Sadjidé, deren Bekleidung sich auf einen Unterrock beschränkte.

Durch das Fenster konnten sie auf die Minarette der Altstadt sehen. Sie hatten das Frühstückstablett ins Bett geholt und tranken gutgelaunt ihren Kaffee. Sie waren glücklich.

Smit vor allem war besonders fröhlich, schien von seinem Abenteuer ganz hingerissen zu sein. Minutenlang blickte er mit seinen lachenden kleinen Augen Sadjidé an, dann schlug er vor:

»Wenn wir jetzt offen miteinander redeten?«

Und da sie den Mund zu einem Schmollen verzog, fügte er schelmisch hinzu:

»Oder meinen Sie, wir sind noch nicht intim genug miteinander?«

»Sind Sie ein Dämon?« zierte sie sich. »Sie werden mich noch so weit bringen, Dinge zu sagen, die ich lieber für mich behalten möchte... Haben Sie denn gar kein Mitleid mit einer zartfühlenden Frau?« Das Wort ›zartfühlend‹ klang um so köstlicher, als sie mit fast entblößter Brust dalag und ihre Beine um die Smits geschlungen hatte.

»Nun los, hübsche Sadjidé! Soll ich Ihnen helfen? Fangen wir ganz vorne an. Zum ersten: Sie sind nicht verheiratet. Zum zweiten: Sie mögen schöne Kleider, Parfums und Schmuck ... Und da diese Dinge ohne Geld nicht einfach zu beschaffen sind ...«

»Sie sind grausam!« seufzte sie.

»Ich bin Amerikaner. Wir wollen immer genau Bescheid wissen. Ich bin sicher, daß Sie nicht das Zimmer jedes beliebigen Gastes auf diese Art betreten.«

»Ich möchte es hoffen.«

»Seien Sie nicht böse. Sie lieben das luxuriöse Leben. Wahrscheinlich haben Sie gehört, daß Eric Burns, der Zigarettenkönig, im ›Pera-Palace‹ weilt und daß er ein liebenswerter Junggeselle ist ...«

Errötete sie wirklich oder tat sie nur so? Jedenfalls ermutigte ihre Fügsamkeit ihn, und er sprach weiter. Aber man hatte den Eindruck, daß ein Blick von ihr genügen würde, ihn verstummen zu lassen.

»Habe ich nicht recht, hübsche kleine Sadjidé? Sie wollten keineswegs den armen Smit, sondern seinen Chef, den großen Burns treffen. Und der Zufall wollte es, daß sich Smit ausgerechnet diese Nacht in das Bett seines Arbeitgebers legte!«

»Warum?« fragte sie ihn mit großen, treuherzig blickenden Augen, in denen noch Spuren ihrer Wollust standen.

»Das ist eine andere Geschichte. Es würde zu lange dauern, sie zu erzählen.«

»Das ist ungerecht!«

»Was ist ungerecht?«

»Ich erzähle Ihnen die ganze Wahrheit, und Sie wollen mir gar nichts sagen. Ich will wissen, warum Sie sich mit geladenen Revolvern in das Bett Ihres Chefs gelegt haben!«

Er zündete eine Zigarette an, zögerte einen Augenblick.

»Nehmen sie an, Burns' Leben sei bedroht.«

»Von wem?«

»Unwichtig! In unserem Land sind alle reichen Leute mehr oder weniger den Angriffen von Gangstern oder Erpressern, wie man heute sagt, ausgeliefert. Burns war heute nacht in Gefahr, und es ist ganz normal, daß ich, da ich über seine Person zu wachen habe ...«

»Woher wußten Sie, daß er in Gefahr schwebte?«

»Man hatte es ihm geschrieben.«

»Wie konnte man es ihm geschrieben haben, wo er doch gerade erst angekommen ist?«

»Der Brief kam aus Port-Said, wo wir vor einigen

Tagen Station gemacht hatten. Warten Sie, ich hole ihn.«

Er erhob sich. Vielleicht wollte er sich auch nur die Beine vertreten. Er ging zu einem Tisch, auf dem eine rote, abschließbare Ledertasche stand. Er öffnete sie, kramte in ein paar Papieren und kam mit einem Brief zurück.

Eric Burns!
Vorsicht! In der ersten Nacht in Istanbul wird Ihnen etwas Ernsthaftes zustoßen, und das Hotelbett, in dem Sie aufwachen werden, könnte sehr gut auch ein Krankenhausbett sein! Entscheiden Sie sich!

»Die Schrift einer Frau, könnte man meinen«, äußerte Sadjidé und zeigte der Form halber einen kleinen Schauer.

»Das ist auch meine Meinung.«

»Aber einer nicht sehr gebildeten Frau ... Allerdings ... sie hat keine Fehler gemacht.«

»So ist es bei allen Briefen«, sagte Smit und zog die Jalousien herab, um die Sonne abzuhalten.

»Bekommt Burns viele dieser Briefe?«

»Bei jedem Aufenthalt. In New York war in jeder Post einer.«

»Und immer dieselbe Schrift?«

»Nein, jedesmal eine andere.«

»Würden Sie mir eine Zigarette bringen?«

Er gab sie ihr, und bei dem Gefühl, das ihn in ihrer Nähe wieder übermannte, begann er zu glauben, daß er wirklich in sie verliebt war.

»Sie sind ein seltsamer Mensch, Smit.«

»Warum?«

»Weil es Augenblicke gibt, in denen Sie schrecklich schüchtern sind, dabei hatte ich mir amerikanische Detektive ganz und gar nicht schüchtern vorgestellt.«

»Schüchtern nur bei Frauen!« klärte er sie lächelnd auf.

»Sie haben noch nicht viele Frauen gehabt, nicht wahr?«

»Wie kommen Sie darauf?«

»Ich habe es an Ihrer Art gespürt. Ein Mann, der die Frauen kennt, benimmt sich anders. Sie, Sie haben mich einfach ... einfach richtig genossen ...«

»Hat es Ihnen nicht gefallen?«

»Im Gegenteil! Aber dieses Abenteuer hat Sie so durcheinandergebracht, daß Sie darüber all Ihre Pflichten vergessen haben.«

»Welche Pflichten?« fragte er ernstlich erstaunt.

»Die Pflichten Ihres Berufes. Stellen Sie sich vor, man hätte, während Sie hier waren, Burns umgebracht ... Sie haben sich noch nicht einmal nach ihm erkundigt. Wo war er, während Sie in seinem Bett lagen?«

»Er war in keiner Gefahr.«

»Und seither?«

»Ich weiß es nicht«, gestand er. »Warten Sie, ich werde nachfragen.«

Ab und zu benahm er sich wirklich wie ein unbeholfener Junge. Er nahm den Telefonhörer ab und fragte den Portier:

»Hallo! Ist Monsieur Burns zurückgekehrt? ...

Gut. Nein! Stören Sie ihn nicht ... Nein, es ist bestimmt nicht nötig ... Geben Sie mir nur Bescheid, wenn er aufsteht ... Danke ...

Sehen Sie«, scherzte er, »er liegt im Bett und schläft! So habe ich noch ein bißchen Zeit. Wissen Sie, Sadjidé, daß Sie mir wirklich sehr gut gefallen und daß Sie überhaupt nichts mit einem amerikanischen Mädchen gemein haben?«

»Mögen Sie die amerikanischen Mädchen nicht?«

»Die denken immer nur ans große Geldausgeben ...«

»Und die Japanerinnen?«

»Habe ich nicht kennengelernt.«

»Sie wollen doch nicht behaupten, daß Sie in den Ländern, die Sie besucht haben, nicht von der Liebe seiner Mädchen haben kosten wollen?«

»Nein ... Selten ... Es ist nicht meine Art.«

»Und Monsieur Burns?«

Er runzelte die Brauen und brummte:

»Oh der! Bei dem ist das was anderes. Das Schiff hat kaum im Hafen angelegt, und schon befindet er sich in der Obhut von Führern, von *drogmen,* wie ihr sagt, die ihn in die speziellen Häuser bringen ... Was machen wir heute, kleine Sadjidé?«

»Wir könnten nach Tarabya fahren und uns dort am Bosporus eine Barke nehmen. Es ist die Spazierfahrt der Verliebten ...«

»Prima! Ziehen Sie sich an! Wir fahren nach Tarabya!«

»Aber ... Monsieur Burns?«

»Ich werde ihm sagen, daß ich mir den Nachmittag

freinehme ... Ein paar Stunden kann er schon alleine bleiben.«

»In diesem Fall ziehe ich mich sofort an.«

Sie stand auf und sammelte ihre Kleider ein, dann ging sie ins Bad, schloß die Tür hinter sich und rief:

»Ich brauche eine halbe Stunde!«

Eine Sekunde später schrak sie zusammen. Ali Bey saß einen Meter vor ihr friedlich auf dem Rand der Badewanne.

»Sie waren die ganze Zeit hier?«

Er hob den Finger an die Lippen und bedeutete ihr, sich anzukleiden, und schaute dann diskret zur Seite.

Er schrieb ein paar Worte auf einen Zettel. Es war zu gefährlich zu sprechen, denn Smit, der nebenan hin und her ging, hätte sie hören können.

Halte ihn bis zehn Uhr heute abend hin. Schau zu, daß er sich betrinkt; er ist den Raki nicht gewöhnt. Dann brauche ich noch den Schlüssel für die rote Tasche in seinem Zimmer.

Sie stand unter der Dusche und machte ihm ein Zeichen, daß sie verstanden hatte. Das eiskalte Wasser, das über ihre ockerfarbene Haut rann, ließ sie erschauern.

Als sie sich wieder umdrehte, um nach ihrem Bademantel zu greifen, war Ali Bey verschwunden.

»Kann ich jetzt reinkommen?« fragte Smit ungeduldig. Er war tatsächlich in sie verliebt.

3

Ein Raki an der Bar, dazu ein paar Stückchen geräucherten und getrockneten Fisch, wie er in allen Cafés in der Türkei angeboten wird, das war Ali Beys Mittagsmahl. Selten geschah es, daß er sich an einem richtig gedeckten Tisch niederließ.

Smit und Sadjidé waren in einem gemieteten Pakkard nach Tarabya gefahren, und das Hotel war jetzt zu dieser heißen Stunde fast leer, wenn man von den wenigen Gästen absah, die ihren Mittagsschlaf hielten.

Was hatte der kleine Schuhputzerjunge, den man sonst immer in einer Ecke der Halle sah, auf dem Flur der ersten Etage zu suchen?

Ali Bey befand sich in Zimmer 12, und er fühlte sich dort so wohl wie ein Mensch, der weiß, daß man ihm nichts anhaben kann. Mit dem kleinen Schlüssel, den Sadjidé beim Portier für ihn hinterlegt hatte, öffnete er diese rote Ledertasche, die ihn so sehr zu interessieren schien, und breitete dann ihren Inhalt auf dem Louis-Quinze-Tischchen aus.

Ali Bey mußte zum Lesen eine Brille tragen, und sein Gesicht veränderte sich dadurch auf komische Weise: Er sah nun genauso aus, wie Kinder sich einen weisen Gelehrten vorstellen.

Er machte sich Notizen, kopierte einige Briefe. Hauptsächlich aber gab er sich einer merkwürdigen Arbeit hin, die man fast Statistik hätte nennen können.

Wie Smit am Morgen zu seiner Geliebten gesagt

hatte, hatten sie seit New York in keiner einzigen Stadt Station gemacht, ohne daß Eric Burns nicht einen Drohbrief erhalten hätte.

All diese Briefe waren da. Jeder in einer anderen Schrift und kein einziger von einem Mann geschrieben.

Obwohl sich da jemand offensichtlich Mühe gegeben hatte, waren die Buchstaben ziemlich unförmig und erinnerten an die ungeübte Handschrift eines Schülers.

Ali Beys statistische Arbeit bestand darin, die Fehler ausfindig zu machen. In jedem Brief fanden sich aber nur einer oder zwei, und überraschenderweise waren es immer dieselben.

Ich weise Sie wohlwollend darauf hin, daß ...

Die Zeit kommt, da ...

Bei Ihrem nächsten Aufenthalt werden Sie einsehen, daß es ernst ist und ...

Die Erpresser, die so hartnäckig hinter dem Zigarettenkönig her waren, hatten offenbar keine große Lust, die Dinge zu überstürzen. Man mochte meinen, daß sie, bevor sie handelten, Burns richtig weichkriegen wollten, um so nachher leichter mit ihm fertig zu werden.

Morgen werden Sie neben Ihrem Bett ein Messer finden, was Ihnen beweisen wird, wie einfach es gewesen wäre, Sie im Schlaf zu töten ...

So fand der arme Burns von Station zu Station mehr oder weniger präzise Drohungen vor, mehr oder weniger erschreckende Warnungen.

Plötzlich klopfte es an der Tür. Ali Bey räumte alles überraschend schnell an seinen Platz zurück und schien sich, während er in Richtung Badezimmer verschwand, in Luft aufzulösen.

Der Schuhputzerjunge hatte ihm das Zeichen gegeben, denn ein paar Sekunden später trat Burns in eigener Person – ein Burns in Pyjama und anscheinend von Kopfschmerzen geplagt – in das Zimmer seines Detektivs, zog einen kleinen Schlüssel aus seiner Tasche und öffnete damit die rote Aktentasche.

»Wenn ich Ihnen sagen würde, daß Sie mir sehr gut gefallen«, meinte Sadjidé kokett, »würden Sie dann Ihren Aufenthalt in Istanbul verlängern?«

Die beiden saßen auf der Hinterbank einer leichten Barke, die von zwei Männern über das glitzernde Wasser des Bosporus gerudert wurde. Am Ufer erhoben sich prunkvolle Botschaftsgebäude, und hin und wieder entdeckte man eines der weitläufigen, aus Holz gebauten *Yalis**, die Besitztümer mächtiger Herren von einst.

»Ich glaube, das wird nicht möglich sein«, seufzte Smit bekümmert.

»Wegen Burns?«

»Ja. Ich fürchte tatsächlich, daß er seine Reise ohne weitere Unterbrechungen zu Ende führen will.«

»Hat er Angst?«

* Palast im alten Türkenreich

»Sozusagen ... Die Situation ist eindeutig ernst ... Ich habe festgestellt, daß man die Gangster außerhalb der Vereinigten Staaten nicht allzu ernst nimmt ... Wir aber wissen, daß die Gefahr groß ist ...«

»Aber Sie sind doch da, um ihn zu beschützen!«

»Ja ... Richtig ... Ich bin da, um ihn zu beschützen ...«

»Und wenn ich Sie darum bitten würde, noch zu bleiben?«

»Nein. Lieber wäre es mir, ich könnte Sie nach Griechenland mitnehmen, und dann vielleicht noch nach Italien ...«

»Und Burns? Was würde er dazu sagen?«

»Dauernd Burns!« murrte er. »Immer nur er! Burns hier ... Burns da ...«

»Warum kündigen Sie ihm nicht?«

Er schaute sie verblüfft an, zuckte die Schultern und zwang sich zu einem Lächeln.

»Sie haben Ideen!«

»Brauchen Sie ihn unbedingt, um leben zu können?«

In diesem Augenblick zuckte Sadjidé zusammen, denn plötzlich schaukelte an ihrer Seite eine andere Barke, in der außer den beiden Ruderern nur ein kleiner, schwarzgekleideter Mann saß.

Smit bemerkte ihn ebenfalls, und er brummte mit düsterem Blick:

»Wer ist dieser Mann? Mir ist, als würde ich ihm oft begegnen ... So wie er gekleidet ist, fährt man doch nicht auf dem Bosporus spazieren!«

Die Barke kam noch näher. Ali Bey erhob sich trotz der Gefahr, in dem wackeligen Boot das Gleichgewicht zu verlieren, und fragte in demütigem, förmlichen Ton:

»Würden Sie mir eine kurze Unterredung gewähren, Monsieur Burns?«

Sadjidé war überrascht, jedenfalls tat sie so. Ihr Begleiter aber schnitt eine Grimasse, schaute sich verlegen um, stotterte:

»Was sagten Sie?«

»Ich sagte, Monsieur Eric Burns, daß ich die Ehre habe, Sie um ein kurzes Gespräch zu bitten. Ich füge hinzu, daß es ziemlich dringend ist, denn in diesem Augenblick befindet sich eine gewisse Person, die Ihnen bekannt ist, in einer delikaten Lage ...«

»Sie wollen sich hier, auf dem Bosporus, mit mir unterhalten?«

»Wir können auch nach Tarabya zurückfahren und bei einem Tee ...«

»Ich trinke nie Tee!«

»Dann werden wir, wenn Sie gestatten, einen Raki zu uns nehmen. Sie werden sehen, daß er dem Whisky weitaus zu bevorzugen ist.«

So fuhren die beiden Barken Seite an Seite dem Ufer zu. Dem Amerikaner war bange geworden, er sagte kein Wort mehr.

4

»So trinkt man den Raki nicht, Monsieur Burns. Sie dürfen den Alkohol nie im Glas mit Wasser vermischen! Man nimmt einen Schluck Raki ... schauen Sie her ... behält ihn im Mund und spült dann einen großen Schluck Eiswasser hinterher.«

»Warum sind Sie so versessen darauf, mich Monsieur Burns zu nennen?«

Sie saßen unter ockerfarbenen Sonnenschirmen auf der Terrasse eines der großen Hotels von Tarabya. Nicht weit von ihnen wurde, wie in fast allen Badeorten, Zigeunermusik gespielt.

»Verzeihen Sie, wenn ich Sie belästige, Monsieur Burns, aber ich möchte doch meinen, daß es Sie nicht stören wird, von einer Gefahr befreit zu werden, die niemals existierte.«

Und er musterte das sowohl erstaunte als auch verlegene Gesicht seines Gegenübers, während Sadjidé aufsprang.

»Warum sagen Sie, daß diese Gefahr ...«

»Es gab sie nie! Denn passen Sie auf: Hätte man Sie wirklich in Angst und Schrecken versetzen wollen, dann wäre man rascher vorgegangen. Man hätte Sie zum Beispiel entführen und Sie als Preis für Ihr Leben einen dicken Scheck unterschreiben lassen können ... Haben Sie niemals daran gedacht?«

»Der Gedanke ist mir schon mal gekommen, ja.«

»Aber Sie haben nicht daran geglaubt! Sehen Sie, Monsieur Burns, Sie sind ein schüchterner Mensch, und das nicht nur bei den Frauen. Als Sie auf die Welt kamen, waren Sie fast schon Milliardär. Sie haben eine viel zu bequeme Kindheit gehabt. Ich bin sicher, daß Sie sich nicht oft geprügelt haben, wo doch der Faustkampf in Ihrem Lande so beliebt ist!«

»Nicht oft, nein.«

»Als Sie dieses riesige Vermögen erbten, war es wohl eine große Belastung für Sie, mit allem fertig zu werden.«

»Ich liebe ein ruhiges Leben. Mir graut davor, jeden Tag Hunderte von Bettelbriefen zu bekommen und mein Vorzimmer voller Leute zu haben, die mir mein Geld aus der Tasche ziehen wollen.«

»Seit wann kennen Sie Smit?«

»Seit der Universität. Er wollte Rechtsanwalt werden, hat ers aber nicht geschafft.«

»Hat er Sie jemals um Geld gebeten?«

»Ein einziges Mal. Er wollte, daß ich ihm für den Aufbau irgendeines Geschäftes einen Kredit gebe. Ich habe abgelehnt, aus Prinzip, weil ich am Ende nicht gerne als der Dumme dastehe.«

»Sind Sie Freunde geblieben?«

»Kameraden. Wir besuchten denselben Klub ...«

»Hat Smit ein Detektivbüro aufgemacht?«

»Kein richtiges Büro, dazu fehlte ihm das Kapital. Aber er betrieb gewisse Nachforschungen. Er ist ein geschickter Bursche und äußerst clever ...«

»Und eines Tages bekamen Sie plötzlich diese Drohbriefe?«

»Ja. Das begann vor fast einem Jahr.«

»Haben Sie sie der Polizei gezeigt?«

»Nein, nicht sofort, denn in diesem Fall nehmen die Dinge ja oft ein schlechtes Ende.«

»Aber Smit haben Sie sie gezeigt?«

»Ja. Er hat mir versprochen, sich darum zu kümmern. Aber er hat nichts entdeckt, und ich bin dann doch zur Polizei gegangen. Diese war ebenfalls erfolglos, und so habe ich mich, um meine Ruhe zu haben, zu einer Weltreise entschlossen, auf die ich übrigens schon lange Lust hatte.«

»Und Smit haben Sie mitgenommen.«

»Das ist ganz normal! Auch die Polizei riet mir, immer jemanden um mich zu haben.«

»Wann haben Sie begonnen, ihn zu verdächtigen?«

»Wie meinen Sie das?«

»Das wissen Sie ganz genau. Eines schönen Tages ahnten Sie, daß Smit ein nicht ganz sauberes Spielchen mit Ihnen spielte ... Wer hatte die Idee, während der Reise die Rollen zu tauschen, so daß er Burns und Sie Smit wurden?«

»Er, glaube ich. Aber diese Maßnahme fand ich nicht schlecht ... Ich war so viel freier ... Und er hatte die ganze Last zu tragen.«

»Und die Risiken auch!« entgegnete der kleine alte Mann trocken. »Aber fahren wir fort: Trotz allem fragten Sie sich seit einiger Zeit, was es wirklich mit diesen berühmten Drohbriefen auf sich hatte. Einem der Briefe entnahmen Sie, daß Burns letzte Nacht in seinem Bett in Istanbul überfallen werden sollte, und da haben Sie Ihre ganze Energie zusammengepackt, Sie wollten da sein ...«

»Es stimmt ... Ich hatte genug ... Ich wollte wissen ...«

»Das Heldentum des Schüchternen! Das ist wie der

Zorn der Lämmer! Man schreckt vor nichts zurück. Um sicherzugehen, daß Smit nicht wieder seine Komödie spielte, haben Sie ihn für eine Zeitlang außer Gefecht gesetzt, indem Sie ihn im Friedhof von Eyüp mit einem Knüppel niederschlugen. Dann haben Sie, wenn ich so sagen darf, seinen Platz in Ihrem Bett eingenommen. Sie waren bereit, dem Feind gegenüberzutreten ...«

»Und gekommen ist eine Frau!« seufzte Burns, nicht gerade stolz auf sich.

»Natürlich!«

»Warum sagen sie ›natürlich‹?«

»Weil ich sie zu Ihnen geschickt habe.«

Burns maß Sadjidé mit einem langen, vorwurfsvollen Blick, ließ den Kopf hängen und schaute nur wieder auf, um zu fragen:

»Aber wie haben Sie das alles herausbekommen?«

»Schnüffelarbeit«, antwortete Ali Bey leise. »Ich habe herumgeschnüffelt und nachgedacht. Diese Briefe ... sie waren von verschiedenen Leuten, von Frauen aller möglichen Nationalitäten geschrieben worden. Es gab also keine dritte Person, die Ihnen nachreiste. Folglich war es Ihr Begleiter, der ...«

»Es ist Smit, nicht wahr?« schrie Burns aufgebracht.

»Gestern, als Sie mit dem Schiff ankamen, bin ich dem falschen Burns gefolgt. Wie Sie wahrscheinlich wissen, ließ er sich unverzüglich in ein Haus bringen, von dem man nicht gerade sagen kann, daß es nicht gastfreundlich wäre ... Im ersten Moment schien mir das normal ... Heute, nachdem ich verschiedene Briefe gelesen habe ...«

»Sie haben das Schloß der Tasche aufgebrochen?«

»Ich habe es mit einem Schlüssel geöffnet, den ich Ihnen natürlich noch aushändigen werde ...«

Wieder ein wütender Blick auf die junge Frau.

»... habe ich mir überlegt, wollte ich sagen, daß er es überall so gemacht haben mußte ... Außerdem haben Sie davon gesprochen, daß der falsche Burns seine Reise nicht mehr unterbrechen wollte ...«

»Sie waren im Zimmer?«

»Im Badezimmer«, bemerkte Ali Bey bescheiden.

»Aber dann ...«

Und dieses Mal schien sich Burns tatsächlich auf seine Begleiterin stürzen zu wollen.

»Entschuldigen Sie mich ... Jeder Beruf hat seine unangenehmen Seiten. Denken Sie daran, daß Sie nirgends so genau beobachtet werden können wie in einem Hotel, sei es nun in New York, Paris, Berlin oder Istanbul. Ich bin also in dieses Haus gegangen, in das sich der falsche Burns gestern führen ließ ... und ich habe sein Mädchen gefunden ...«

Er wandte den Kopf und nickte einer jungen dunkelhäutigen Frau zu, die am Nachbartisch saß. Sie stand auf, kam zu Ali Bey und unterhielt sich mit ihm in türkischer Sprache. Dann sagte Ali Bey zu Burns:

»Sie spricht kein Englisch. Sadjidé wird übersetzen, was sie Ihnen zu sagen hat.«

Und während die Frau ihren Redeschwall begann, übersetzte Sadjidé:

»... Der Herr hat mir ein Blatt Papier gezeigt und mich gebeten, es abzuschreiben ... Es war schwierig, weil ich nichts verstanden habe ... Aber er stand hinter mir ... Dreimal mußte ich neu anfangen ... Er hat mir dreißig türkische Pfund dafür bezahlt ...«

»Die er als Untersuchungsspesen verrechnet!« knurrte Burns wütend.

Denn er war nicht nur von aller Welt, nicht nur von seinem Freund Smit an der Nase herumgeführt worden, sondern auch von dieser Sadjidé, der er noch vorhin angeboten hatte, ihn auf seiner Reise durch Europa zu begleiten! Und zu allem Überfluß auch noch von diesem schäbigen alten Mann, dessen Äußeres absolut nicht auf diese elegante Café-Terrasse paßte!

Indessen fuhr Ali Bey fort:

»Vorhin, als Monsieur Smit in Ihr Zimmer kam, hatte ich eine kleine Unterhaltung mit ihm ...«

»Wo ist er jetzt?«

»Er ist immer noch dort, und zwei Polizisten bewachen ihn ... Er wartet voller Angst auf Ihre Rückkehr. Als ich mich ihm vorstellte, versuchte er, die Briefe an sich zu reißen, um sie zu verbrennen, denn die Ereignisse der letzten Nacht ließen ihn erkennen, daß Sie ihn durchschaut haben ...«

»Bei Gott!«

»Sie regen sich zu Unrecht auf, Monsieur Burns. Immer wieder versteifen Sie sich auf einen Gedanken, ohne sehen zu wollen, wohin er Sie führt. Ich bin zum Beispiel davon überzeugt, daß Sadjidé wirklich in Sie verliebt ist, trotz allem, was ich Ihnen erzählt habe ... Was Smit betrifft, er ist ein ebenso schlechter Detektiv, wie er ein schlechter Gangster ist ... Er wollte Sie nicht Ihres Vermögens berauben ... Das wäre ein Kaliber zu groß für ihn gewesen. Aber er dachte sich, daß

Sie ihn, wenn er Ihnen anonyme Drohbriefe schickte, um seine Hilfe bitten würden, und er so ein ruhiges und bequemes Leben führen konnte ...«

»Die Möglichkeit nicht zu vergessen, daß er unter meinem Namen sehr luxuriös reisen konnte!«

»Genau! Sie kennen doch sicher die Geschichte des Feuerwehrmannes, der immer wieder Feuer legte, um sich durch seine Arbeit mit Ruhm zu bedecken ... Smit ist so einer ... Gescheitert als Rechtsanwalt und als Detektiv, wollte er mal etwas anderes ausprobieren ... Er hat mir geschworen, daß er Sie am Ende der Weltreise beruhigt hätte, indem er behauptet hätte, daß er die Gangster geschnappt habe. Auf diese Weise hätte er sich in Amerika endlich einen Namen machen können ... Vorsicht, Monsieur Burns! ... Ich glaube, das ist schon Ihr dritter Raki!«

»Er ist nicht stark.«

»Das sagt man am Anfang immer ... Ihre Augen glänzen ... Und Ihr Atem geht ganz schön schnell ...«

»Aber verstehen Sie nicht, zum Donnerwetter! Ich hole so tief Luft, weil ich endlich von diesem Alptraum befreit bin! Zum Teufel mit Smit! ... Jetzt kann ich endlich ...«

Sadjidé schaute ihn an. Er erwiderte ihren Blick, zögerte.

»Können Sie endlich was?« beharrte Ali Bey.

»Nichts ... Ich danke Ihnen, Monsieur. Sagen Sie Smit, er soll verschwinden, bevor ich zurückkomme. Soll er doch, wenn es ihm Spaß macht, in ganz Amerika erzählen, daß er die Gangster eigenhändig getötet hat! ... Was Sie betrifft, kommen Sie morgen im ›Pera-Palace‹ vorbei ... Ich verspreche Ihnen ...«

»Es wird nicht für mich sein«, murmelte Ali Bey bescheiden. »Es ist für meine Armen bestimmt ...«

»Was wird er mit diesem Geld anfangen?« fragte Burns freudestrahlend, als er den Scheck, den er auf Ali Beys Namen ausgestellt hatte, unterschrieb.

»Er wird sich ganz sicher Goldstücke kaufen.«

»Warum Goldstücke?«

»Weil das eine Manie bei ihm ist, zumindest behauptet man das. Er sammelt sie und versteckt sie. Er lebt von nichts und hat des öfteren die schrullige Idee, der Polizei helfen zu müssen ... Er ist ein außergewöhnlicher Mensch. Er versteht alles, durchschaut alles, und er ist überall ...«

Burns sprang plötzlich auf und öffnete die Tür ins Badezimmer, dann kam er beruhigt zurück und nahm seine Freundin in die Arme.

»Auf jeden Fall werden wir beide jetzt unsere Europareise antreten«, entschied er. »Und sie wird mehr Spaß machen als mit Smit.«

»Als mit Burns vielmehr, denn schließlich waren Sie Smit!«

Er grunzte. Er mochte es nicht, daß man ihn an die Zeit erinnerte, in der er so in Angst gelebt hatte.

Ali Bey, kahlköpfig, schäbig, saß in einer Ecke der Hotelhalle bei einem Glas Raki, das ihm der Barkellner gebracht hatte.

Mademoiselle Doches Untersuchung

Die Szene, die schließlich den Beginn der Feindseligkeiten kennzeichnete, ließ keineswegs ein Drama voraussehen. Albert Moritain, der mit den Händen auf dem Rücken untergetaucht war, nahm mit den Lippen den kleinen Deckel einer Teekanne vom Grund, brachte sich mit einem Schwung aus den Hüften an die Wasseroberfläche, prustete, schaute zum oberen Laufgang hinaus und rief:

»Sieh an: Die *Queen* ist nervös!«

Dies geschah an Bord der ›Gordon‹, eines kleinen englischen Schiffes, das halb Fracht-, halb Passagierschiff war und den Pazifik auf der längstmöglichen Route durchquerte, d.h. sie fuhr von San Francisco über Tahiti, die Gilbert-Inseln und Neuseeland nach Australien.

Vor drei Tagen hatte die ›Gordon‹ Tahiti verlassen. Bis Sidney würde sie noch acht Tage brauchen. Das Meer war glatt wie Seide und zeigte jenen glänzenden Schimmer, dessen man schließlich überdrüssig wurde. Die Temperatur, die von morgens bis abends und von abends bis morgens bei ungefähr 35 Grad Celsius lag, reizte einen kaum zu mehr als zu ausgedehnten Ruhestunden im Schatten der Planen, die auf dem oberen Deck aufgespannt waren.

... Oder auch zu einem Bad in dem Pool aus Planken und Planen, den der Kapitän auf der Back hatte aufstellen lassen.

Die *Queen* war natürlich keine richtige Königin, sondern ein frecher Spitzname, den Albert Moritain, der vor gar nichts Respekt hatte, Lady Bramson, der Gattin von Lord Bramson, Botschafter seiner Majestät in einer kleinen südamerikanischen Republik, verliehen hatte.

Und wenn die *Queen* nervös war, dann lag es daran, daß sie sich mit ihrem *Windhund* gestritten hatte.

Es gab natürlich auch keinen richtigen Windhund an Bord, geschweige denn überhaupt irgendeinen Hund. Das alles gehörte zu dem geheimen Vokabular, dessen sich nur Albert und Mademoiselle Doche bedienten, und sie hatten ihren endlosen Spaß daran, was ihnen die Überfahrt erträglicher machte.

Im Augenblick tummelten sich die beiden – übrigens die einzigen Franzosen an Bord – im lauwarmen Wasser des Beckens, von wo aus sie Lady Bramson beobachten konnten, die, allem Anschein nach äußerst erregt ihre Kabine verließ und ohne anzuklopfen in das Büro des friedfertigen Kapitäns stürmte.

»Was wohl ihr *Windhund* ihr wieder angetan hat?«

Der *Windhund*, von dem die Rede war, war kein anderer als Captain Will, ein junger und gutaussehender Offizier der Indischen Armee, der Urlaub machte und der unzertrennliche Begleiter Lady Bramsons geworden war.

Diese mußte in den Fünfzigern sein.

Captain Will war dreißig Jahre alt, und er hatte das strahlendste Gebiß und die schönsten Augen in der ganzen englischen Armee.

Ein Schelm, wer Arges dabei denkt!

»Hören Sie, Albert, bezüglich Lady Bramson wollte ich Ihnen sagen ...«

»Sie wollten mir was sagen? Daß Sie eifersüchtig sind?«

Er war ihr vielleicht etwas zu heftig ins Wort gefallen, und er wurde sich dessen bewußt und errötete. Dennoch sprach das Mädchen mit einem sehr sanften und zärtlichen Lächeln weiter:

»Ich behaupte nicht, daß Sie verrückt nach ihr sind.«

»Das würde mir auch schwerfallen!«

»Aber ich glaube, die Tatsache, daß sie eine Dame von Welt ist und daß die Familie dem englischen Hofadel angehört, beeindruckt Sie doch ein bißchen ... Geben Sie es zu, Albert ...«

»Wenn mich das beeindrucken würde, dann würde ich mich nicht den ganzen Tag über sie lustig machen.«

»Genau! Es ist, weil ...«

Ihre Unterhaltung wurde unterbrochen, denn der Kapitän trat aus seiner Tür. Er schien nun ebenso verwirrt wie die *Queen*.

Beide strebten eiligen Schrittes dem Salon zu. Kurz darauf kam ein Steward zu den beiden Franzosen und murmelte:

»Der Kapitän bittet darum, daß jedermann in den Salon auf dem Oberdeck kommen möge.«

»Meine Damen und Herren ... Hm! ... Ein bedauernswerter Vorfall ... Hm! ... Ein außergewöhnlich ernster Vorfall ... Hm! ... hat sich auf unserem Schiff ereignet ...«

Er war wahrscheinlich der sanftmütigste und friedliebendste Seemann auf dem ganzen Pazifik. Er verbrachte seine Tage damit, in seiner Kabine Aquarelle zu malen, wobei er Postkarten als Vorlage benutzte.

Die Aufregung hatte ihm die Röte ins Gesicht getrieben, und er wagte nicht, seine Passagiere anzusehen, als er zum Schluß kam:

»Man hat Lady Bramsons Schmuck gestohlen!«

Das war wirklich beeindruckend! An Bord eines großen Passagierdampfers wäre nach diesen Worten eine fieberhafte Bewegung aufgekommen und es hätte endlich genug neuen Gesprächsstoff gegeben.

Aber an Bord der ›Gordon‹ waren alles in allem sechs Passagiere, und jeder blieb wie erstarrt an seinem Platz, jedem stand der Schweiß auf der Stirn, und jeder hatte den Eindruck, daß er es war, den die anderen verdächtigten.

»Ich selbst werde mich für eine Untersuchung bereitstellen, und ich bitte Sie ... Hm! ... es mir nicht zu verübeln, wenn ich mich gezwungen sehe ... Hm! ... gewisse Maßnahmen zu ergreifen, die ...«

Er stockte und suchte vergeblich nach einem Satzende, als Albert Moritain die Stimme erhob und ruhig erklärte:

»Ich möchte, daß vor allem anderen unsere Kabinen durchsucht werden ... Ich nehme an, daß man auf diese Weise vorgehen muß, nicht wahr? ... Wir könnten alle im Salon bleiben, während der Kapitän ...«

Dieser zögerte. Es war das erste Mal, daß es einen so

unangenehmen Zwischenfall auf seinem Schiff gab, und er war nicht darauf vorbereitet. Seine Offiziere umstanden ihn, und es war ihnen kaum wohler zumute, denn durch eine Persönlichkeit wie Lady Bramson drohte die ganze Geschichte verheerende Ausmaße zu nehmen.

Am ruhigsten war Captain Will, der eine Flanellhose und ein Hemd aus feiner Seide trug, eine Zigarette rauchte und nachdenklich seine sorgfältigst gepflegten Hände betrachtete.

Lady Bramson schaute jeden der Reihe nach an, und sie machte sich nicht die Mühe, ihren Argwohn zu verstecken, der sich sowohl gegen Mademoiselle Doche als auch gegen Moritain, Monsieur Terwel und gegen die üppige Madame Cosmos richtete.

»Ich glaube, meine Damen und Herren ... Hm! ... daß es tatsächlich vernünftig wäre ... Hm! ... Wenn Sie gestatten, werde ich mit meinen Offizieren ... Hm! ... Selbstverständlich wollen wir Sie nicht verdächtigen ... Hm! ... sondern wollen Sie, genau gesagt, von jedem Verdacht ausschließen ... Inzwischen bitte ich Sie, hier zu bleiben ...«

Uff! Endlich konnte er gehen! Seine Offiziere folgten ihm, und nur einer, der jüngste, blieb, wahrscheinlich auf Befehl des Kapitäns, bei den Passagieren, denen er mit gespielter Gelassenheit gegenüberstand.

Eine qualvolle Stunde verging. Qualvoll einmal, weil der Salon, trotz der rotierenden Ventilatoren, die ein entnervendes Geräusch machten, der heißeste Raum an Bord war; qualvoll zum anderen, weil keiner es wagte, sich zu bewegen oder zu sprechen.

»Wir wollen eine Partie Mogeln spielen«, sagte trotz allem Lady Bramson zu Captain Will.

Jeden Tag saßen sie stundenlang bei diesem Kartenspiel, das gewöhnlich mit einem Streit endete, denn die noble Lady Bramson wollte es nicht zulassen, daß sie verlor. Aber Captain Will war nicht richtig bei der Sache, trotz seiner offensichtlichen Gelassenheit, und eine beträchtliche Zahl von Zigarettenstummeln sammelte sich in dem Aschenbecher mit dem Wappen der Schiffsgesellschaft.

Geneviève Doche wagte Moritain nicht anzusehen, denn sie hatte Angst, daß auch nur ein simpler Blick Argwohn erwecken könnte. Moritain seinerseits beobachtete von weitem die Kartenspieler, und seine Augen waren noch dunkler als sonst.

So war also über eine Reise, die ohne besondere Zwischenfälle verlaufen war, eine Reise vielmehr, die, zumindest für die beiden Franzosen, einen wunderbaren Verlauf nahm, ein Gewitter hereingebrochen.

Bei der Abreise in Marseille hatten sie sich an Bord der ›Ville-d'Alger‹ kennengelernt, die sie nach Tahiti bringen sollte. Bei der Zwischenlandung auf Martinique, wo sie zusammen die Doudou-Tänze besuchten, waren sie bereits die besten Freunde der Welt, Freunde wie Hund und Katz', denn sie zankten sich ständig.

»Sie sind der ungezogenste Junge, den ich jemals kannte!« sagte das Mädchen ihrem Freund immer wieder.

»Und Sie erinnern mich an einen Drachen!«

In diesen Scherzen steckte immer eine Spur Wahrheit. Albert Moritain, der gerade vierundzwanzig Jahre alt war, aber wie zwanzig aussah, war der Sohn eines bedeutenden Spinnereibesitzers aus dem Norden. Und man übertrieb nicht, wenn man sagte, daß er das schwarze Schaf in seiner Familie war. Er machte sich lustig über die steifen Sitten Rouens, über den äußeren Schein, hinter dem sich die Seinen versteckten, und ganz allgemein über alle respektablen Persönlichkeiten der Stadt.

Er wurde zum Studium der Rechtswissenschaften nach Paris geschickt, doch dort erlernte er nichts weiter als den Pariser Argot und die tausend Möglichkeiten, einen Cocktail zu mischen.

Darob verzweifelt, hatte die Familie beschlossen, ihn nach Australien zu schicken, wo er bei einem bedeutenden Rohwollehändler ein Praktikum machen sollte.

Geneviève Doche war von Aussehen und Charakter her genau das Gegenteil. Sie war sanft und vernünftig, er unruhig. Sie fast zu ernst für ihr Alter, er eher launenhaft. Sie war erst fünfundzwanzig, und doch hatte sie schon als Französischlehrerin an den besten Schulen Sidneys unterrichtet.

»Wir beide sind füreinander geschaffen!« behauptete Albert, als sie den Panamakanal durchfuhren.

»Ich soll mit Ihnen auskommen? Nie!«

»Sie werden sehen, wir beide heiraten noch!«

Als sie in Tahiti ankamen, waren sie schon zehn Wochen zusammen, hatten jede Stunde auf dem Schiff miteinander verbracht, das sicherlich ein idealer Ort für Verliebte ist.

»Ich weiß jetzt, was wir tun werden«, hatte Albert

beschlossen, als sie die Inseln besichtigten. »Sobald wir in Australien sind, telegrafiere ich meinen Eltern, daß ich Sie heiraten werde ...«

Sie hatte nicht nein gesagt. Eines Abends, als sie am Rande der Lagune spazierten, hatte sie sogar etwas gemurmelt, das sich wie ein ›Ja‹ anhörte, in einem Augenblick allerdings, als sich ihrer beider Lippen sehr nahe waren.

»Aber dann werde ich ab morgen mit Ihrer Erziehung beginnen! Ich will keinen Mann, der zu nichts anderem fähig ist, als von morgens bis abends seine Scherze zu treiben ...«

Für die Überfahrt nach Australien hatten sie sich auf der ›Gordon‹ eingeschifft, wo sie Lady Bramson und Captain Will kennenlernten, wie auch Monsieur Terwel und die dicke Madame Cosmos, mit denen sie sich aber weit weniger beschäftigten.

Hin und wieder hatten sie zu viert Bridge gespielt. Die *Queen*, wie Albert sie nannte, hatte das Spiel so ernstgenommen, daß der junge Franzose es sich nicht verkneifen konnte, zu bemerken:

»Übertreiben Sie nicht ein wenig, Milady?«

»Was bedeutet *übertreiben*?«

Geneviève stieß ihn unter dem Tisch mit dem Fuß an. Er setzte das Spiel fort, als sei nichts gewesen, und als seine Verlobte ihn hinterher ausschalt, entgegnete er:

»Du siehst doch, daß ihr das Spaß macht. Sie ist so sehr daran gewöhnt, daß jedermann vor ihr niederkniet ...«

Nicht eine, sondern fast anderthalb Stunden vergingen, ehe der Kapitän zurückkehrte. Er hielt den Kopf gesenkt, und sein Kragen war vom Schwitzen ganz zerdrückt. Alle Blicke richteten sich auf ihn.

»Meine Damen und Herren ... Hm! ... Wie zu erwarten war, hat die Durchsuchung der Kabinen nichts ergeben ... Hm! ... Dennoch hoffe ich, daß diese Sache noch vor unserer Ankunft in Sidney aufgeklärt sein wird, andernfalls sehe ich mich gezwungen ... Hm! ... die Behörden und die Polizei einzuschalten ...«

»Man würde uns nicht erlauben, an Land zu gehen?« fragte die dicke Madame Cosmos, die so runde und hervorstehende Augen wie ein Pekinese hatte.

»Das habe ich nicht gesagt ... Hm! ... Indessen wäre es, um Komplikationen zu vermeiden, wünschenswert ... Hm! ... daß ... wenn jemand an Bord irgend etwas entdeckt ... Hm! ...«

»Kurz und gut«, sprach Moritain ernst dazwischen, »Sie verlangen von uns, daß wir uns gegenseitig beobachten und daß wir Sie über unsere Mutmaßungen auf dem laufenden halten ...«

»So ungefähr, ja ... Aber auch ... Hm! ... wenn die Person ... Hm! ... wenn der Dieb ... Ich will sagen ...«

»Sie wollen sagen«, unterbrach ihn der junge Mann wieder, »wenn derjenige, der den Schmuck Lady Bramsons geklaut hat, es plötzlich bereuen oder es mit der Angst kriegen sollte, könnte er sich ganz diskret ...«

»Das ist es! Ganz diskret ... In diesem Fall würde Lady Bramson keine Anzeige erstatten und ...«

Ohne die Erlaubnis dafür abzuwarten, stand Moritain auf und verließ wütend den Raum. Draußen lehnte er sich an die Reling und starrte auf das Meer hinaus.

Er hatte vielleicht eine Viertelstunde so dagestanden, als er neben sich eine sanfte Stimme vernahm.

»Albert ...«

Als er sich zu ihr umdrehte, lagen in seinem Blick nicht mehr die gewohnte Klarheit und Sorglosigkeit.

»Glauben Sie, ich war es?« brauste er auf.

»Albert! Was ist los mit Ihnen? ... Ich kenne Sie nicht wieder ...«

»Zum Teufel! Finden Sie das komisch? Vor allem anderen müßte man diesen verrückten alten Frauen ihrer Sorte verbieten, mit Schmuck im Wert von einigen hunderttausend Francs in der Welt herumzuspazieren. Dabei trägt sie ihren Schmuck noch nicht einmal!«

Das stimmte. Er hatte die Engländerin deshalb schon geneckt. Sie wollte ihre kostbaren Steine ganz für sich alleine haben, und sie trug sie in einer Art goldenen Schmuckschatulle, die an ihrem linken Handgelenk festgemacht war, den ganz Tag mit sich herum.

Selbst wenn sie auf dem Oberdeck halbnackt ihr Sonnenbad nahm, hatte sie die Schatulle bei sich, und man mußte sich fragen, ob sie auch damit schlief.

»Sie sollten sich nicht so aufregen, Albert! Kein Mensch verdächtigt Sie.«

Er starrte sie an.

»Was soll das nun wieder?«

»Ärgern Sie sich doch nicht! Wenn man Sie sieht, könnte man meinen, daß Sie sich von den Worten des Kapitäns besonders angesprochen fühlten ... Ihr Einschreiten ist allen sonderbar vorgekommen ... Kurz, es sind noch andere Leute an Bord, ganz abgesehen von den Offizieren, den Stewards, den Matrosen ...«

»Was hat man drinnen gesprochen, nachdem ich gegangen war?«

»Nichts mehr. Der Kapitän hat sich noch einmal entschuldigt ...«

»Zum Teufel! Es ist schon ein starkes Stück, wenn man vor sechs Personen steht und sagt: ›Meine Damen, meine Herren, zu meinem Bedauern muß ich Ihnen mitteilen, daß sich unter Ihnen ein Dieb befindet ...‹«

»Ich verstehe Sie nicht, Albert! Auch wenn man Ihnen nur zuhört, könnte man glauben, daß nur Sie in Frage kämen, während ...«

»Während was?«

»Madame Cosmos, zum Beispiel! Wer ist diese Frau? Sie spricht mit niemandem. Sie sitzt den ganzen Tag auf ihrem Hintern und bespritzt sich mit Parfum, daß das ganze Schiff stinkt. Laut ihrem Paß ist sie die Frau eines reichen Athener Tabakhändlers, aber nichts beweist ...«

Er schien ihr gar nicht zuzuhören.

»Sie kann ebensogut eine Abenteurerin sein. Immer wieder liest man in den Zeitungen, wie leicht es ist, sich falsche Papiere zu beschaffen ...«

Zitternd entgegnete er:

»Soll ich Ihnen meinen Paß geben, damit Sie sich von seiner Echtheit überzeugen können?«

»Sind Sie verrückt? Ich kenne Sie gut genug, um ...«

»... Um mit gutem Gewissen sagen zu können, daß ich den Schmuck nicht gestohlen habe?«

In diesem Augenblick war er überzeugt, ein kurzes Zögern in ihrer Antwort zu spüren. Es dauerte kaum den Bruchteil einer Sekunde, dann blickte sie ihm in die Augen.

»Ich verdächtige Sie nicht, Albert!«

»Aber Sie haben das Bedürfnis, dies in einem feierlichen Ton zu erklären, so als würden Sie mir eine große Ehre damit erweisen, daß Sie mich nicht für einen Dieb halten.«

»Wenn Sie so weitermachen, spreche ich nicht mehr mit Ihnen!«

»Sieh an!«

»Ich habe Sie aufgesucht, damit wir uns freundlich unterhalten und einige Hypothesen aufstellen können ... Was wissen Sie über Monsieur Terwel, der ebenso wie Madame Cosmos ein Einzelgänger ist?«

»Nichts«, knurrte er und beugte sich wieder über die Reling.

»Man hat mir gesagt, daß er auf Tahiti Kokosplantagen besessen habe, daß seine Geschäfte aber schlecht liefen. Jetzt geht er, fünfzigjährig, nach Australien, um dort sein Glück zu versuchen ...«

»Was beweist das?«

»Es beweist gar nichts, was soll's? Aber das ist noch lange kein Grund, mich so anzufahren ...«

Seit ein paar Sekunden hatte sie Tränen in den Augen, und sie schaute Moritain verstohlen an, als hätte sie Angst, er könnte ihren kläglichen Zustand entdecken.

»Hören Sie, Albert! Sehen Sie mich einen Augenblick an! Werden Sie nicht gleich wütend!«

Sie zögerte, weil sie spürte, wie aufgebracht er war. Dennoch fuhr sie mit sehr viel Zartgefühl fort:

»Wir kennen uns jetzt mehr als sechs Wochen, und es ist gerade fünf Tage her, daß wir uns verlobten ...«

»Wollen Sie, daß ich Ihnen mein Versprechen zurückgebe?«

»Sie sind gemein! Ich bitte Sie nur um eines: Wir wollen uns gegenseitig schwören, bei unserer Liebe, die noch so jung ist ...«

Sie mußte sich auf die Lippen beißen, um die Tränen zu unterdrücken, so feierlich war dieser Augenblick für sie.

»Ich beginne ... Ich schwöre, Albert, bei dem glücklichen Leben, das ich erhoffe, und bei unserer Verbindung, die ich mit meinem ganzen Wesen wünsche, daß ich Lady Bramsons Schmuck nicht gestohlen habe ... Und nun Sie ...«

»Muß ich auch schwören?« höhnte er.

»Tun Sie, was Sie wollen ...«

»Da Sie solchen Wert darauf legen ... Da Sie diesen Eid unbedingt brauchen! Nun gut, ich schwöre!«

»Bei Ihrer Liebe?«

»Einverstanden!«

»Und wir schwören, daß keiner von uns, auch wenn der Schmuck nicht wiedergefunden werden sollte, den anderen verdächtigt, auch wenn alles gegen ihn spricht?«

»Ich schwöre! Ich schwöre! Hören Sie? Ich schwöre!«

Er schrie es hinaus in einem Ton, der sie zwang, in ihre Kabine zu rennen, wo sie ihren Tränen endlich freien Lauf lassen konnte.

Der Gong zum Mittagessen war schon lange verklungen, als sie den Speisesaal betrat. Lady Bramson und Captain Will saßen an ihrem Tisch, dem besten übrigens, und aus ihrem Benehmen konnte man schließen, daß sie sich wieder einmal gestritten hatten.

In einer Ecke saß Madame Cosmos alleine an ihrem Tisch und las während des Essens in ein paar Büchern aus der Bibliothek, während zwei Tische weiter Monsieur Terwel vor einer ganzen Reihe von Arzneifläschchen saß.

»Warum haben Sie mich nicht abgeholt, Albert?« fragte Mademoiselle Doche, während sie an seinem Tisch Platz nahm und automatisch die Speisekarte studierte.

»Ich bitte Sie um Verzeihung.«

»Wofür?«

»Für meine Nervosität vorhin ... Sie können nicht verstehen ...«

»Meinen Sie?«

»Die Leute kennen mich nicht ... Weil ich den ganzen Tag nur scherze, glauben sie, ich sei oberflächlich und dächte nur daran, mich zu amüsieren ...«

»Das stimmt nicht, denn schließlich wollten Sie mich ja heiraten!« erwiderte sie mit ihrem schönsten Lächeln.

»Ich bin ganz anders, als die Leute denken.«

»Ich weiß, Albert, und weil ich das begriffen habe, bin ich in Sie verliebt ... Es war nicht der ewig lachende Clown in Ihnen, der mich betörte ...«

»Was haben Sie bis jetzt gemacht?«

»Ich habe geweint ... Sie hatten mir Kummer gemacht. Und nach dem Weinen habe ich nachgedacht und kam zu dem Entschluß ...«

»Mich nicht mehr zu heiraten?«

»Jetzt werden Sie schon wieder gemein! Kann es sein, daß ein Ereignis, das uns gar nichts angeht, Sie durch und durch verändert hat? ... Mein Entschluß ist folgender, Albert: Ich werde von nun an meine eigene Untersuchung durchführen ...«

»Ihre Untersuchung?«

»Machen Sie sich nicht darüber lustig ... Wir müssen noch fast acht Tage an Bord dieses Schiffes verbringen ... Diese Tage, die wunderschön hätten werden können, werden uns von diesen schrecklichen Schmuckstücken verdorben ...«

Und sie konnte nicht umhin, Lady Bramson, die am anderen Ende des Saales saß, einen Blick zuzuwerfen, in dem sich die ganze weibliche Rachsucht ausdrückte.

»Es gibt nichts Heimtückischeres als den Verdacht ... Ich glaube, dagegen kann nichts widerstehen, nicht einmal die Liebe ... Deshalb will ich den Dieb entdekken ... Ich will, daß wir – ein paar Unglückliche, die mitten auf dem Pazifik zusammenleben müssen – nicht mehr genötigt sind, uns gegenseitig zu bespitzeln und zu beobachten.«

Er zuckte die Schultern und aß weiter.

»Sie glauben, es wird mir nicht gelingen?«

»Ich glaube nichts! Ich habe diese Geschichte und diese Damen von Welt, die mit einem Gigolo und großem Schmuck auf den Meeren herumreisen, bis oben hin satt ... Was Captain Will betrifft ...«

Sie musterte ihren Freund aufmerksam und hörte aus seiner Stimme dieselbe Rachsucht heraus, die sie gegen Lady Bramson hegte.

»Sie mochten ihn nie leiden«, stellte sie fest. »Männer sind immer eifersüchtig auf einen Gigolo ...«

»Danke!«

»Ich behaupte nicht, daß er unschuldig ist. Ich will gerecht sein und keinen mehr als einen anderen verdächtigen ... Nachher werde ich mich mit Lady Bramson unterhalten.«

»Sie?« rief er aus.

»Warum nicht? Wenn ich eine Untersuchung vorhabe, muß ich über gewisse Einzelheiten Bescheid wissen. Nur sie kann sie mir geben, mir sagen, wo sie ihren Schmuck nachts aufbewahrt, wann und wie sie den Diebstahl festgestellt hat, wer in ihre Kabine eindringen konnte ... Ich weiß, daß Sie sich über mich lustig machen, daß Sie der Ansicht sind, der Kapitän sei für diese Art Nachforschungen qualifizierter ...«

»Sie werden sich lächerlich machen!« seufzte er schlechtgelaunt. »Wir sind Franzosen, und man schaut uns schon deshalb merkwürdig an, um nicht zu sagen, mitleidig, weil wir schlecht Bridge spielen, keinen Tee trinken und andere Eßgewohnheiten haben ... Wenn Sie nun auch noch Detektiv spielen wollen ...«

Er schaute sie ernst und besorgt an und murmelte nach einem kurzen Schweigen:

»Ich frage mich sogar, ob es nicht der beste Weg ist, uns in Verdacht zu bringen! ... Außer ihrem Gigolo sind wir die einzigen, die mit Lady Bramson zusammengekommen sind. Nie hat sie mit Madame Cosmos gesprochen, für die sie nur verächtliche Blicke übrig hat; nie mit Terwel, den sie vielleicht noch gar nicht bemerkt hat ... Wir dagegen ...«

»Nun gut, Albert ... Ein Grund mehr, der Wahrheit auf die Spur zu kommen! Ziehen Sie nicht so ein Gesicht, ich bitte Sie ... Ich werde Sie über die kleinsten Entdeckungen unterrichten ... Sie werden sehen, es wird alles gut enden!«

Sie tat, wie sie gesagt hatte. Nach dem Essen ging jedermann aufs Oberdeck und trank an der Bar dort einen Kaffee. An diesem Tag saßen alle wie die Ölgötzen da. Madame Cosmos ging als erste in ihre Kabine, um ihre Siesta zu halten, die bei ihr einem Schwitzbad gleichkommen mußte.

Captain Will war nervös und sprach kein einziges Wort mit seiner Begleiterin. Nachdem er seinen Kaffee getrunken hatte, verbeugte er sich und verschwand ebenfalls.

In einer Ecke saß Albert und beschäftigte sich mit einem Geschicklichkeitsspiel. Man sah ihm an, daß er sich langweilte.

Lady Bramson rauchte ihre Zigarette zu Ende und erhob sich schließlich. In wenigen Schritten Abstand folgte ihr Mademoiselle Doche, und als die *Queen* die Tür ihrer Kabine hinter sich schließen wollte, stand das junge Mädchen vor ihr.

»Gestatten Sie mir, Sie einen Augenblick zu sprechen?« fragte Geneviève höflich und bemühte sich, mutiger zu erscheinen, als sie es tatsächlich war.

Eine Viertelstunde später kam sie heraus. Wie zufällig befand sich Albert gerade in dem Flur.

»Nun?« erkundigte er sich schon von weitem und versuchte, sich gelassen zu zeigen, obwohl er recht besorgt war.

Aber Geneviève ging mit einem sehr blassen und verzerrten Gesicht stumm an ihm vorbei und schloß sich in ihre Kabine ein.

2

Schon mit dem ersten Wort mußte der Ton der Unterhaltung entschieden worden sein. Lady Bramson, die in der halbgeöffneten Tür stand, fragte tatsächlich:

»Bringen Sie mir den Schmuck zurück?«

»Ich weiß nicht, wo Ihr Schmuck ist«, erwiderte Mademoiselle Doche mit einem festen Blick auf die Frau.

In der Kabine herrschte eine nach Geld riechende Unordnung, was bedeutet, daß die zahlreichen Gegenstände, die überall herumlagen, von beträchtlichem Wert waren, angefangen bei dem Zigarettenetui aus Platin bis hin zu der Toilettentasche, die das Wappen der Bramsons trug.

»In diesem Fall nehme ich an, daß Sie mir etwas in dieser Sache mitzuteilen haben?«

Was diese Unterredung noch absonderlicher machte, war die Tatsache, daß die *Queen*, die fließend Französisch sprach, sich ausschließlich dieser Sprache bediente, während Geneviève Doche ihr in reinstem Englisch antwortete.

Die Distanz zwischen beiden Frauen war größer denn je, vielleicht weil Lady Bramson in ihren eigenen vier Wänden noch mehr die große Dame spielte als im Rauchzimmer oder im Salon, wenn sie sich herabließ, mit Unbekannten Bridge zu spielen.

Sie zeigte es deutlich. Sie war zu Hause! Sie stand in der Mitte ihrer Kabine, der einzigen Luxuskabine der ›Gordon‹, und mit dem Blick, mit dem sie das Mädchen maß, schien sie sagen zu wollen:

›Wenn Sie mir meinen Schmuck nicht zurückbringen, wenn Sie mir diesbezüglich nichts mitzuteilen haben, mit welchem Recht stören Sie mich dann?‹

Aber Mademoiselle Doche war entschlossen, mutig zu sein. Sie hatte alle Energie zusammengenommen und konzentrierte sich mit ihrem ganzen Willen auf ein Ziel: sich nicht einschüchtern zu lassen. Ihre Lippen zitterten ein wenig, als sie erwiderte:

»Ich habe weder ihre Schmuckstücke noch irgendeinen Hinweis auf ihren Verbleib, und ich füge hinzu, daß ich sie niemals gesehen habe. Gibt es auf diesem Schiff Passagiere, denen die Ehre, sie zu betrachten, zuteil wurde?«

»Mir scheint, Sie wollen mich ausfragen?«

»Ich bitte Sie um Entschuldigung, aber da Sie einen von uns des Diebstahls bezichtigt haben, haben Sie uns alle in Verdacht gebracht. Da ist es nur recht und billig, daß wir uns verteidigen ...«

»Gegen mich?«

»Gegen jenen, der gestohlen hat oder der weiß ... Wir sind sechs Passagiere, Milady, Sie und Captain Will inbegriffen, und es gibt keinen Grund dafür, warum der Verdacht nicht gleichmäßig auf alle sechs verteilt werden sollte ...«

»Ich bitte Sie!«

»Ich habe Sie vorhin gefragt, wer den Schmuck gesehen hat, und Sie haben mir nicht antworten wollen. Wären Sie bereit, mir zu sagen, wo und wann er gestohlen wurde?«

»In dieser Kabine!« antwortete die Dame von Welt in eiskaltem Ton. »In dieser Kabine und diese Nacht ...«

»In diesem Fall ist es vielleicht nicht so schwierig, herauszubekommen ...«

»Mademoiselle Doche, so heißen Sie doch, nicht wahr? Ihre Erziehung scheint mir ein wenig vernachlässigt worden zu sein, ebenso übrigens wie die Ihres Freundes! Ich habe mir erlaubt, mit Ihnen – auf neutralem Boden und weil ich schwerlich anders konnte – ein paar Worte zu wechseln. An Bord von Schiffen ist man manchmal veranlaßt, mit Leuten zusammen zu sein, mit denen man sich anderenorts niemals treffen würde. Aber Sie irren sich gewaltig, wenn Sie glauben, Sie hätten das Recht, in meiner Kabine ...«

»Wir haben alle das Recht zu versuchen, die Wahrheit zu entdecken, Lady Bramson, denn wir tragen alle die Last desselben Verdachts. Ich bin nicht als Feindin gekommen ...«

»Ich suche mir meine Freunde und meine Feinde selbst aus ... Und ich finde, daß diese Unterhaltung lange genug gedauert hat ... Wollen Sie mir jetzt den Gefallen tun zu gehen?«

»Es wäre mir dennoch lieb gewesen, wenn Sie mir ein paar Fragen beantworteten, die ...«

Doch Lady Bramson hatte die Finger bereits auf dem Klingelknopf.

»Legen Sie Wert darauf, daß ich Sie vom Steward hinauswerfen lasse?«

Mademoiselle Doches Beharrlichkeit war vergebens, und es fiel ihr schwer, ihre Verzweiflung zu verbergen. Wie alle, die hart haben arbeiten müssen, um ihren Lebensunterhalt zu verdienen, hatte auch sie zahlreiche Demütigungen hinnehmen müssen, aber keine glich jener, die ihr Lady Bramson zufügte, als sie ihr beim Hinausgehen mit verächtlicher Stimme nachrief:

»Wollen Sie bitte die Tür hinter sich schließen!«

Sie hatte Albert Moritain kaum wahrgenommen, als sie in ihre Kabine eilte. Sie mußte allein sein und ihre Kaltblütigkeit wiedergewinnen.

Welche Idee auch, als unbedeutende Französischlehrerin den Detektiv spielen zu wollen und sich mit echten Damen der Gesellschaft anzulegen! Bei zwei kleinen Diebstählen, die einmal in der Schule, wo sie gearbeitet hatte, begangen worden waren, hatte sie den Schuldigen entdeckt; glaubte sie deshalb, unfehlbar zu sein?

Auf ihrer Koje sitzend, dachte sie nach. Ihre Augen blieben trocken, doch ihr heftiges Atmen zeigte deutlich, wie verwirrt sie war.

›Warum hat sie mich derart behandelt, wo sie noch

gestern ganz vertraulich mit Albert und mir gesprochen hat?‹

Warum? Lady Bramson hatte es auf grausame Art ausgedrückt: Sie gehörten nicht derselben Welt an. Sie konnten sich auf neutralem Boden unterhalten, aber man durfte sich deshalb nicht einbilden, daß ...

Sie sprang auf. Jemand hatte leise an die Tür geklopft, was nicht der Art Moritains entsprach. Bevor sie antwortete, sah sie in den Spiegel und legte automatisch ein wenig Puder auf, denn sie hatte schon immer einen ziemlich blassen Teint gehabt.

»Treten Sie ein!«

Sie kaute auf ihren Lippen, damit sie ein bißchen Farbe bekamen, und versuchte zu lächeln. Sie wunderte sich, als sie den zögernden Ausdruck von Madame Cosmos' Gesicht wahrnahm, die sich zu vergewissern schien, daß das Mädchen allein in der Kabine war.

»Ich wollte Ihnen etwas anvertrauen, aber ich will nicht, daß jemand etwas von meinem Besuch bei Ihnen erfährt ...«

»Setzen Sie sich, Madame Cosmos.«

Madame Cosmos war sehr aufgeregt, und sie atmete so stürmisch, daß ihr gewaltiger Busen bebte.

»Ich bin so erschüttert von diesen Geschichten! ... Wenn ich daran denke, daß ich herzkrank bin und daß mir alle Aufregungen verboten sind! ... Darum bin ich auch immer auf Reisen, weil mein Mann so schnell in Wut gerät ... Und nun brauche ich wieder mehrere Tage, um mich davon zu erholen ...«

Sie lispelte, und während sie sich den Schweiß vom Gesicht wischte, schaute sie sich neugierig um, als wollte sie feststellen, ob man dem Mädchen keine schönere Kabine als ihr gegeben hatte.

»Erlauben Sie, daß ich den Ventilator anstelle? ... Was wollte ich sagen? Ach ja, es ist natürlich wegen dieser Schmuckstücke ...«

»Eine Frage, Madame Cosmos: Haben Sie sie gesehen?«

Die dicke Frau schien verblüfft.

»Natürlich!« antwortete sie mit großen Augen.

»Lady Bramson hat Ihnen ihren Schmuck gezeigt?«

»Aber ... ja ...«

»Sie hat Ihre Schmuckschatulle vor Ihnen geöffnet und die Steine vor Ihren Augen ausgebreitet? Es sind rohe Steine, nicht wahr?«

»Rohe Steine, ja ... Nein! Ich wollte sagen, geschliffene Steine, Rubine und Smaragde, auch Perlen ...«

Was stimmte nicht an dieser Sache? Das Mädchen kam nicht dahinter, aber sie spürte dieses Mißbehagen, das immer eintritt, wenn man vor einer verwirrten Situation steht.

Madame Cosmos fühlte sich ebenfalls nicht richtig wohl, und sie schien die Wendung, die das Gespräch nahm, zu bedauern.

»Sie lassen mich fast vergessen, was ich Ihnen sagen wollte ... Ich überlege, ob ich es Ihnen überhaupt sagen soll ... Ich nehme an, daß das zwischen dem jungen Mann und Ihnen nicht sehr ernst ist?«

»Zwischen Albert und mir? Das ist so ernst, daß wir heiraten werden, sobald wir in Sidney sind ...«

»Nun, das macht meine Lage noch schwieriger ... Ich frage mich wirklich ... Wenn ich nur jemanden hätte, der mir einen Rat geben könnte. Aber ich bin immer alleine! ... Mein Mann kümmert sich nicht um mich. Er schickt mich auf Reisen, um seinen Frieden zu haben ...«

»Wollten Sie mit mir über Albert sprechen?«

»Ja, natürlich! ... Ich wollte Sie warnen. Sie wissen, daß meine Kabine an dem Gang der Steuerbordseite liegt. Nachts hört man jeden Laut, und da ich an Schlaflosigkeit leide ... Auch wegen meiner Herzkrankheit! ... Denken Sie, schon als kleines Kind ...«

»Was haben Sie gehört, Madame Cosmos?«

»Nun, was soll's! Es ist zu Ihrem Besten! Ich möchte nicht, daß Sie später unglücklich sind und daß Sie dann die Schuld auf mich schieben ... Gestern abend, oder vielmehr heute nacht, habe ich auf dem Gang Stimmen gehört, und ich habe sowohl jene Lady Bramsons erkannt als auch die eines Mannes, der Französisch sprach. Dann wurde es still, und ich vernahm, wie die Tür einer Kabine geschlossen wurde. Danach habe ich keine Schritte mehr gehört ...«

Geneviève war sehr blaß geworden. Mit einem schwachen Lächeln versuchte sie ihren Schmerz zu verbergen.

»Sie haben die Person nicht gesehen? ... Ich meine den Mann, der Französisch gesprochen hat und der, wie Sie sagen, in Lady Bramsons Kabine gegangen ist?«

»Ich habe ihn gesehen ... Ich fand es aufregend genug, um mich dafür zu interessieren, vor allem, weil diese Dame mich immer so von oben herab anschaut, als ob sie mir etwas vorzuwerfen hätte ... Ich nahm meine Arznei nicht gleich – ich muß nämlich ein Schlafmittel nehmen ... Ungefähr nach einer Stunde ist die Tür wieder aufgegangen, und ich habe Ihren Freund im Flur gesehen ... Ich hatte meine Tür nur einen schmalen Spalt aufgemacht, trotzdem sah ich, daß er an der Ecke des Flurs mit jemandem, der auf ihn gewartet hatte, zusammenstieß, und ich bin überzeugt, daß es Captain Will war ... Verstehen Sie? Der Captain ist wahrscheinlich eifersüchtig ... Und als er Ihren Freund in die Kabine Lady Bramsons gehen sah ...«

»Ich danke Ihnen«, sagte das Mädchen mit müder Stimme.

»Sie sind mir nicht böse, nein? Es ist besser, Sie wissen es, bevor es zu spät ist ...«

»Was meinen Sie damit?«

»Bevor Sie heiraten ... Denn jetzt wissen Sie Bescheid ...«

»Ja ... Danke, Madame Cosmos ...«

Diese wollte schon zu einem neuen Thema übergehen, das sicher von ihrer Herzkrankheit, ihrer Schlaflosigkeit und ihrem Mann gehandelt hätte, aber Mademoiselle Doche war aufgetanden, unfähig, noch mehr über sich ergehen zu lassen.

»Sie dürfen mir nicht böse sein, Madame Cosmos, aber Albert ... ja, Albert erwartet mich an Deck ...«

»Was werden Sie tun?«

»Nichts, warum? ... Als er gestern abend zu Lady Bramson ging, tat er es in meinem Auftrag. Er hat ihr ein Buch, das ich mir geliehen hatte, zurückgebracht. Wahrscheinlich haben sie sich noch ein bißchen unterhalten ... Albert kann, wie Sie wissen, recht lustig sein, und Lady Bramson hört ihm gerne zu ...«

Madame Cosmos war so entsetzt, daß sie rückwärts hinausmarschierte und sich fragen mußte, ob man sich über sie lustig machte oder ob sie träumte.

»Nochmals vielen Dank, Madame Cosmos! ... Ich weiß, daß Sie es gut mit mir meinten ...«

»Albert!«, rief sie sehr leise, und ihre Stimme klang traurig.

Sie hatte an die Tür seiner Kabine geklopft und keine Antwort bekommen. Schließlich hatte sie lautlos den Türknauf gedreht, und sie entdeckte den jungen Mann auf der Koje, wie er halbnackt dalag. Ein Arm hing auf den Boden herunter. Die Augen in seinem naßgeschwitzten Gesicht waren geschlossen, und durch den halbgeöffneten Mund drang ein lautes Schnarchen.

Es war das erste Mal, daß sie seine Kabine betrat, in der eine typisch männliche, poesielose Unordnung herrschte.

Albert hatte getrunken, das war offensichtlich. Sein rotes Gesicht, sein Schnarchen, sein Atem sagten genug. Dies passierte übrigens nicht zum erstenmal. Kurz vor der Ankunft in Panama hatte sie ihn böse angefahren, weil er, nur mit dem Ziel, zwei alte, übertrieben prüde Damen zu ärgern, in voller Lautstärke unanständige Geschichten erzählt hatte. Auf Genevièves Anpfiff hin war er sehr blaß geworden und hatte sie einfach sitzenlassen. Zwei Stunden später hatte sie ihn an der Bar wiedergefunden, wo er mit glänzenden Augen vor seinem fünften oder sechsten Whisky saß.

»Sie haben mir wehgetan«, hatte er am nächsten Tag gestanden. »Und um nicht mehr daran denken zu müssen, habe ich getrunken ...«

Und nun, nachdem er sie aus Lady Bramsons Kabine hatte kommen sehen, hatte er wieder getrunken. Um ihn wach zu kriegen, mußte sie ihn an der Schulter rütteln.

»Albert! Wachen Sie auf! ... Ich muß mit Ihnen sprechen ...«

Als er seine Augen öffnete und seine Verlobte erkannte, stieg ein bitteres Lachen in ihm auf.

»Albert, regen Sie sich vor allem nicht schon wieder auf ... Wir müssen beide ganz ruhig bleiben ... Ich bin nicht gekommen, um Ihnen Vorwürfe zu machen, aber es war nicht recht von Ihnen, mir nicht die Wahrheit zu sagen ...«

»Die Wahrheit?« wiederholte er und setzte sich auf, während er mit den Fingern durch sein verwühltes Haar fuhr.

Er war argwöhnisch, wagte dem Mädchen aber nicht in die Augen zu sehen und wandte den Kopf ab.

»Sie werden nicht wieder mit Ihren Geschichten von vorhin anfangen?« brummte er und benahm sich wie ein trotziges Kind, das durchaus wußte, daß es etwas Unrechtes getan hatte.

»Ich spreche nicht von dem Schmuck, Albert, sondern von Lady Bramson ... Wie haben Sie das tun können?«

Er zuckte die Schultern, aber sein Gesichtsausdruck blieb erbärmlich, und er stieß zwischen den Zähnen hervor:

»Ja ... warum?«

Er sprang mit einem Satz auf, lief mit kurzen, heftigen Schritten durch die enge Kabine und schaute überall hin, nur nicht in die Richtung seiner Verlobten.

»Warum? Nun, das würde ich selbst auch gerne wissen! Ohne Zweifel, weil ich ein Dummkopf bin! Aber selbst ein Dummkopf begeht keine so großen Dummheiten! ... Warum? ... Ich weiß es nicht ... Weil ... Weil ...«

»Beruhigen Sie sich, Albert! Und schreien Sie nicht so! Jeder kann Sie hören ...«

»Glauben Sie, daß nicht alle mehr oder weniger auf dem laufenden sind oder es bald sein werden? ... Sie sind kein Mann, Geneviève, und Sie können das nicht verstehen ... Es gibt Augenblicke, wo man ohne Grund gerade das tut, wovon man weiß, daß man es nicht tun sollte ... Das ist mir mein ganzes Leben lang so ergangen ... Ich habe Ihnen doch erzählt, wie verrückt ich früher war ... Gestern abend bin ich an Deck gegangen, ohne etwas Bestimmtes vorzuhaben, oder vielmehr, wenn Sie es wissen wollen, ich bin raufgegangen, um an Sie zu denken ... Sehen Sie ... Ich befand mich genau über Ihrem Bullauge. Ich habe versucht, Sie mir vorzustellen, wie Sie ...«

Nun wandte das Mädchen den Kopf ab.

»Sie sehen, wie fern mir der Gedanke an Lady Bramson und ihren Gigolo war! ... Als ich auf dem Weg zurück in meine Kabine war, sah ich auf dem Gang eine Tür offenstehen, und zwar die der *Queen*. Automatisch habe ich einen Blick in die Kabine geworfen. Die *Queen* saß, mit einem Morgenmantel bekleidet, in ihrem Bett und sagte in ihrem hintergründigen Ton, den sie so gut anzuwenden weiß:

›Haben Sie keine Zigarette, Monsieur Moritain? Ich habe vergessen, vorhin an der Bar welche zu verlangen, und mein Klingeln nach dem Steward war vergebens, es kommt niemand ...‹«

Albert hielt einen Augenblick inne und blickte das Mädchen herausfordernd an.

»Das ist das ganze Abenteuer! Sehr schlimm, nicht wahr? Noch einen Moment zuvor war ich mit meinen Gedanken ausschließlich bei Ihnen! ... Ich bin also hinein. Ein Whisky wurde mir angeboten. Ich habe mir Captain Wills Gesicht vorgestellt, wenn er mich um Mitternacht bei einem Tête-à-tête mit seiner Geliebten fände ...«

»Dieser Gedanke amüsiert mich ... Sie wissen genau, daß ich alle Captain Wills auf der Welt hasse ...«

»Die *Queen* wollte, daß ich ihr ein paar Geschichtchen erzähle. Mit halb geschlossenen Augen saß sie da und lachte. Dann lehnte sie sich zurück und ich sah, daß sie nichts unter ihrem Morgenmantel trug ... Ich will Ihnen keinen Vorwurf machen, Geneviève, aber seit wir Marseille verlassen haben, habe ich mich kein einziges Mal nach einer anderen Frau umgedreht, selbst in Tahiti nicht, wo sich normalerweise jeder Mann in ein Liebesabenteuer stürzt ... Sie lachte immer noch, ich hatte den Faden meiner Geschichte verloren ... Ich könnte nicht sagen, wie es passiert ist, auch nicht, wer den ersten Schritt dazu getan hat, sie oder ich ... Was ich aber weiß, ist, daß sie hinterher wieder die *Queen* wurde, noch hochmütiger als sonst, und daß sie mich ansah, als hätte ich sie vergewaltigt. ›Sie haben sich wie ein Lümmel benommen, Monsieur Moritain!‹ hat sie gesagt, als sie mir die Tür öffnete, um mir zu zeigen, was ich zu tun hatte ... Ach ja, ich erinnere mich jetzt, daß ich ihr, ohne ihr Benehmen ernst zu nehmen, geantwortet habe: ›Schön, Prinzessin. Ich werde keinem Menschen erzählen, daß wir Monsieur Will und zugleich dem Botschafter die Hörner aufgesetzt haben!‹«

Er versuchte, in das Gesicht des Mädchens zu blikken, aber Geneviève schaute an die Wand, denn sie konnte sich ein Lächeln nicht verkneifen.

»Konnte ich von dieser verdammten Geschichte mit dem Schmuck etwas ahnen? Ich habe nicht einmal auf ihre Schmuckschatulle, wie sie sagt, geachtet. Als ich ging, war ich kein bißchen stolz auf mich. Ich mußte an die frische Luft, um ihren Geruch loszuwerden, der mir in den Kleidern hing ...«

»Und am Ende des Ganges trafen Sie auf Captain Will ...«

»Woher wissen Sie? Hat sie es Ihnen gesagt?«

»Was hat der Captain gemacht?«

»Ich war auf eine Ohrfeige gefaßt, oder zumindest auf einen schönen Kinnhaken. Ich glaube, daß ich instinktiv die Hand hob, um den Schlag abzuwehren. Aber nein! Er hat mich sachte, aber doch nachdrücklich am Arm genommen und mit ruhiger Stimme gemurmelt: ›Ich habe Lust, mit Ihnen zu plaudern, Monsieur Moritain.‹«

Mademoiselle Doche hörte mit wachsendem Interesse zu. Albert war ein bißchen ruhiger geworden, aber er sah immer noch jämmerlich aus.

»Dieser Teil der Geschichte ist nicht viel besser als der andere«, seufzte er. »Wenn ich diese häßliche Sache aus meiner Erinnerung streichen könnte, ich schwöre Ihnen, ich ... Der Captain hat mich an Deck geschleppt. Was sollte ich machen? Ich war der Bösewicht, und es war nicht der richtige Zeitpunkt, ihm stolz anzubieten: ›Ich stehe zu Ihrer Verfügung, Captain Will ... Meine Adjutanten erwarten die Ihren ...‹«

Sie mußte wieder lächeln, denn wenn es sich um dramatische Situationen handelte, legte Moritain so viel Vitalität in seinen Bericht und äußerte seine Mißachtung starrer Regeln und menschlicher Ehrfurcht in so einem Maße, daß man einfach über ihn lachen mußte.

»Einen Augenblick lang habe ich mich gefragt, ob er mich nicht an die Reling führen würde, um mich über Bord zu stürzen. Aber nein! ... Er zündete sich eine Zigarette an, reichte mir sein Päckchen, dann sein Feuerzeug, und im Schein der Flamme mußte er gesehen haben, was für ein komisches Gesicht ich machte ...

Dann hat er leise gefragt:

›Was hat sie Ihnen erzählt, Moritain?‹

›Sie hat mir nichts erzählt ... Das heißt, wir haben geplaudert ... Ich ging den Flur entlang und ...‹

›Ich bitte Sie! Sie brauchen mir gegenüber nicht zurückhaltend zu sein! Ich kenne Lady Bramson schon sehr viel länger als Sie, und Sie sind nicht der erste ...‹«

Von neuem horchte Mademoiselle Doche auf.

»Worauf wollte er hinaus?« fragte sie mit Nachdruck.

»Das ist es ja gerade, was ich nicht weiß und mir jetzt noch überlege ... Er sah so aus, als wollte er mir etwas anvertrauen. Er sagte mir, sie sei eine der charmantesten Frauen der Welt, aber sie könne gewissen seltsamen Dingen nicht widerstehen ... Man könnte fast glauben, daß er mir sagen wollte:

›Mein lieber Junge, Sie haben soeben einen Augenblick in Lady Bramsons Intimsphäre leben dürfen. Aber Sie dürfen sich nicht einbilden, daß Sie für so wenig ihr Liebhaber sein können. Vor Ihnen hat es andere gegeben, alle möglichen Männer, auch Chauffeure und Dienstboten ...‹«

»Hat er von Chauffeuren und Dienstboten gesprochen?« unterbrach ihn Mademoiselle Doche.

»Auf jeden Fall von Chauffeuren ... Kurz, soweit ich verstanden habe, kann sie nur schwer der Versuchung widerstehen ... Und Captain Will ist ein bißchen dafür da, daß er die Dinge hinterher wieder in Ordnung bringt, d. h. um aufzupassen, daß niemand die Situation ausnützt, und um den Schein zu wahren.«

»Ich beginne zu verstehen.«

»Was zu verstehen?«

»Nichts! Erzählen Sie weiter!«

»Es wird immer idiotischer. Wenn uns um zwei Uhr morgens jemand auf dem Promenadendeck gesehen hätte, hätte er uns für die besten Freunde der Welt halten müssen. Will hat so eine Art, Sie beim Gehen die ganze Zeit am Arm festzuhalten. Alle fünf Minuten hielt er mir sein Zigarettenetui hin. Er erklärte mir, eine Dame von Welt bliebe immer eine Dame von Welt, trotz ihrer Ausschweifungen, solange es nur keinen Skandal gäbe ... Nie in meinem Leben habe ich mich so geschämt ...«

»Armer Albert!« sagte sie mit zärtlicher Ironie.

»Da gibt es nichts zu lachen! Ich machte ein wenig den Eindruck eines kleinen Ganoven, der eine Lady kompromittierte, um hinterher davon profitieren zu können. Es ging so weit, daß Will mich gefragt hat, was ich in Australien vorhätte und ob ich nicht Geld brauchte ...

Es fehlte nicht viel, und er hätte freiweg gefragt:

›Wieviel?‹

Natürlich, um mir den Mund zu stopfen! Um meinen Glückstreffer nicht wie ein Spatz von den Dächern zu pfeifen, wodurch die Ehre Lord Bramsons aufs Spiel gesetzt worden wäre.

Wissen Sie, worüber ich nachdenken muß, Geneviève? Ob Lord Bramson nicht Bescheid weiß über die Verrücktheiten seiner Frau, und ob nicht er es war, der Captain Will auf sie angesetzt hat, um sie abzuschirmen und unerwartete Schwierigkeiten zu vermeiden ...«

»Wie endete Ihre Unterhaltung?«

»Ich schäme mich, es zuzugeben: Wir haben uns die Hände geschüttelt! ... Und um Will zu beruhigen, habe ich ihm mitgeteilt, daß ich Sie gleich nach der Ankunft in Sidney heiraten würde; auf diese Weise waren wir uns unserer beider Diskretion sicher ...

Sie sehen, es ist weder eine sehr amüsante noch eine sehr anständige Geschichte. Ich schäme mich dafür, Geneviève, und ich bitte Sie aus ganzem Herzen um Verzeihung ...«

Und mit diesen Worten sank er auf die Knie und verbarg, wie ein Kind, seinen Kopf im Schoß des Mädchens. So viel Aufrichtigkeit lag in dieser Geste, daß man ihm einfach alles verzeihen mußte.

»Stehen Sie auf, Albert ...«

»Sie verabscheuen mich nicht?«

»Schnell, stehen Sie auf! Wenn jemand hereinkommt ...«

»Gut. Sagen Sie mir, daß Sie mich nicht verachten und daß Sie mich nicht verdächtigen, diesen schrecklichen Schmuck gestohlen zu haben ...«

»Ich verachte Sie nicht ...«

»Und Sie verdächtigen mich nicht?«

»Ich glaube, daß Sie mir die volle Wahrheit gesagt haben, Albert ... Aber wenn Sie mich dieses Mal belogen hätten, wenn Sie mir irgend etwas verschwiegen hätten, dann wäre alles aus gewesen zwischen uns ...«

Mit derselben Inbrunst, mit der er sich auf die Knie hatte fallen lassen, richtete er sich nun wieder auf und nahm Geneviève in die Arme; seine Sünden hatte er fast schon vergessen.

»Sie sind so gut!«

»Nein! Ich bin gerecht. Und ich muß leider feststellen, daß man Sie, genau wie ein Kind, für Ihr Tun manchmal nicht verantwortlich machen kann.«

»Ich schwöre Ihnen, daß ich nur aus Trotz gehandelt habe, weil sie eine Lady war, weil sie so verächtlich auf uns herabsah, weil ich diesen Will haßte und weil ich glaubte, daß er Ihnen den Hof machte ...«

»Nun, und dafür haben Sie sich im voraus gerächt!« meinte sie ironisch. »Ich muß jetzt gehen, Albert, meine Untersuchung ist noch nicht beendet ...«

»Wie? Sie machen weiter?«

»Das ist jetzt notwendiger als je zuvor ... Lassen Sie mich ...«

Sie machte sich auf den Weg zur Funkerkabine, die sich ganz oben hinter dem dicken Kamin mit dem roten Querstreifen befand. Unterwegs hielt sie kurz an, brachte ihre Haare in Ordnung und zupfte hier und da kokett an ihrem Kleid herum, wie ein Mädchen, das gefallen wollte. Bestimmt wäre Albert eifersüchtig gewesen, wenn er sie gesehen hätte, als sie lächelnd die Tür zur Funkerkabine aufstieß.

»Lassen Sie sich nicht stören, Monsieur Herbert«, sagte sie zu dem blonden jungen Mann, der seinen Kopfhörer umhatte und an seinen Geräten hantierte. »Ich habe jede Menge Zeit ...«

Er errötete. Er war ein typischer englischer Junge, sportlich und schüchtern, einer von denen, die den Blick einer Frau nicht ertragen können.

»Wollten Sie mir guten Tag sagen?« fragte er zwischen zwei Funksprüchen.

»Ja, ich wollte ein bißchen mit Ihnen plaudern ... Alle anderen halten ihren Mittagsschlaf. Zu dieser Tageszeit ist es trostlos auf dem Schiff ...«

»Sie machen nie Siesta?«

So redeten sie über dies und das, und die Blicke, die sie tauschten, verhießen fast den Beginn eines Flirts.

»Sie haben also eine drahtlose Verbindung mit allen Stationen an den Küsten?«

»Nicht mit allen ... Im Augenblick zum Beispiel sind wir von Amerika zu weit weg, und wir funken über die Relaisstation von Tahiti ...«

»Übermitteln Sie auch Meldungen für die Passagiere?«

»Das ist Vorschrift ... Die Preisliste hängt an der Tür.«

»Und wie ist es mit den Antworten? Sind Sie an ein Berufsgeheimnis gebunden?«

»Mehr oder weniger. Natürlich werden Meldungen, von denen man meint, daß sie ...«

Seine Verlegenheit ließ ihn erneut erröten.

»... daß sie was?«

»Daß sie gegen die Gesetze verstoßen ... oder das Ehrgefühl verletzen ...«

Er dachte dabei wohl an den Schmuckdiebstahl. Vielleicht kam ihm, als er endlich begriff, daß das Mädchen nicht zum Flirten gekommen war, ein leiser Verdacht?

Geneviève jedenfalls ließ sich nicht entmutigen. Eine Viertelstunde lang lenkte sie das Gespräch auf andere Dinge, auf Australien und Baseballspiele.

»Ich überlege, ob ich nicht eine Nachricht losschikken soll ...«, sagte sie plötzlich. »Nach Tahiti, um genau zu sein ... Aber ich müßte Ihrer Diskretion sicher sein ...«

»Die garantiere ich Ihnen!«

»Auch wenn die Antwort jemanden bloßstellen würde?«

»Ich würde schlimmstenfalls gezwungen sein, dem Kapitän eine Durchschrift zu geben ...«

»Worauf übertragen Sie die Antworten?«

»Auf die Formulare, die Sie hier sehen. Zwischen jedem Blatt liegt ein Kohlepapier, und eine der Kopien bleibt im Archiv ...«

»Ich würde so gerne mal eine Sendung hören, geht das?«

»Ich werde Musik für Sie hereinholen ... Warten Sie ... Vorhin gab es in Neuseeland ein Konzert ...«

Moritain langweilte sich furchtbar; er hatte das ganze Schiff erfolglos nach dem Mädchen abgesucht. Als sie endlich wieder auftauchte, konnte er seine Eifersucht nicht verbergen, als er fragte:

»Wo waren Sie?«

»Bei meiner Arbeit!«

Er hatte den Eindruck, daß sie etwas unter ihrem Kleid versteckte.

3

Es war dem Funker ziemlich unangenehm gewesen, das folgende Telegramm nach Tahiti zu schicken, aber er glaubte nicht, daß er dem Mädchen diesen Gefallen hätte verwehren müssen, zumal sie ihn die ganze Zeit über mit diesem entwaffnenden Lächeln angesehen hatte.

Castaing, Gouverneurs-Sekretär, Tahiti – stop – bitte um äusserst dringliche Nachforschung

ÜBER AUFENTHALT LADY BRAMSON IN TAHITI UND UMGEHENDE TELEGRAFISCHE ANTWORT AN SCHIFF GORDON – STOP – DANKE – STOP – GENEVIÈVE DOCHE.

Dieser Castaing war ebenfalls Passagier auf der ›Ville-d'Alger‹ gewesen, dem Schiff, das Mademoiselle Doche nach Tahiti gebracht hatte, wo er seinen Posten antreten sollte. Ein paar Tage lang hatte es zwischen ihm und Moritain sogar einen kleinen Konkurrenzkampf gegeben, denn auch Castaing hatte dem Charme des Mädchens nicht ganz widerstehen können.

Der Nachmittag verlief eintönig. Man könnte meinen, daß sich jeder in den Kopf gesetzt hatte, in seiner Kabine zu bleiben, und die Decks waren im Schein der untergehenden Sonne noch leerer als gewöhnlich.

Nur Moritain tummelte sich, um seine Ruhe wiederzufinden, eine gute Stunde lang im Pool, bis Mademoiselle Doche ihn aufforderte, den Smoking anzuziehen und zum Abendessen zu kommen.

Zu diesem Abendessen erschien Lady Bramson – traditionsgemäß im Abendkleid – mit großer Verspätung. Sie grüßte keinen Menschen, während sie auf ihren Platz zusteuerte, auch nicht Captain Will, der sie am Tisch erwartete und sich gekonnt nach Offiziersart verneigte.

Man war noch nicht beim Fisch, als sich ein Steward Mademoiselle Doche näherte und ihr einen blaßblauen Umschlag aushändigte, den sie sogleich mit sichtbarer Ungeduld öffnete.

»Lesen Sie, Albert!« sagte sie und reichte das Telegramm ihrem Begleiter.

GENAUE NACHFORSCHUNG BEZÜGLICH AUFENTHALTES BEWUSSTER PERSON SCHWIERIG – STOP – GING NACHTS OFT AUS UND FEIERTE LAUTE FESTE IM LA FAYETTE UND IM MOÏNA. WERDE TROTZDEM WEITERFORSCHEN – STOP – IN ZÄRTLICHER ERINNERUNG – STOP – CASTAING.

»Was bedeutet das?« fragte Albert Moritain und runzelte die Brauen. »Und warum erlaubt sich dieser Mann, *in zärtlicher Erinnerung* zu schreiben?«

»Mit dem Funkoffizier des Schiffes war ich vorhin noch viel zärtlicher ... Mein Beruf verlangt das ...«

»Welcher Beruf?«

»Der des Detektivs ... Schauen Sie, ich sehe mich schon wieder genötigt, Ihnen unangenehme Fragen zu stellen ... Waren Sie im ›La Fayette‹?«

»Ein Mal!« gestand er verlegen. »An dem Abend, als Sie nicht ausgehen wollten ... Ich wollte nicht von Tahiti weggehen, ohne ...«

»Was passiert dort so alles?«

»Es liegt außerhalb der Stadt, eine Art Tanzlokal. Einheimische Mädchen in Landestracht ...«

»Das heißt, sie haben nicht viel an!«

»Stimmt ... Man tanzt bei Gitarrenmusik, trinkt viel ... bekommt ein Blumengebinde um den Hals gelegt, manchmal verschwindet ein Pärchen an den Strand ...«

»Ich verstehe. Eine Frage noch: Gibt es da auch Männer? ... Einheimische, meine ich, die ...«

»Ja, gibt es ... Aber worauf wollen Sie hinaus?«

»Tun Sie doch nicht so unschuldig ... Und die weißen Frauen behandeln die einheimischen Männer so, wie die Weißen die Tahitianerinnen behandeln?«

»Ja ... Die Musiker sind fast immer gleichzeitig Taxifahrer oder Gigolos ... Es kommt vor, daß ...«

»Danke!«

»Ist das alles?«

»Das ist alles!« antwortete sie und erhob sich, ohne ihre Mahlzeit zu beenden. Mit eiligen Schritten ging sie in ihre Kabine.

Eine Stunde später befand sich jedermann wie gewöhnlich im Salon, um die letzte Zeit vor dem Schlafengehen angenehm zu vertreiben. Lady Bramson und Captain Will spielten Mogeln, Madame Cosmos hatte ihre Stickarbeit mitgebracht. In einer Ecke saß Monsieur Terwel, der Unscheinbarste von allen, und blätterte in einer alten Zeitschrift, die er schon seit Beginn der Reise las. Man muß hinzufügen, daß es eine amerikanische Zeitung mit achtzig Seiten Umfang war.

Plötzlich trat ein Steward ein, ging zu Mademoiselle Doche, die ihn zu erwarten schien, und übergab ihr wieder einen Umschlag. Im gleichen Augenblick schaute Lady Bramson neugierig zu dem Mädchen hinüber.

»Wieder Nachrichten von Ihrem Freund Castaing?« brummte Albert.

»Bitte warten Sie einen Moment auf mich«, erwiderte sie, erhob sich, ohne ihm das Telegramm zu zeigen und ging zum Tisch der *Queen*.

Leise bat sie diese:

»Milady, ich wünschte, Sie gewährten mir eine kurze Unterredung ...«

Lady Bramson schaute sie an; sie war sich offenbar nicht ganz schlüssig. Wahrscheinlich machte sie das Telegramm in Mademoiselle Doches Hand nachdenklich.

»Sprechen Sie!«

»Es wäre vielleicht besser, wenn unser Gespräch unter vier Augen stattfände ... In Ihrem Interesse ... Ich habe soeben eine Nachricht aus Tahiti erhalten ...«

Die andere zuckte zusammen, erhob sich.

»Entschuldigen Sie mich, Will ... Kommen Sie, Mademoiselle ... Gehen wir hinunter in meine Kabine ...«

Warum zwinkerte Geneviève Albert zu, als sie an ihm vorbeikam? Und warum wurde sie, je mehr sie sich der Kabine näherten, immer blasser, so als würde sie im letzten Augenblick allen Mut verlieren?

»Ich höre, Mademoiselle Doche ...«

Die Kabinentür war geschlossen. Wieder saßen sich die beiden Frauen gegenüber, aber die englische Lady zeigte sich, trotz ihres schroffen Benehmens, nicht mehr so selbstsicher wie am Nachmittag.

»Ich sehe einfach absolut nicht ein, was mich Ihr Telegramm angehen sollte ... Da Sie nun aber mal darauf bestehen ...«

»Lesen Sie!«

Und mit zitternder Hand reichte Mademoiselle Doche ihr das Formular. Dem Blick der Älteren mußte sie ausweichen.

Geneviève Doche, an Bord der ›Gordon‹ – stop – Smaragde, Perlen und Rubine im Zimmer von einheimischem Chauffeur entdeckt – stop – Dieser leugnet alles, aber Verhör wird fortgesetzt – stop – halte Sie auf dem laufenden – stop – Castaing.

Mindestens zwei Minuten lang starrte Lady Bramson auf das bläuliche Papier, und diese zwei Minuten schienen wie eine Ewigkeit.

Schließlich schaute sie auf, ihr Gesicht war bleich und verzerrt.

»Ist das die Nachricht, die Sie vorhin bekommen haben?« fragte sie, um Zeit zu gewinnen.

Aber noch während sie dies sagte, streckte sie ihre Hand aus und drückte auf den Klingelknopf.

»Was machen Sie?« fragte das Mädchen verwundert.

»Sie werden schon sehen!«

Fast augenblicklich erschien ein Steward. Die *Queen* befahl ihm: »Holen Sie mir den Funkoffizier!«

Dann, an das Mädchen gewandt:

»Es gibt etwas, das sie nicht wissen, Mademoiselle: Ich bekomme fast jeden Tag ein Telegramm von meinem Mann. Das geschieht so oft, daß ich die Schrift des Offiziers, der die Funksprüche aufschreibt, bestens kenne. Das hier ist eine Fälschung. Es war sicher leicht für Sie, sich so ein Formular zu beschaffen und es dann mit einem beliebigen Text zu versehen. Was Sie damit bezwecken, weiß ich allerdings nicht ...«

Genevièves Kehle war so trocken, daß sie keinen Laut herausbrachte.

»Der Funker selbst wird uns sagen, ob ich recht habe ... Und in diesem Fall wird der Kapitän entscheiden, was zu tun ist ...«

Es wurde an die Tür geklopft.

»Herein!«

Aber es war nicht der Funker, sondern der Steward, der erklärte:

»Der Funkoffizier ist im Büro des Kapitäns ...«

»Haben Sie ihn nicht benachrichtigt?«

»Ich darf ihn jetzt nicht stören ... Die Offiziere haben eine Konferenz ...«

Nun war es an Lady Bramson, die Brauen zu runzeln und ein wenig von ihrer Selbstsicherheit zu verlieren.

»Was für eine Konferenz?«

»Ich weiß nicht, Milady ... Die Sitzung ist eben erst einberufen worden ...«

Als die beiden Frauen wieder alleine waren, schienen sie, die eine wie die andere, gleichermaßen verwirrt zu sein.

»Gestehen Sie, Mademoiselle Doche!«

»Was gestehen?«

»Daß Sie glaubten, mich beeindrucken zu können, indem Sie dieses falsche Telegramm aufsetzten und es sich von einem Steward bringen ließen.«

Mademoiselle Doche begnügte sich mit der barschen Antwort:

»Gestehen Sie, daß der Schmuck niemals an Bord war!«

»Tatsächlich? ... Und Sie haben sich diese Geschichte ausgedacht, um sich für die Untreue Ihres Geliebten zu rächen?«

»Moritain ist nicht mein Geliebter ...«

»Um so schlimmer! ... Ich frage mich, ob ich nicht Anzeige erstatten soll ... Was wollten Sie eigentlich erreichen mit Ihrer Erpressung?«

»Sie zu einem Geständnis zwingen!«

»Sind Sie da sicher? Glauben Sie nicht, daß Sie etwas anderes wollten, eine hübsche Summe Geld zum Beispiel, das Ihnen als Mitgift gerade recht gekommen wäre? ... Antworten Sie, Mademoiselle Doche!«

In diesem Augenblick vernahmen sie Schritte im Gang, die Schreie einer Frau – völlig ungewohnten Lärm. Geneviève und Lady Bramson spitzten die Ohren, dann öffnete die Engländerin die Tür einen Spalt breit und lauschte.

»Es ist bei Madame Cosmos«, sagte sie überrascht. »Was kann da los sein?«

Die dicke Levantinerin kreischte wahrhaftig wie am Spieß, während drei oder vier Männer in ihre Kabine drangen.

»Das ist Machtmißbrauch! Ich werde bei meinem Konsul protestieren! ... Sie sind nicht berechtigt, ohne Ermächtigung ...«

»Was kann da los sein?« fragte Lady Bramson wieder. »Warum geht man gegen diese Frau so vor, die doch gewiß nichts getan hat?«

Sie war verwirrt. Und noch merkwürdiger war, daß Mademoiselle Doche, ebenso verblüfft, vergeblich zu verstehen versuchte.

Als die *Queen* nach einiger Zeit ihre Kabine verlassen wollte, hielt sie ein Offizier, der offenbar Wache stand, respektvoll, aber bestimmt zurück.

»Einen Augenblick, Milady ... Es darf jetzt niemand auf den Gang ...«

»Was ist los?«

»Der Kapitän hat eine offizielle Meldung aus Tahiti erhalten ...«

»Aus Tahiti?«

Lady Bramson schlug heftig die Tür zu und schaute das Mädchen zornig an.

»Was haben Sie da eigentlich angezettelt?« schrie sie wutentbrannt.

»Ich weiß nicht mehr als Sie ...«

»Haben Sie wirklich Auskünfte aus Tahiti erhalten?«

»Ja. Ich habe einem Freund telegrafiert, er ist Gouverneurs-Sekretär, um zu erfahren, wie Sie sich dort die Zeit vertrieben haben ...«

»Was hat er geantwortet?«

»Er sprach vom ›La Fayette‹ und vom Moïna‹, zwei Nachtklubs, die, wie es scheint, weltberühmt sind ...«

»Ist das alles?«

»Er versprach mir weitere Auskünfte ...«

»Und ohne auf sie zu warten, haben Sie dieses zweite Telegramm erfunden! So ist es doch, nicht wahr?«

»Man kann Ihnen nichts verbergen ...«

Ein eiliges Pochen an der Tür. Vor ihnen stand, keuchend, mit hochrotem Kopf und einem dicken Wattebüschel in der Hand, der Kapitän.

»Milady ... Erkennen Sie ... Hm! ... diese Steine, die ...«

Und er zog rote und grüne Steine aus der Watte heraus.

»Was bedeutet das?« fragte die *Queen* indessen, ohne die Fassung zu verlieren.

»Ich weiß nicht ... Hm! ... Ich schwöre Ihnen, Milady, daß ich nichts dafür kann ... Vor wenigen Minuten bekamen wir einen offiziellen Funkspruch aus Tahiti ... Hm! ... eine Nachricht, die ich nicht sofort verstanden habe ... Hm! ... Eine Nachricht, in der es hieß ...«

Er zog es vor, das bläuliche Blatt Papier aus seiner Tasche zu holen und es der *Queen* zu übergeben.

»Lesen Sie! ... Es scheint, daß eine Passagierin die französischen Behörden alarmiert hat ... Hm! ... Ich wußte nichts davon ... Hm! ... Und selbstverständlich werde ich, wenn Milady wünschen ...«

Der Funkspruch lautete:

RATUA, CHAUFFEUR UND MUSIKER IN TAHITI, HAT NACH LANGEM VERHÖR GESTANDEN, SCHMUCK AUS SCHATULLE VON LADY BRAMSON GESTOHLEN UND AM NÄCHSTEN MORGEN AN PASSAGIERIN DER ›GORDON‹ VERKAUFT ZU HABEN. – STOP – BESCHREIBUNG PASSAGIERIN: DICKE ÄLTERE FRAU, DUNKELBRAUNES HAAR – STOP – ZEHNTAUSEND FRANCS WURDEN BEI RATUA GEFUNDEN, FÜNFHUNDERT HATTE ER BEREITS AUSGEGEBEN.

Eine Viertelstunde später waren alle im Salon versammelt, bis auf Madame Cosmos, die einen Nervenzusammenbruch erlitten hatte und vom Schiffsarzt in ihrer Kabine versorgt wurde.

Lady Bramson, die sehr blaß war, erhob sich feierlich und verkündete mit tonloser Stimme, während Captain Will ihr in die Augen starrte, als wollte er sie zwingen, bis zum Ende durchzuhalten:

»Meine Damen und Herren, ich muß mich für die Unannehmlichkeiten, die ich Ihnen durch meinen Leichtsinn verursacht habe, entschuldigen ... Als ich gestern früh meine Schmuckschatulle öffnete, habe ich entdeckt, daß die Steine verschwunden waren ... Ich habe natürlich geglaubt, daß sie eben erst gestohlen worden seien, und ich habe nicht daran gedacht, daß ich die Schatulle seit Tahiti nicht mehr geöffnet hatte ... Ich bitte Sie nochmals um Verzeihung ... Ich bitte Sie ebenfalls darum, diese mißliche Geschichte nicht in die Welt hinauszuplaudern ... Und um sie so schnell wie möglich zu vergessen, laden wir, Captain Will und ich, Sie ein, gemeinsam ein Glas Champagner zu trinken ...«

Der Champagner stand schon bereit.

»Auf Ihre Gesundheit, Kapitän! ... Und auf Ihre, Monsieur Terwel! ... Zum Wohl, Mademoiselle Doche! ... Auf Ihr Wohl, Monsieur Moritain ...«

Sie war einer Ohnmacht nahe, doch sie zwang sich zu einem Lächeln.

»Natürlich war Madame Cosmos guten Glaubens, als sie dem Eingeborenen den Schmuck abkaufte, und sie hat keinen Grund, besorgt zu sein ...«

»Ich verstehe gar nichts mehr«, seufzte Albert, der sich im Mondlicht auf die Reling stützte.

»Was beweist, daß Sie weder einen guten Dieb noch einen guten Detektiv abgeben würden ... Als ich verstand ... nun, sagen wir, als ich von dem Temperament Lady Bramsons erfuhr, da habe ich gleich etwas geahnt ... Obwohl ich noch ziemlich jung bin, weiß ich über Tahiti und über das, was man sich über die Schönheit seiner Bewohner erzählt, Bescheid ... Lady Bramson wollte nicht darauf verzichten ... Sie ließ ihren Schmuck liegen, und sie wäre schön in Schwierigkeiten gekommen, wenn sie ihrem Mann die Umstände seines Verschwindens hätte erklären müssen ... Ihr ihre Liebhaber zu verzeihen, das geht gerade noch ... Aber ein Abenteuer mit einem Farbigen ... Wenn Sie die englische Mentalität kennen, dann werden Sie verstehen, daß die Bramsons in diesem Fall für immer aus der Gesellschaft ausgestoßen worden wären ...

Sie wartete lieber, tat, als wäre der Diebstahl ein paar Tage später an Bord begangen worden.

Und wahrscheinlich war es ihr gerade recht, daß wir beide uns gegenseitig verdächtigten, um Sie so für die etwas ... etwas rücksichtslose Art, mit der Sie sie behandelten, nachdem sie Ihnen ihre Gunst geschenkt hatte, bezahlen zu lassen.«

Mademoiselle Doche lächelte und legte ihre Hand auf die Schulter ihres Verlobten.

»Was beweist, mein armer Albert, daß es mitunter gefährlich ist, seine ...«

»Kapiert!«

»Was?«

»... seine Verlobte oder seine Frau zu betrügen! Das habe ich selbst gemerkt!«

»Was Madame Cosmos betrifft, so wußte sie beim Kauf sicher nicht, welchen Ursprungs die ungefaßten

Steine waren. Sie hat nur ein gutes Geschäft gesehen. Aber als Lady Bramsons Schmuck ins Gespräch kam, hat sie begriffen. Es war ihr Fehler, zu gesprächig zu sein und mir die Schmuckstücke zu beschreiben, die sie auf dem Schiff gar nicht gesehen haben konnte! Sie war sich so sicher, daß man sie in dem raffinierten Versteck, das sie sich ausgedacht hatte, nicht finden würde!«

»Geneviève!«

»Was?«

»In zwei Tagen werden wir eine ganz andere Welt betreten, werden wir uns auf der anderen Hälfte der Erdkugel befinden.«

»Und?«

»Nun, ich möchte, daß wir, wenn wir erstmal da sind, für immer vergessen, was auf dieser Hälfte hier passierte ...«

Er sah ihr Lächeln in der Dunkelheit nicht. Aber er spürte ihre Lippen auf den seinen.

Und er hörte sie sagen:

»Das etwa auch, du großer Dummkopf?«

Das sollte die einzige Untersuchung von Mademoiselle Doche bleiben.

Der Wüstenflug

»Hallo! Heliopolis 1227? ... Seit einer Viertelstunde versuche ich Sie zu erreichen ... Sie werden aus London verlangt ...«

Nordley klebten die Augen vom Schlaf noch zu, und er murmelte mit einer Stimme, die an eine zu langsam abgespielte Schallplatte erinnerte:

»Hallo! ... Hier Nordley ... Hallo! ...«

Es war fünf Uhr früh, aber die Sonne flutete bereits in das helle Appartement, das Inspektor Nordley in Heliopolis bewohnte, einem neuen Stadtteil Kairos, in dem die meisten Europäer wohnten. Nordley war im Pyjama, seine Haare standen ihm wirr vom Kopf ab, und mit seinem verschlafenen Gesicht, das Verblüffung und gleichzeitig Resignation ausdrückte, sah er ein wenig dem Komiker Stan Laurel ähnlich.

»Hallo! ... Hallo! ...« sprach er müde in den Hörer, als nur noch ein Rauschen in der Leitung zu vernehmen war.

Plötzlich gab ihm etwas einen kleinen Ruck; sein Gesichtsausdruck veränderte sich, die verdutzte Miene verschwand. Seine Augenbrauen zogen sich zusammen, seine Züge wurden hart.

»Ich höre, Chef! ... Ja, ich habe noch geschlafen ... Hier ist es fünf Uhr morgens ...«

Am anderen Ende der Leitung war einer der drei

großen Chefs von Scotland Yard, und Nordley hatte nicht öfter als ein Mal im Jahr die Gelegenheit, seine Stimme am Telefon zu hören. Da es in London zwei Uhr früh war, mußte die Sache von Wichtigkeit sein.

»Hallo! Was sagen Sie? ... Der *Professor?* ... Sie meinen doch Martin, den Mann vom Casino in Monte Carlo? ... Und man weiß natürlich nicht, unter welchem Namen? ... Verstanden, Chef! ... Ich denke, ich werde es rechtzeitig schaffen ...«

Er legte kurz auf und rief dann gleich den Flughafen an, wo man ihm mitteilte, daß das Flugzeug nach Kapstadt bereits in zwanzig Minuten startete.

»Haben Sie wenigstens einen Platz übrig? Ich muß unbedingt diese Maschine nehmen!«

»Es sind zwei Plätze übrig ... Wir werden ihn Ihnen auf jeden Fall bis zum Schluß reservieren.«

Er mußte jetzt nur noch unter die Dusche, sich mit dem Rasiermesser zwei-, dreimal über den Bart fahren und einen Schluck Kaffee aus der Thermosflasche trinken, die ihm seine Zugehfrau immer bereitstellte.

Heliopolis schlief. Die Straßen lagen verlassen in der Morgensonne, und die geschlossenen Jalousien vor allen Fenstern ließen ein warmes, gedämpftes Licht in die Wohnungen dringen, in denen man sich noch seligen Träumen hingab.

Nordley, der der ordentlichste Mensch auf Erden war, ging nie spät zu Bett, es sei denn, eine außergewöhnliche Untersuchung hielt ihn davon ab.

Aber gestern abend – es war wirklich eine große Ausnahme – war er mit Miss Diana ausgegangen, und sie hatten bis drei Uhr morgens getanzt.

»Kaum zwei Stunden Schlaf«, jammerte er, während er wahllos Wäsche und Toilettengegenstände in einen leichten Koffer warf. »Das muß mir passieren! Und zu allem Überfluß muß ich auch noch mit dem *Wüstenbomber* fliegen!«

Fast wäre er mit seinem Strohhut losgegangen, doch er erinnerte sich rechtzeitig, daß er ein paar Stunden später im Herzen Afrikas sein würde, und nahm seinen Tropenhelm vom Haken.

»Was wird Diana denken. Ich komme nicht einmal mehr dazu, ihr meine Abreise mitzuteilen!«

Vielleicht war es sein Glück? Mit seinen fünfunddreißig Jahren war er immer noch Junggeselle, er hatte sich nur auf ein striktes Minimum an Liebesabenteuern eingelassen. Er war vorsichtig, denn er hatte Angst vor Komplikationen.

Es war vor acht Tagen, als er in einem Tanzpalast in Kairo die Bekanntschaft eines bezaubernden Mädchens, Miss Diana, gemacht hatte. Zwei-, dreimal hatten sie sich zum Tee verabredet. Schließlich hatte sie sich gestern abend bereit erklärt, etwas länger mit ihm auszugehen. Sie hatten sich um drei Uhr morgens getrennt, und Nordley hatte versprochen, sie zur Mittagszeit im Hotel aufzusuchen.

Zur selben Zeit entschloß sich sein Vorgesetzter, der im nebeligen London im Yard saß, ihn anzurufen und ihn weiß Gott wohin zu schicken.

»Ich habe Ihnen einen Platz ganz hinten freigehalten, Monsieur Nordley ... Wie weit fliegen Sie? Assuan, Khartum? ...«

»Keine Ahnung.«

Die Maschine der *Imperial Airways* hatte zwölf Plätze; die Kanzel für Pilot und Bordfunker war durch eine mit einer Tür versehenen Zwischenwand vom Passagierraum getrennt. Hinter Nordley führte eine weitere Tür zur Toilette und zum Gepäckraum.

Es waren acht oder neun Passagiere an Bord, und weitere trafen ein. Die Benzinpumpe war angeschlossen, und rund um das Flugzeug herrschte unter einer flimmernden Sonne die gewohnte Geschäftigkeit.

Nordley zog seine Pfeife aus der Tasche, aber nur, um sie gleich wieder einzustecken, denn das Rauchen war verboten.

Er war müde. Er hatte Hunger. Er griff nach dem Lunch-Paket, das die Fluggesellschaft ihren Passagieren anbietet, und verzog angewidert den Mund, als er die ausgetrockneten Schinkenbrötchen auspackte.

Die beiden Thermosflaschen, die vor ihm festgemacht waren, eine enthielt Tee, die andere Eiswasser, konnten den Inspektor auch nicht mehr verlocken.

Blieb ihm nur noch, sich die traditionellen Wattebäuschchen in die Ohren zu stopfen, die sich ebenfalls in Reichweite des Fluggastes befanden. Sie sollten den Fluglärm dämpfen und dadurch, so behauptete man, die Luftkrankheit mindern.

Nordley hatte gerade diese Vorbeugeoperation an sich vollzogen, als sich ein weiblicher Passagier auf dem letzten freien Platz niederließ, und er sprang auf, als er sah, daß es niemand anderer war als Miss Diana, die ihn mit einem charmanten Lächeln begrüßte.

Beide öffneten den Mund, um etwas zu sagen, aber

es war zu spät ... Die drei Motoren begannen zu dröhnen, die Türen wurden zugeschlagen, und das Hilfspersonal nahm die Bremsklötze vom Fahrwerk.

Vor genau vierundzwanzig Minuten war Nordley durch den Telefonanruf aus seinem seligen Schlaf gerissen worden.

Und noch vor drei Stunden hatte er in einem Vergnügungs-Palast in Kairo mit jenem Mädchen Tango getanzt, das nun neben ihm saß und sich ebenfalls die Ohren mit Watte zustopfte.

Die ganze Organisation war beispielhaft, denn das Räderwerk der internationalen Polizei, die ihren Sitz in Wien hat, hatte einwandfrei funktioniert, was nicht immer der Fall war.

Ein Inspektor vom Spielerdezernat Monte Carlo hatte gestern um fünf Uhr nachmittags an einem Spieltisch ganz diskret einen Ausländer festgenommen, den er des Falschspiels verdächtigte.

Da der Fremde sich sehr anmaßend benahm, schickte man seine Fingerabdrücke per Funk nach Wien.

Um neun Uhr kam die verschlüsselte Antwort:

Es handelt sich um Dusenberg, der unter starkem Verdacht steht, dem Professor bei seinen letzten Operationen geholfen zu haben. Auf jeden Fall war er in die Sache der Banque de Bruxelles verwickelt.

Der Mann wurde festgehalten und eine Stunde lang hart ins Verhör genommen, bis er schließlich klein beigab.

»Wollen Sie mich wegen einer dummen Spielsache

festnehmen, wo ich doch vorhatte, endgültig nach Südamerika zu verschwinden? Was würden Sie tun, wenn ich Ihnen den *Professor gäbe*?«

»Man würde Ihren Fall natürlich mit etwas mehr Entgegenkommen behandeln.«

»Vergessen Sie nicht, daß es der Polizei nie gelungen ist, den *Professor* zu erwischen, obwohl die Banque de Bruxelles eine Prämie von zweihunderttausend Franc auf ihn ausgesetzt hat!«

»Stimmt!«

Im Büro des Chefs der monegassischen Sicherheitspolizei wurde weiterverhandelt. Um Mitternacht schließlich gestand Dusenberg:

»Der *Professor* nimmt heute in Kairo das Flugzeug nach Kapstadt ...«

Die berühmte englische *Imperial Airways* bot einen Verbindungsflug von London über Brindisi nach Kairo, von dort aus überquerte sie ganz Afrika, ließ auf ihrer Route von Norden nach Süden die Wüsten und undurchdringlichen Sümpfe, die Berge Kenias und die großen Seen unter sich, und flog alle britischen Kolonien und afrikanischen Hoheitsgebiete an.

Um ein Uhr morgens wurde Scotland Yard alarmiert. Von den drei Leitern war einer auf Jagd in Schottland, der zweite auf einer Reise durch Frankreich, und der dritte auf dem Weg ins Bett, als ihn der Anruf erreichte.

Um zwei Uhr – Londoner Zeit, für die Einwohner von Kairo war es also fünf Uhr – erhielt Inspektor Nordley in Heliopolis den Befehl, das Flugzeug nach Kapstadt, das kurze Zeit später starten sollte, zu besteigen und – koste es was es wolle – den *Professor* dingfest zu machen.

Auf keinen Fall durfte er seiner Müdigkeit nachgeben; dies fiel ihm um so schwerer, als das sanfte Schaukeln der an Höhe gewinnenden Maschine und das Brummen der Motoren einschläfernd wirkten.

Und auf keinen Fall durfte er nach links, in die Richtung von Miss Diana schauen oder nur an sie denken.

Das war schwierig, denn gerade gestern abend, als er während einer Tanzpause mit dem Mädchen auf die Terrasse hinaustrat, war er sich bewußt geworden, daß er sich tatsächlich verliebt hatte, und diese Feststellung machte ihm ein bißchen Angst.

›Wieso sitzt sie in diesem Flugzeug, wo wir doch erst vor ein paar Stunden ausgemacht hatten, uns heute mittag in ihrem Hotel zu treffen?

Wohin fliegt sie? Und wer war der alte Mann mit dem weißen Bart, den sie zu kennen schien, denn sie reichte ihm seine getönte Brille und half ihm, sich bequem hinzusetzen.

Und aus welchem Grund hatte sie behauptet, obwohl es diesen alten Herrn gab, alleine in Kairo zu sein, um die ägyptischen Altertümer zu studieren?

Nicht nach links schauen!‹ ermahnte er sich. ›Nicht an Diana denken! Nicht schlafen und aufpassen, daß mir nicht übel wird!‹

Denn davor graute ihm. Und noch mehr graute ihm vor diesem Flug, der sie über eine unendliche, brennend heiße Wüste hinwegführte, wo die Maschine immer wieder in Luftlöcher geriet, wobei sie trotz scheinbarer Windstille schlimmer als in einem Sturm durchgerüttelt wurden.

Schon wurde eine Dame reiferen Alters auf der anderen Seite des Korridors gelb im Gesicht, sah aus, als kaute sie auf etwas Bitterem, und hielt eine der kleinen Tüten aus Ölpapier, die für jeden Passagier für den Fall des Erbrechens bereitliegen, auf den Knien.

Und er mußte den *Professor* entlarven!

Anders gesagt, einen Mann unter den elf Passagieren entdecken, die brav einer hinter dem anderen in den zwei Stuhlreihen der schon viel zu warmen Kabine saßen.

Also zehn unschuldige Passagiere und ein elfter, der kein anderer als einer der gefährlichsten internationalen Banditen war.

Wenn Nordley wenigstens eine Beschreibung des *Professors* besessen hätte! Aber nein! Weder Scotland Yard noch irgendeine andere europäische Polizei besaß diese Beschreibung!

War er dreißig? War er fünfzig? War er groß oder klein, dick oder dünn? War er Engländer, Deutscher oder Belgier?

Auf der ersten, sehr ungenauen Karteikarte, die vor fünfzehn Jahren über ihn angelegt worden war, erschien er unter dem Namen Martin, und man nahm an, daß sein Geburtsort Antwerpen war.

Andere aber behaupteten, er sei Australier, und wieder andere schwörten, er hätte einen tschechoslowakischen Akzent.

Der *Professor* bewegte sich nicht auf ausgetretenen Wegen, wandte keine der Methoden an, die von den verschiedenen Polizeibehörden und insbesondere vom Yard, der mit großer Geduld die kleinsten Eigenheiten der bekannten Schurken und Diebe zusammentrug, festgehalten wurden.

Er arbeitete alleine, oder fast alleine. Sich Zeit lassend, bereitete er bis ins kleinste Detail einen großen Coup vor, bei dem es mindestens um mehrere Hunderttausend Franc und oft um einige Millionen ging.

Der Schmuck von Lady Aster ... Die Postsäcke von Croydon ... Der Safe in Monte-Carlo ... Schließlich die Banque de Bruxelles. Verbrechen von einer Dreistigkeit, aber einer intelligenten Dreistigkeit, wo nichts dem Zufall überlassen wurde.

Wenn ein Coup gelungen war, verschwand der *Professor* für lange Zeit, sechs Monate oder drei Jahre, je nach Größe seiner Beute. Unter irgendeinem falschen Namen führte er dann ein großspuriges Leben, bis seine Quellen wieder versiegt waren.

Nie landete er zwei Coups hintereinander. Man behauptete, daß er nach dem Raub von Lady Asters Schmuck zwei Jahre lang an einem der reizvollsten Fleckchen Tunesiens gelebt habe, wo man ihn für einen reichen Amerikaner hielt, der bei den dort lebenden Ausländern ein gerngesehener Gast war.

Es war fast sicher, daß er lange Zeit eine der schönsten Villen auf Capri bewohnte, aber dort trat er als ein in die Biologie vernarrter Professor auf.

›Mal sehen! Fangen wir bei den ersten beiden Sitzen an‹, sagte sich Nordley und unterdrückte ein Gähnen. ›Zweifellos ein levantinischer Kaufmann, der seine Niederlassung in Khartum oder Juba besuchen will ...‹

Dieses gelbliche Fett, diese schwarzen Augen und diese ölige Haut kann man nicht nachahmen. Entweder war der *Professor* von Geburt aus Levantiner, was dem wenigen, das man von ihm wußte, widersprach, oder es war ganz einfach nicht dieser Mann ...

Rechts neben dem Levantiner ein Offizier der sudanesischen Armee, hager, braungebrannt, die Gerte am Stiefel und die Wangen aus Gier nach einer Zigarette krampfhaft eingezogen.

Dahinter eine Frau von der Heilsarmee. Vierzig oder fünfzig Jahre alt. Große Füße. Harte Gesichtszüge.

›Warum nicht?‹ überlegte Nordley und teilte sie den möglichen Verdächtigen zu.

Schwierig, den Gouverneur von Stanleyville zu verdächtigen, der, aus Brüssel kommend, den Luftweg gewählt hatte, um zu seinem Arbeitsplatz zu gelangen.

Oder seine Frau, die so steif dasaß, als würde sie eine Teestunde in ihrem Salon abhalten.

Oder ihre kleine Tochter, die sich, genau wie ihre Mutter, schon um eine aufrechte und starre Haltung bemühte.

Was den struppigen alten Mann betraf ...

Nordley ordnete ihn als zweiten Verdächtigen ein, und ein Tourist im Khakianzug, vor dessen Bauch ein riesiger Fotoapparat baumelte, kam ihm nicht weniger geheuer vor. Der dritte Verdächtige!

Was Nordley beunruhigte, war die direkte Nähe Miss Dianas, die sich ununterbrochen nach ihm umdrehte und ihn anlächelte.

Irgendwann, als er trotz seiner guten Vorsätze zu ihr

hinüberschaute, legte sie einen Finger auf ihre Lippen und deutete mit einem Blick auf den weißbärtigen Greis.

Wie sollte er das verstehen? Wollte sie sagen: ›Vorsicht! Das ist mein Vater. Ich traute mich nicht, Ihnen von ihm zu erzählen, und Sie müssen so tun, als würden Sie mich nicht kennen!‹

Gott sei Dank war die erste Etappe nicht sehr lange, denn man erreichte Assuan schon nach drei Stunden Flug. Das Fluggelände lag weit außerhalb der Stadt. Der sandige Boden flimmerte unter der hochstehenden Sonne.

Die kurze Zeit, die man zum Auftanken der Maschine benötigte, reichte gerade, um in der luftigen Halle, wo man ein Buffet aufgestellt hatte, ein lauwarmes Bier zu trinken und eine Zigarette zu rauchen.

Nordley nutzte die Zeit, den Bordfunker, der sich gleichzeitig um die Zollangelegenheiten kümmerte, zu bitten, Einsicht in die Reisepässe nehmen zu dürfen, und er nahm sich vor, sie während der zweiten Etappe, die bis Tagesende dauern und sie nach Wadi-Halfa bringen würde, aufmerksam zu studieren.

Aber die Pässe vereinfachten die Sache nicht, ganz im Gegenteil! So konnte zum Beispiel der alte weißbärtige Mann nicht Dianas Vater sein, denn in seinen Papieren stand:

Arthur Bennet,
wohnhaft in Montreal, Kanada,
ohne Beruf.

Und aus dem Paß des Mädchens ging hervor, daß sie Diana Hopkins hieß, zweiundzwanzig Jahre alt war und in der Circus Street in London wohnte.

Ein Onkel? Ein Pate? Ein Beschützer? Oder einfach ein Freund?

Die nächste Etappe wurde schlimm, denn sie flogen in der Mittagshitze, und die Luftlöcher ließen das Flugzeug oft an die hundert Meter weit absacken, so daß man meinte, man würde abstürzen.

Dann überflogen sie eine öde Wüstenlandschaft, und wenn man hinunter auf die sonnenverbrannte Erde schaute, auf die Gebirge aus Sand und Geröll, auf die Nilarme, die von Papyrusstauden überwuchert waren, wurde einem angst und bange bei dem Gedanken, wo die Maschine im Falle einer Panne unbeschädigt landen könnte.

›Und woher‹, fragte sich Nordley, ›würde Hilfe kommen?‹

In den Lunch-Paketen, die in Assuan verteilt worden waren, waren schon wieder Brötchen, diesmal mit kaltem Kalbsbraten oder Schinken belegt, außerdem gab es hartgekochte Eier, Orangen, Tee und Wasser.

›Wohin könnte der *Professor* wohl reisen?‹ grübelte Nordley, der mit seiner ganzen Kraft gegen die Luftkrankheit ankämpfte.

Die dicke Dame vor ihm mußte sich nun andauernd übergeben, und normalerweise wirkt so etwas ja ansteckend! Die Frau von der Heilsarmee nahm sich sichtlich zusammen, und die Tochter des Gouverneurs von Stanleyville war so krank, daß sie sich hinten im Flugzeug auf den Boden gelegt hatte und sich weigerte, auf ihren Platz zurückzukehren.

Wenn Nordley gezwungen war, bis nach Kapstadt zu fliegen, würde er dieses Leben fünf Tage lang aushalten müssen, würde er nachts bei den Zwischenlandungen nur wenige Stunden Schlaf finden, bevor es in den frühen Morgenstunden weiterging!

»Monsieur Nordley ...«

Der Funker war eben aus der Tür getreten, die ins Cockpit führte, wo der Pilot und er wenigstens frische Luft hatten. Er hatte ein Blatt Papier in der Hand. Mit ernster Miene übergab er es dem Inspektor und blieb, eine Antwort abwartend, stehen.

Scotland Yard via Heliopolis an Inspektor Nordley, Flug Z 322 Imperial Airways – stop – Erfahren, dass Ihre Maschine fünf Kisten transportiert – stop – Inhalt nahezu eine Million Pfund Sterling in Scheinen und Münzen – stop – Bestimmungsort Khartum und Kenia – stop – Professor unbedingt entlarven und dingfest machen – stop – In Ihrem Raum im Moment kein Flugzeug zur Hilfestellung verfügbar – stop – Geben Sie stündlich Nachricht.

Nordley war bleich geworden. Instinktiv drehte er sich nach links zu dem Mädchen hin. Aber Miss Diana schaute ihn mit jenem ermutigenden Lächeln an, mit dem sie den Inspektor erobert hatte.

Der Funker hielt ihm unterdessen einen Notizblock und einen Bleistift hin.

»Für die Antwort«, meinte er gelassen.

Welche Antwort? Was sollte er seinen Vorgesetzten melden?

Noch ein Blick zu Miss Diana. Man konnte meinen, sie wollte ihm Vertrauen einflößen. Aber ahnte sie denn etwas von dem Drama, in dem er steckte und von dem keiner der Passagiere etwas ahnte?

Wenn er wenigstens ein paar Stunden mehr geschlafen hätte! Und wäre doch bloß nicht diese dumme Schwäche, diese schreckliche Übelkeit, die eintrat, sobald das Flugzeug startete und zu schaukeln begann.

»Ich nehme an, daß wir noch weitere Meldungen bekommen werden«, erklärte er dem Funker.

»Ich hoffe es«, erwiderte der Mann, der die beiden Funksprüche nicht gerade beunruhigend fand.

»Wann werden wir in Wadi-Halfa sein?«

»Nicht vor achtzehn Uhr. Die Witterungsbedingungen sind schlecht. Wir sind gezwungen, knapp unter viertausend Meter Höhe zu fliegen und die Motoren auf halbe Kraft zu drosseln.«

»Und wenn wir landen müßten?«

»Nahezu unmöglich.«

»Wenn es unbedingt nötig wäre?«

»Es wäre gefährlich, und wenn wir erstmal am Boden wären, müßten wir kilometerweit laufen, um Hilfe zu finden ...«

»Ich danke Ihnen«, schnitt Nordley ihm das Wort ab und zwang sich, ein gleichgültiges Gesicht aufzusetzen.

Vorhin noch ging es nur darum, den *Professor* zu

entdecken und ihn zu verhaften. Jetzt erschien ihm diese Aufgabe auf einmal fast harmlos.

Denn die Meldung von Scotland Yard war noch viel schockierender als der Telefonanruf am frühen Morgen! Der Verbrecher machte diese Reise nicht, um sich von einem Ort an einen anderen zu begeben!

Wenn er sich für diese Flugreise entschieden hatte, wenn er diese Maschine und nicht eine andere dafür gewählt hatte, dann, weil er wußte, daß dieses Flugzeug im Auftrag der britischen Regierung einen äußerst hohen Geldbetrag transportierte.

Aber er hatte sicher nicht vor, die Kisten in Khartum oder während einer der anderen Zwischenlandungen zu stehlen, denn dort mußte er überall mit einer gutausgerüsteten Polizei rechnen.

Die Folgerung war beängstigend: Unter den zwölf Passagieren des Flugzeugs (Nordley inbegriffen) befand sich der berühmte *Professor,* der wahrscheinlich schon vor langer Zeit, wie es seine Gewohnheit war, begonnen hatte, den Plan für einen Coup seines Stils auszuhecken.

Wie mochte sein Plan aussehen?

Als Nordley sich ans Fenster beugte und die Landschaft unter sich betrachtete, konnte er bei dem Gedanken, in dieser so ungastlichen Region notlanden zu müssen, ein Zittern nicht vermeiden.

Andererseits, würde man Wadi-Halfa ohne Zwischenfall erreichen, so bestanden alle Chancen, daß der *Professor* seinen Coup nicht mehr durchführen konnte.

Also! Was hatte er vor? Würde er plötzlich aufspringen, mit einem Revolver in jeder Hand die Passagiere in Schach halten und den Pilot zur Landung zwingen?

In diesem Fall würde er den Ort, wo die Sache sich abspielen sollte, bereits festgelegt und die Mittel zur Flucht bereitgestellt haben.

Wer weiß? Vielleicht wartete irgendwo eine andere Maschine, ein schnelles Privatflugzeug zum Beispiel, das die Beute und den Dieb aufnehmen und mit unbekanntem Ziel davonfliegen würde, nachdem man die Maschine der *Imperial Airways* fluguntüchtig gemacht hatte?

Aber all diese ahnungslosen Passagiere! Sie starrten in den Himmel hinaus, erbrachen sich oder tranken ihren lauwarmen Tee, während sie die Stunden bis zur nächsten Zwischenlandung zählten.

Kein einziger – außer dem *Professor* –, der wußte, daß das Leben aller auf dem Spiel stand, daß sich ein Verbrechen von selten erreichter Kühnheit anbahnte.

›Ich bin der einzige, der . . .‹

Armer Nordley! Ausgerechnet er, ein überzeugter Anhänger wissenschaftlicher Methoden, der nur von polizeilicher Kleinarbeit und Laboruntersuchungen träumte, mußte da hineingeraten!

Er, der nicht geheiratet hatte, um seinen Frieden zu haben . . . Er, der zum erstenmal in seinem Leben verliebt war und der sich nicht mehr nach der Frau, die er liebte, umzudrehen wagte, weil er fürchtete, daß sie der berühmte *Professor* oder seine Komplizin war!

Und noch nie hatte ihn ein so massives Schlafbedürfnis überfallen!

Der Gedanke an ein saftiges Steak mit Pommes

Frittes und einem Glas kühlen Bier, wie er es in dieser Pension in Heliopolis, wo er zu essen pflegte, bekam ...

Nahezu eine Million Pfund! ... Genau die Art Coup, von dem der *Professor* träumen mußte, daß er ihm eines Tages gelingen würde ...

Und wenn er dem *Professor* gelang, dann würde Nordley in Zukunft ein Nichts sein!

Ohne daran zu denken, daß er wahrscheinlich ein paar Tote auf seinem Gewissen hätte!

Wenn er nicht selbst tot war!

Der Blick aus dem Fenster war schwindelerregend. Die Erde hatte nicht mehr die Gestalt, die man von den zivilisierten Ländern her kennt. Es war die apokalyptische, chaotische Welt prähistorischer Wesen, in der Mammuts und Leguane lebten ...

Nordleys Gedanken drehten sich im Kreis. Der bärtige Greis, der Diana begleitete? Die Frau von der Heilsarmee, die im Grunde genommen genausogut ein Mann sein konnte? Der kleine, struppige alte Mann, der sich nun auch übergeben mußte und rotgeränderte Augen bekam?

Und warum eigentlich nicht der Khaki-Tourist mit dem Fotoapparat, der Hans Klein hieß und aus Straßburg kam?

›Wenn wir mit Gottes Hilfe Wadi-Halfa erreichen, dann durchsuche ich dort die Taschen eines jeden und das ganze Gepäck!‹ schwor er sich.

In diesem Moment trat der Funker mit einer neuen Nachricht zu ihm.

Nach letzten Meldungen hat der Professor einen Komplizen an Bord. Werden ihn in Wadi-Halfa in eine Falle locken.

Noch zwei Stunden, die heißesten, qualvollsten Stunden des Tages. Diana wandte sich zum Inspektor um, strahlte ihn mit ihrem irrealen Lächeln an, das einen an etwas ganz anderes als an einen internationalen Gangster denken ließ.

›Hübsche Frauen sind gewöhnlich dumm und oberflächlich‹, hatte Nordley immer gesagt. ›Und die intelligenten Frauen sind eingebildet und reizlos ...‹

Mit diesen Worten hatte er im Klub in Heliopolis seine Abneigung fürs Heiraten erklärt.

Miss Diana aber war hübsch, kleidete sich außerordentlich elegant. Im Gespräch zeigte sie sich intelligent und gebildet, aber nie versuchte sie, ihre Überlegenheit unter Beweis zu stellen. Und sie konnte während des Tanzens über die ägyptischen Dynastien und die Ergebnisse der letzten Ausgrabungen diskutieren.

... einen Komplizen an Bord ...

Männlich oder weiblich?

Wenn es eine Frau war, war dann der alte bärtige Mann, der angebliche Arthur Bennet aus Montreal, dessen Papiere so einwandfrei in Ordnung waren ...

Plötzlich klammerte sich Nordley an seinem Sitz fest. Er hatte den Eindruck, in einen Abgrund zu stürzen, und in der nächsten Sekunde bedauerte er, seinen Fallschirm nicht mitgenommen zu haben.

Der Absturz wurde kurz darauf weniger heftig, aber durch die Fenster sah man, daß die Erde immer näher kam.

Die Tür zur Pilotenkanzel ging auf.

»Keine Angst!« brüllte der Funker, der sich in dem Lärm nur mühsam verständlich machen konnte. »Eine kleine Panne ... Eine Viertelstunde am Boden ... und wir können wieder starten ...«

Wieder einmal schaute Nordley zu Miss Diana hin, und er stellte fest, daß sie nicht mehr lächelte.

Die Maschine hatte kaum auf dem Boden aufgesetzt, wo sie bis zum endgültigen Stillstand noch ein paar Sprünge machte, da standen die Passagiere trotz der Ermahnungen des Funkers auch schon auf und rannten zu den Fenstern und zur Einstiegstür.

Nun war es an Nordley, einzuschreiten. Dieser Mann, ein Irgendjemand, den bis dahin noch niemand beachtet hatte, stellte sich nun mit entschlossener Miene vor die Tür, steckte eine Hand in die Tasche seines Khakianzuges und sagte mit fester Stimme, so ruhig, daß es schon drohend klang:

»Ich bitte Sie, unverzüglich wieder Ihre Plätze einzunehmen! Niemand wird die Maschine verlassen!«

Er behielt seine Kaltblütigkeit übrigens nur, weil er den Zeitpunkt für gekommen hielt, den Zeitpunkt, da der *Professor* handeln würde und da er, Nordley, eine ungeheure Entscheidung treffen mußte.

Vielleicht ließ ihn die nervöse Spannung etwas blaß aussehen, aber für die meisten Passagiere war er nichts als ein Beamter, der in bedächtigem Ton eine Weisung erteilte.

Wer hätte geahnt, daß er sie alle mit einer fast schmerzhaften Intensität beobachtete?

Vor allem Diana! Sie war nicht luftkrank geworden. Weder die Höhe noch das Schlingern hatten ihr etwas ausgemacht. Aber plötzlich entdeckte er in ihrem Gesicht rote Flecken, die auf beiden Seiten der Nase begannen und sich bis in die Mundwinkel hinunterzogen, und auf ihrer Stirn perlten kleine Schweißtropfen.

Sie schaute nicht zu Nordley, sondern warf einen ängstlichen Blick aus dem Fenster und starrte dann beklommen den bärtigen Mann an, der sie begleitete.

Schien er nicht noch erregter als das Mädchen? Zitterte seine Hand nicht, die sich um die Lehne seines Sessels klammerte?

All dies nahm Nordley nur flüchtig wahr, denn alles passierte zur selben Zeit. Schon war der Funker bei Nordley, der ihn fragte:

»Wo ist der Pilot?«

»Vorne ausgestiegen ... Er versucht zu reparieren ...«

»Bleiben Sie an dieser Tür, ja? Achten Sie darauf, daß alle sitzenbleiben. Sie haben die Funksprüche ja gelesen, also wissen Sie, was los ist ...«

Der Funker nickte. Nordley öffnete die Tür und sprang hinunter. Ein heftiger Schmerz trat ihm in die Augen, als er in dem stechenden Sonnenlicht auf dem roten, größtenteils sandigen Boden stand, der die Hitze noch reflektierte.

Bis zum Horizont nichts als dünenähnliche Bodenwellen, Hügel ohne jedes Grün, die Monotonie eines endlosen Ozeans.

Nordley begab sich zum Vorderteil der Maschine und entdeckte den Piloten, der mit schwarz verschmiertem Gesicht unter einem der Motoren lag. Der Mann war wütend. Mit einem Universalschlüssel zurrte er grimmig an dicken Schrauben, und seine Hand blutete.

»Wo liegt der Fehler?« fragte ihn Nordley.

»Ach! Sie sind der Polizist! Sie scheinen uns kein Glück zu bringen! Ich bin schon hundertmal solche Strecken geflogen, nie gab's Schwierigkeiten. Und heute müssen wir wegen einer dummen Panne runter ... Ein Ölschlauch ist gerissen ... Es ist noch ein Glück, daß der Boden hier nicht zu schlecht zum Landen war ...«

»Sie glauben nicht an einen Sabotageakt?«

»Sehen Sie selbst! Der Mann, der in der Lage ist, eine solche Panne zu bewerkstelligen, wäre ein As ... Wenn die Leitung aufgeschnitten oder auch nur angebohrt gewesen wäre, wäre der Unfall schon längst passiert ...«

»Glauben Sie, daß Sie es reparieren können?«

»Ich hoffe es! Aber nur, wenn Sie mich nicht weiter stören! Gehen Sie lieber Ihren Kerl von *Professor* überwachen ...«

Er war außer sich vor Wut. Zugegeben, es war mühsam und entmutigend, unter dieser heißen Sonne zu arbeiten. Und gerade in solchen Situationen passiert es einem ja immer wieder, daß sich Schrauben verklemmen oder der Schraubenschlüssel nicht passen will.

Nordley riskierte noch eine Frage:

»Wie lange wird es Ihrer Meinung nach dauern?«

»Vielleicht eine Viertelstunde, vielleicht eine ganze ... Unter der Voraussetzung, daß man mich in Ruhe läßt!«

Eines war sicher: Man konnte das Gebiet rund um das Flugzeug weit genug überblicken, um festzustellen, daß weder ein Haus noch ein Lagerplatz, noch eine Karawane in der Nähe waren.

Und auch kein Flugzeug!

Denn Nordleys erster Gedanke war der nächstliegende gewesen: Der *Professor* würde in der Nähe einer bestimmten Stelle, wo ihn Komplizen erwarten und die Kisten entgegennehmen würden, eine Panne arrangieren ... (aber wie?)

Es würde wahrscheinlich keine Karawane sein, denn sie würde ganz sicher in den folgenden Tagen von Militärflugzeugen entdeckt werden.

Aber eine andere Maschine? Zwei Flugstunden, und sie wären in Äthiopien. Und wenige Zeit später schon am Roten Meer, wo sie ihre Beute auf irgendein Schmugglerschiff von Einheimischen umladen könnten ...

Nordley aber, der all dies bedacht hatte, konnte einwandfrei feststellen: Es war kein Flugzeug in der Nähe, auch am Himmel war nichts zu sehen.

Aber das beruhigte ihn keineswegs, im Gegenteil, er wurde nur noch besorgter!

Als er in die Kabine zurückkehrte, lehnte der Funker gelassen an der Tür und widersetzte sich dem hartnäckigen Drängen der Passagiere, die Maschine verlassen zu dürfen, um draußen wenigstens eine Zigarette rauchen zu können.

»Ich habe den Befehl, Sie hierzubehalten!« brummte er hartnäckig.

»Befehl von wem?« fragte der Gouverneur von Stanleyville wütend, denn er war ein fanatischer Raucher.

»Scotland Yard!«

»Es ist jemand von Scotland Yard an Bord? Was bedeutet das? Seit wann lassen die *Imperial Airways* ihre Flüge von Polizisten begleiten?«

»Fragen Sie ihn das!« seufzte der Funker gleichgültig und deutete auf den eintretenden Nordley.

Aller Augen richteten sich auf ihn, und der Gouverneur ergriff das Wort.

»Stimmt es, daß Sie von der Polizei sind?«

Nordley zuckte die Schultern. Was konnte es schon schaden, wenn sie erfuhren, wer er war? – In dieser Situation!

»Die Behörden haben also mit einem Zwischenfall gerechnet?« erkundigte sich der Belgier mißtrauisch.

»Aber nein! ... Nein!« antwortete der Inspektor besänftigend.

»Warum läßt man uns dann nicht aussteigen?«

»Weil die Reparatur fast fertig ist und wir jeden Augenblick weiterfliegen werden.«

»Und wenn wir darauf bestünden, aussteigen zu dürfen?«

»Tut mir leid, ich müßte es Ihnen verbieten, und notfalls würde ich Sie mit Gewalt zurückhalten ...«

Während Nordley sprach, beobachtete er Miss Diana, und er wunderte sich immer mehr über die Veränderung, die mit ihr vorging. In Kairo war sie ihm als ein vernünftiges, sehr selbstsicheres und unkompliziertes Mädchen vorgekommen, das sich sein Leben sinnvoll gestaltete.

Die Angst verwandelte sie, gab ihrem Blick zeitweise etwas Gehetztes.

Er beugte sich zu ihr hinab und fragte leise:

»Was haben Sie?«

»Ich weiß nicht... Ich habe Angst... Warum haben Sie mir nicht gesagt, daß Sie von der Polizei sind?«

»Ich habe Ihnen erzählt, daß ich im Dienste Ihrer Britischen Majestät stehe, was dasselbe ist ... Sie haben mir ja auch nicht gesagt, daß Sie in Begleitung eines Verwandten reisen.«

»Mein Onkel ...«

»Ich ahnte es schon.«

Der Onkel hatte sich ihnen zugewandt, und Diana stellte vor:

»Monsieur Nordley, den ich in Kairo kennengelernt habe ... Arthur Bennet, mein Onkel ... Er hat sich ganz plötzlich zu dieser Reise nach Khartum entschlossen ...«

»Sie fliegen nach Khartum?«

»Es ist eine kuriose Stadt, die ich immer schon kennenlernen wollte«, murmelte der bärtige Greis.

Nordley, der ihm in die Augen sah, war im ersten Augenblick betroffen von seinem jugendlichen Blick, von dem Klang seiner Stimme, von irgend etwas Undefinierbarem, und mit einem Mal hatte er die Erklärung dafür.

Denn während des Sprechens fuhr sich Bennet mit der Hand ans Kinn, und der Inspektor biß sich auf die Lippen, als er plötzlich entdeckte, daß diese Bewegung keinen anderen Zweck hatte, als den falschen Bart, der etwas verrutscht war, wieder richtig zu befestigen.

»Ich bin erfreut, daß diese Reise nach Khartum, diese improvisierte Reise, mir Gelegenheit gibt, Ihre Bekanntschaft zu machen, Monsieur Bennet ... Und es hätte mich traurig gestimmt, wenn ich – wäre ich in Kairo geblieben – Ihre Nichte nicht in ihrem Hotel angetroffen hätte, wo wir uns für heute mittag verabredet hatten ...«

Die Hitze in der Kabine wurde nun wirklich unerträglich. Das Wasser in den Thermosflaschen war lauwarm geworden. Aus dem Cockpit drang ein widerwärtiger Geruch nach heißem Öl in die Kabine, und die Tochter des Gouverneurs mußte sich schon wieder erbrechen.

Nordley, der zwischen den Sitzreihen stand, wischte sich den Schweiß vom Gesicht. Zweifellos hatte er noch nie in seinem Leben so sehr einer Eingebung bedurft.

War das, direkt neben ihm, der *Professor?* ... Dieser Mann mit dem falschen Bart, der unechte Onkel von Miss Diana? ...

Das Mädchen beugte den Kopf aus dem Fenster, um etwas frische Luft zu schnappen, aber nichts als heißer, sandiger Wind schlug ihr entgegen. Ihr Kleid hatte am Rücken dunkle Flecken von Schweiß.

Die Passagiere schwiegen, die Atmosphäre, die

Wüste bedrückte sie, und in ihren Augen stand der Ausdruck stumpfen Wartens und versteckter Angst, die von Minute zu Minute wuchs.

Jetzt, da man wußte, wer er war, blickten alle auf Nordley. Von ihm erwartete man etwas, ohne zu wissen, was. Die Frau von der Heilsarmee schien zu beten, denn man sah, wie sich ihre Lippen bewegten. Der dicke Levantiner schnaufte wie ein Walfisch und beobachtete ängstlich jede Bewegung der anderen.

Die Minuten verstrichen, und es war fast enttäuschend, daß nichts passierte, denn am schlimmsten war doch dieses Warten, das Stillsitzen und das Schweigen.

Hatte der *Professor* Nordleys Blick auf seinen falschen Bart bemerkt? Wenn er sich entdeckt wußte, würde er da nicht sein Vorhaben beschleunigen müssen?

Was würde er tun? Wenn er sich wirklich in Besitz dieser Kisten bringen wollte, die ein Vermögen enthielten, gab es nur noch eine logische Möglichkeit: Die Waffe ziehen, die Passagiere und den Inspektor hinausschicken, den Piloten bedrohen und zwingen, die Maschine an einen bestimmten Ort zu fliegen.

Es sei denn, der *Professor* war selbst Pilot.

Noch gestern, in den Räumen des Kairoer Tanzpalastes oder in seiner komfortablen, schmucken Wohnung in Heliopolis hätte Nordley bei solchem Gedanken nur die Schultern gezuckt, denn er war nicht der Mensch, der sich mit fantastischen Dingen abgab.

Aber sie waren hier, mitten in der Wüste ... Alles schien möglich ... Der Revolver des Polizisten war das einzige Mittel, die Pläne des *Professors* zu durchkreuzen ...

Ihn jetzt sofort festnehmen und ihm die Handschellen anlegen, die Nordley stets bei sich trug? ...

Er war bereit, diese Lösung zu akzeptieren, denn sie war die sicherste. Würde der bärtige Greis erst einmal gefesselt, sein falscher Bart heruntergerissen und seine Identität aufgedeckt sein, so würde die Atmosphäre der Angst, die in dem Flugzeug herrschte, bald verflogen sein.

Wenn Bennet aber nicht der *Professor* war?

Und wenn ...

Plötzlich erhob sich das Mädchen; es war am Ende seiner Nerven. Es ging auf Nordley zu und stellte sich vor ihn hin wie jemand, der soeben einen ernsten Entschluß gefaßt hat.

»Was werden Sie tun?«

Die Frage verwirrte ihn. Er hatte von Diana nicht so viel Dreistigkeit erwartet.

»Interessiert Sie das?«

»Antworten Sie, Nordley ... Sie wissen genau, daß dies nicht der Moment für Scherze ist ...«

»Warum?«

»Sie mißtrauen mir?«

»Ich mißtraue den Mädchen, die mit dem Flugzeug über Afrika herumfliegen, während sie eigentlich brav in ihrem Hotel sein sollten ... Ich mißtraue auch gewissen Onkels, deren Bart die Hitze nicht verträgt ...«

Mit einem Ruck drehte sie sich in die Richtung Arthur Bennets, der aus dem Fenster schaute.

»Was denken Sie darüber?«

»Noch gar nichts ... Setzen Sie sich jetzt lieber wieder hin, Miss Diana ... Es sei denn, Sie hätten sich entschlossen, offen zu reden, was ich aber bezweifle ...«

»Okay, verlassen wir das Flugzeug ... Draußen können wir uns unterhalten ...«

Er lächelte. Stellte sie ihm da nicht eine ganz dumme Falle? Endlich zeigte sie ihr wahres Gesicht! Eine Lösung kam in Sicht. Was die Durchführung des Planes bisher verhindert hatte, war seine Anwesenheit an Bord des Flugzeugs!

Und Diana verriet sich, indem sie ihn aufforderte, mit ihr auszusteigen!

»Wollen Sie nicht?« beharrte sie.

»Aber sicher, gehen wir ...«

Es war die einzige Möglichkeit, Gewißheit zu erlangen. Er blieb aber noch kurz bei dem Funker stehen und fragte ihn:

»Bewaffnet?«

»Wie immer. Es ist Vorschrift.«

»Wenn der Bärtige auch nur eine verdächtige Bewegung macht, schießen Sie!«

Der Funker nickte, und Nordley trat hinaus, gefolgt von Miss Diana, die einen Augenblick lang fast ohnmächtig wurde, als ihr die Gluthitze entgegenschlug.

»Es ist nichts«, seufzte sie. »Wir müssen uns beeilen ... Ich muß Ihnen sagen, daß der Mann, der mich begleitet ...«

»... nicht Ihr Onkel ist?«

Er wagte nicht, sich zu weit von der Maschine zu

entfernen, denn er rechnete damit, plötzlich die Motoren aufheulen zu hören.

»Nein ... Er ist mein Bruder ... Wir sitzen in diesem Flugzeug, weil ...«

Jemand sprang zu Boden. Es war der Pilot, der unter dem Motor hervorgekrochen war und nun mit weißblinkenden Augen in dem ölgeschwärzten Gesicht auf den Inspektor zuging.

»Wollen Sie bitte einen Augenblick kommen?« bat er.

Er zog Nordley von dem Mädchen weg, das neben der Tragfläche stehenblieb, und sagte dann:

»Ich komme nicht zurecht ... Ich habe zwei weitere Leckstellen entdeckt. Mit dem Material, das wir an Bord haben, kann ich das unmöglich reparieren ...«

Er hatte einen stechenden Blick und die Haltung eines übernervösen, verzweifelten Mannes.

»Sie glauben immer noch nicht an einen böswilligen Akt?«

»Wenn es das ist, dann ist es sehr gute Arbeit, das schwöre ich Ihnen! Aber ich bin eher vom Gegenteil überzeugt ... Was sollen wir tun?«

»Ich nehme an, wir sollten zunächst den Passagieren die schlechte Nachricht beibringen ... Dann ist es unerläßlich, einen Funkspruch zu senden, damit wir so schnell wie möglich Hilfe bekommen.«

Der Pilot starrte zu Boden.

»Selbstverständlich ...«

»Sie sehen noch finsterer drein, als unsere Situation aussieht. Es ist doch wirklich nicht aussichtslos ...«

»Ich überlege, was passieren wird ... Ich habe die

Meldungen, die Sie vom Yard bekamen, natürlich gelesen ... Wenn ein Mann wie der *Professor* an Bord ist, ausgerechnet an einem Tag, an dem wir einen riesigen Geldtransport haben, dann ist er es bestimmt nicht als Tourist ... Was diese Frau betrifft ...«

Er zeigte mit dem Kinn auf Miss Diana, die ein paar Schritte entfernt von ihnen stand.

»Sie kennen Sie?« wunderte sich Nordley.

»Ja und nein. Ich sehe sie schon seit einigen Tagen auf dem Flughafengelände, wo sie die Leute ausfragt und um Flugzeuge herumschleicht ...«

»Alleine?«

»Manchmal ... Manchmal auch mit dem bärtigen Greis, der mir für sein Alter recht flinke Beine zu haben scheint ...«

»Sonst wissen Sie nichts?«

»An einem Tag in der vergangenen Woche hat das Paar ein Privatflugzeug gemietet ...«

»Was sagen Sie da?« fuhr Nordley laut auf.

»Eine superschnelle *Fulgur* ... Sie gehört einem ehemaligen Piloten, der sie gelegentlich verleiht ...«

»Wer flog das Ding?«

»Der Bärtige. Die Maschine war den ganzen Tag über weg. Als er sie abends zurückbrachte, hatte sie eine lange Strecke hinter sich ...«

»An welchem Tag war das? Können Sie sich genau erinnern?«

»Warten Sie ... Es war Freitag ... Ja, ich bin absolut sicher.«

Wenn er doch nur irgendeinen anderen Tag genannt hätte! *Aber ausgerechnet Freitag war der einzige Tag in der letzten Woche gewesen, an dem sich Nordley nicht mit dem Mädchen verabreden konnte!* Da er darauf bestanden hatte, sie zu treffen, hatte sie ihm erklärt, daß sie nach Port-Said ginge, um dort mit Freunden einen kleinen Ausflug zu unternehmen.

Doch als der Zug aus Port-Said abends einlief – Nordley befand sich ›zufällig‹ in der Nähe des Bahnhofs –, war keine Diana ausgestiegen.

Am nächsten Tag hatte er sie unschuldig gefragt:

»Sind Sie mit der Eisenbahn aus Port-Said zurückgekommen?«

Sie hatte gezögert und ihn aufmerksam gemustert, bevor sie antwortete:

»Nein ... Ich bin ziemlich lange bei meinen Freunden geblieben ... Ich habe einen Wagen gemietet ...«

»Wollen Sie bitte ins Flugzeug gehen, Miss Diana?«

»Aber ...«

»Bitte tun Sie auf der Stelle, was ich Ihnen sage! Kehren Sie auf Ihren Platz zurück! Oder noch besser, ich werde Sie hinführen!«

Er öffnete die Tür, ließ das Mädchen und den Pilot vorgehen und schaute dann die Passagiere an, die sich alle zu ihm umgedreht hatten.

»Meine Damen und Herren! Die Neuigkeit, die ich Ihnen mitzuteilen habe, ist nicht sehr angenehm, aber bitte, nehmen Sie es nicht zu tragisch. Wir sind keinesfalls in Gefahr. Die Reparatur der Ölleitung ist mit dem uns zur Verfügung stehenden Material nicht möglich. Wir werden also ein paar Stunden an diesem Ort bleiben müssen.«

»Ohne diese Sardinenbüchse verlassen zu dürfen?« protestierte der Belgier.

»Wenn ich sehe, daß alle guten Willens sind, werde ich Ihnen erlauben, hinauszugehen, aber nur unter der Bedingung, daß sich niemand mehr als fünfzig Meter von der Maschine entfernt. Verzeihen Sie, wenn ich derlei Maßnahmen treffe, und glauben Sie mir, es gibt ernsthafte Gründe dafür. Der Funker wird die verschiedenen ägyptischen und sudanesischen Flughäfen alarmieren. Wir müssen nur noch warten, daß man uns ein Verkehrs- oder Militärflugzeug schickt, und unsere Unannehmlichkeiten werden ein Ende haben ...«

Er beobachtete den Bärtigen, der ruhig vor sich hin starrte. Dann gab Nordley dem Funker ein Zeichen, den üblichen Funkspruch zu senden.

»Noch einmal, es ist strikt untersagt, über den Umkreis von fünfzig Metern, Mittelpunkt ist das Flugzeug, hinauszugehen. Es ist nicht nur verboten, sondern auch gefährlich, da ich gezwungen wäre, auf jeden, der diesen Befehl nicht befolgt, zu schießen. Meine Damen und Herren, bitte verstehen Sie mich und versuchen Sie, die Wartezeit so angenehm wie möglich zu verbringen.«

Er wischte sich den Schweiß ab und schaute auf den Pilot, der ihm zuzustimmen schien. Der Gouverneur von Stanleyville stürzte mit seiner Familie nach draußen, ihnen fast auf den Fersen folgte der kurzatmige Levantiner, der die größte Mühe hatte, seinen massigen Körper durch die Tür zu zwängen.

»Gehen Sie nicht hinaus, Monsieur Arthur Bennet?« fragte Nordley ironisch.

»Nein. Ich habe nicht die Absicht ...«

»Vielleicht könnten Sie dem Piloten etwas behilflich sein? Wer weiß, ob es Ihnen gemeinsam nicht gelingt, die Panne zu beheben?«

Der bärtige Mann blickte reihum den Inspektor, den Pilot und schließlich das Mädchen an, das ihm ein Zeichen machte, welches die anderen aber nicht verstehen konnten.

»Gern«, murmelte er dann ohne große Begeisterung. »Nach Ihnen, meine Herren ...«

»Dann verstehen Sie also etwas davon?«

»Ein wenig ... Ich bin früher selbst geflogen.«

»In Kanada?«

»Ja, in Kanada.«

»Welche Maschine?«

»Fast alle Typen ... Ich weiß es nicht mehr.«

»Zum Beispiel auch eine *Fulgur?*«

Er zuckte zusammen, blickte Nordley in die Augen und dann wieder zu dem Mädchen.

In diesem Augenblick kam der Funker aus dem Cockpit zurück, und in seinem Gesicht stand Verblüffung, wenn nicht gar Besorgnis, was so gar nicht zum Temperament des sportlichen jungen Mannes paßte.

»Haben Sie den Funkspruch aufgegeben?«

»Ich konnte nicht ... Ich weiß nicht, wie das passieren konnte ... Die Hauptröhre ist beschädigt ... Waren Sie das, Eliot?« fragte er den Pilot.

»Ich denke nicht ...«

»Nur Sie können es gewesen sein ... Bei dem Versuch, die Panne zu beheben ...«

»Aber dann sind wir hier ja vollkommen eingeschlossen!« schrie Miss Diana mit vor Angst geweiteten Augen.

»Vollkommen eingeschlossen!« wiederholte Nordley ernst.

Und es wirkte lächerlich in der tragischen Situation, als er gegen seinen Willen nun doch gähnen mußte.

Niemals war der Inspektor in einer Lage gewesen, die so viel Kaltblütigkeit und Selbstbeherrschung von ihm verlangte. Er war müde, und er kämpfte verbissen gegen den Schlaf an. Er mußte seine Gedanken in Ordnung bringen!

»Schauen wir uns die Motoren mal an«, entschied er schließlich.

Der Pilot, der Funker und der weißbärtige Mann traten hinaus.

»Sie auch, Miss Diana!«

»Aber was soll ich denn dabei?«

»Ich bitte Sie, uns zu begleiten ... Gehen Sie!«

Er fügte nicht hinzu, daß er keinen Verdächtigen in seinem Rücken haben wollte.

»Sie müssen mir unbedingt zuhören, John ...«

Nordley zuckte zusammen, denn das Mädchen hatte ihn zum erstenmal bei seinem Vornamen genannt. Sie standen auf der Tragfläche, und der Pilot, der Onkel und der Funker beugten sich über eine beschädigte Ölleitung. Miss Diana hatte geflüstert, um von den anderen nicht gehört zu werden, und es war nur noch ein Hauch, als sie jetzt hinzufügte:

»Mein Leben ist in Gefahr ...«

Er war nicht sicher, ob er sie richtig verstanden hatte,

und sein Körper straffte sich, als er ihr mit kalter Ironie entgegenhielt:

»Wirklich? Ihr Leben? Sind Sie da sicher?«

»Meines und das meines Bruders ...«

»Dieses Bruders, der vorhin noch Ihr Onkel war und jeden Augenblick seinen falschen Bart verlieren wird?«

»Verstehen Sie mich doch ... Kommen Sie hierher ... Näher ... *Er* darf mich nicht hören ...«

»Wer?«

»Der *Professor.*«

»Sie kennen ihn also?«

Sie nickte. Sie war sehr blaß geworden.

»Sie sind sogar sehr mit ihm vertraut, nicht wahr? Ich wette, es wird nicht mehr lange dauern, bis aus Monsieur Arthur Bennet, der erst Ihr Onkel und dann Ihr Bruder war, auch noch Ihr Geliebter oder Ihr Ehemann wird ...«

»Sie sind dumm ... Wenn Sie mir nicht zuhören, wird etwas Schreckliches passieren ... Es kann jede Sekunde soweit sein ... Der *Professor* weiß, daß er entdeckt ist. Er weiß auch, daß er noch ein paar Stunden Zeit hat, vielleicht auch viel mehr, denn die Flugzeuge, die man auf die Suche nach uns schicken wird, werden uns nicht so leicht finden ...«

»Man könnte meinen, Sie kennen diese Gegend!«

»Ich war einmal hier.«

»Letzte Woche, oder stimmt das nicht? An jenem Tag, als Sie Ihre Freunde in Port-Said treffen wollten ...«

»Wer hat Ihnen das gesagt?«

»Das tut nichts zur Sache. Sie waren an Bord einer sehr schnellen *Fulgur* ...«

»Aber, woher wissen Sie?« Sie zitterte plötzlich. »Hat *er* etwa ...«

»Wer *er*?«

»Wenn das so ist, frage ich mich ...«

In diesem Augenblick rief der Pilot:

»Monsieur Nordley! Kommen Sie bitte mal ...«

Als sich der Polizist umwandte, sah er zwischen dem Pilot und dem Funker eine Person, die er noch nicht kannte. Sie steckte in den Kleidern Arthur Bennets, aber das Gesicht war ein anderes, denn der Pilot hatte ihm den falschen Bart und die Perücke heruntergerissen.

»Ist das nicht vielleicht der Mann, den Sie suchen?« fragte der Pilot.

Das Mädchen wurde vor Schreck leichenblaß.

Kaum vorstellbar, daß dies alles wirklich war! Da war die große, plumpe Maschine, deren Räder im Wüstensand versunken waren, dort spazierten die Passagiere, einzeln oder zu zweit, achteten ängstlich darauf, daß sie die vom Inspektor vorgegebene Linie nicht überschritten, und schauten sich immer wieder besorgt um.

Ein erdrückender Himmel. Eine Hitze, die sich in die Augen fraß, und eine Luft, so bleiern, daß man instinktiv durch den Mund atmete.

Auf der Maschine, neben den Motoren, der ölverschmierte Pilot, der Funker, und zwischen ihnen der Ex-Greis, ein Mann von fünfunddreißig Jahren, der sich über seine nächsten Schritte offensichtlich unschlüssig war.

Und das Mädchen, das Nordley ängstlich folgte, als er auf die drei Männer zuging.

Plötzlich – der Polizist hatte sie fast erreicht – dröhnte ein Schuß, und er wurde von der weiten Einöde in einem tausendfachen Echo wiedergegeben.

Das Ganze war um so verwirrender, als sich niemand bewegt hatte und keine Waffe zu sehen war. Die Passagiere rannten von allen Seiten auf das Flugzeug zu, um in der Kabine Schutz zu suchen. Wahrscheinlich glaubten sie, der Inspektor habe seine Drohung wahr gemacht und auf einen von ihnen, der sich aus dem Kreis hinausbegeben hatte, geschossen.

Aber niemand war niedergestürzt. Niemand fiel! Der Pilot allerdings mußte sich auf dem Motor abstützen, und sein Gesicht war verzerrt, als er auf Bennet deutete und rief:

»Das ist er, Inspektor! ... Sie haben es gesehen ... Vorsicht! Er schießt nochmal ...«

Nordley stürzte sich auf Miss Dianas Bruder, und beide fielen zuerst auf die Tragfläche und von dort auf den glücklicherweise nicht zu harten Boden.

»Hört auf!« schrie das Mädchen. »John, hören Sie auf! ... Ich schwöre Ihnen ...«

Es war ein kurzer Kampf, der an einem der Räder des Flugzeugs endete. Der Inspektor, voller Sand, erhob sich als erster und zwang Bennet, dem er die Handschellen umgelegt hatte, ebenfalls aufzustehen.

An jedem anderen Ort wäre die Situation erträglich gewesen. Aber hier gab es nicht einmal einen Platz, an den man sich zurückziehen konnte, um so etwas wie ein Verhör durchzuführen! Die Passagiere kamen neugierig heran. Nordley befahl in einem Ton, von dem er hoffte, daß er eindringlich genug war:

»Alle gehen in die Kabine ... Und keiner darf sie verlassen!«

Man protestierte. Er selbst hatte sich bei dem Sturz überall wehgetan, und die Hitze quälte ihn schrecklich.

Und dann noch diese Schießerei, deren Hergang man nur schwierig rekonstruieren konnte. Die drei Männer hatten sich über die Ölleitung gebeugt. Der Pilot mußte Bennet Bart und Perücke heruntergerissen haben. Dann hatte er Nordley gerufen.

In diesem Augenblick hatte Bennet, ohne sich zu bewegen, geschossen, durch seine Kleider hindurch, denn die Hand in seiner Tasche umklammerte den Griff seines Revolvers.

Der Pilot war am Schenkel getroffen worden. Er hatte Schmerzen, doch er versuchte, es nicht zu zeigen, und setzte sich schließlich auf die Tragfläche.

»Sie haben es gesehen ...«, wiederholte er. »Das ist der *Professor!* Und diese Frau ist seine Komplizin und Geliebte ...«

»John ...«, begann das Mädchen dennoch und faßte Nordley beim Arm. »Ich flehe Sie an ... Hören Sie mir zu! Ein paar Worte nur, bitte ...«

»Vorsicht, Inspektor!« unterbrach sie der Pilot. »Wahrscheinlich ist sie ebenfalls bewaffnet! Sie will nur Zeit gewinnen! Gott allein weiß, was sie mit uns vorhatten ...«

Wenn Nordley letzte Nacht doch nur mehr geschlafen hätte! Und wenn doch nur diese Sonne nicht gewesen wäre, diese alptraumhafte Situation, dieser heiße Sand, der in Mund und Nase drang, und dieses Licht, das wie glühende Funken in den Augen brannte!

»Keiner bewegt sich!« befahl er. »Funker! Ich nehme an, Sie haben einen Verbandskasten an Bord?«

Es war ihm gar nicht recht, daß er den Funker wegschicken mußte, denn er hatte einen Punkt erreicht, wo er jeden einzelnen verdächtigte.

Aber der Funker kam mit dem Verbandszeug fast augenblicklich zurück, und er sagte:

»Die Frau von der Heilsarmee ist Krankenschwester. Sie fragt, ob sie ...«

»Sie soll kommen!«

Es war besser, draußen bei der Maschine zu bleiben, wo die Luft weniger stickig als in der Kabine war und man durch den Schatten der Tragfläche doch relativ geschützt war.

Bennet, ohne seine Perücke und ohne seinen Bart, dafür aber mit Handschellen versehen, sah grotesk aus. Der einzige Mensch, der seine Kaltblütigkeit bewahrte, war die Frau von der Heilsarmee, die den Pilot versorgte, als würde sie ihren Dienst in einem Krankenhaus versehen.

»Geben Sie mir Ihren Revolver, Funker.«

Er bekam ihn. Es fehlte keine Kugel.

»Ihren auch, Pilot ...«

Und da sich der Pilot nicht rührte, sich unter den Schmerzen verkrampfte, als seine Wunde mit Jod eingepinselt wurde, tastete Nordley seine Taschen ab und zog zwei großkalibrige Revolver heraus.

»Hören Sie mir zu, John ...«

»Tun Sie es nicht!« schrie der Pilot. »Sie lügt! Sie ist seine Geliebte und ...«

»John ... Erbarmen Sie sich ...«

»Sie haben es mit eigenen Augen gesehen, Inspektor! Dieser Mann ist der *Professor!* Ich weiß nicht, was er beabsichtigte, aber ich frage mich jetzt, ob ...«

»John! Jeder Zeitverlust kann eine Katastrophe bedeuten! Nehmen Sie meinem Bruder die Handschellen ab! Streifen Sie sie diesem Mann über! Er ist der *Professor!*«

Die Frau von der Heilsarmee ließ sich durch das Geschrei nicht stören, und ihr Verband hätte bei einem Sanitäter-Wettbewerb bestimmt den ersten Preis gemacht.

»Geben Sie mir eine Sicherheitsnadel«, bat sie ruhig. »Danke! ... Ich hielt es für besser, die Kugel drin zu lassen, denn sie ist in den Knochen gedrungen ... Sobald wir in einer Stadt sind, wo sich ein Chirurg finden läßt ...«

»John ...«, drängte Miss Diana.

Drei Männer: der Funker, der Pilot und der falsche Greis. Ein Trio bestehend aus einem Verwundeten, der halb auf der Tragfläche lag, einem Wesen, das mit Handschellen gefesselt war, und dem Funker, der, mit dem Verbandskasten in den Händen, der Krankenschwester so gut wie möglich behilflich war.

Einer der drei war der *Professor*!

Und die Kisten mit dem Geld, auf die der *Professor* so scharf war, befanden sich immer noch im Stauraum des Flugzeugs.

Es konnten Stunden, vielleicht Tage vergehen, ehe die zur Rettung ausgesandten Flugzeuge die Maschine der *Imperial Airways* entdecken würden.

Nordley, kaum einen Meter vom Tank entfernt, zündete sich eine Zigarette an, doch er war sich der Explosionsgefahr gar nicht bewußt. Wieder mußte er gähnen.

Die Macht der Gewohnheit war so groß, daß er, ganz als würde er im nebeligen London bei einem Verhör sitzen, den üblichen Spruch aufsagte:

»Sprechen Sie, Miss Diana. Ich mache Sie darauf aufmerksam, daß alles, was Sie sagen, gegen Sie verwendet werden kann ...«

Sie lächelte schüchtern. Endlich gestattete man ihr, alles zu erklären.

»Wenn Sie schon vorher auf mich gehört hätten, wäre mein Bruder nicht gezwungen gewesen, auf diesen Mann zu schießen, um uns alle zu schützen. Wollen Sie, daß ich die Geschichte von Anfang erzähle, Monsieur Nordley?«

In der Kabine hielten die Passagiere einen regelrechten Kriegsrat ab, denn sie verstanden nichts von dem, was vorging, und sie hatten sich entschlossen, eine Beschwerde einzureichen, sobald man in einem etwas zivilisierteren Ort wäre. Man hatte sie tatsächlich eingeschlossen, auch die hilfsbereite Krankenschwester, und man nahm keine Notiz mehr von ihnen. Der Gouverneur von Stanleyville führte den Vorsitz, und der Levantiner jammerte ununterbrochen, denn auch er hatte, wie er sagte, viele Wertsachen in seinem Gepäck.

»Es ist das letzte Mal, daß ich fliege!« schwor er. »Es dauert zwar Wochen, wenn man mit dem Schiff den Nil hinauffährt, aber dafür ist es auch sicherer ... Bei all diesen Gangstern, die es heutzutage gibt ...«

»Wenn ich sage, mein Bruder, dann ist es auch mein Bruder, Monsieur Nordley, was immer Sie auch denken mögen ... Er heißt Jacques de Ruyter ... Sie haben den Namen sicher schon gehört ... Folglich wissen Sie, daß unsere Familie in Belgien ziemlich einflußreich ist und daß mein Vater Direktor der Banque de Bruxelles war.«

»Sie lügt!« konnte der Pilot nur immer wieder sagen. Der Schmerz zwang ihn, die Augen zu schließen.

»Vor zwei Jahren hat mein Bruder die Bekanntschaft eines gutaussehenden Mannes gemacht, der die ganze Welt kannte und der perfekte Gentleman zu sein schien ... Dieser Mann, das brauche ich Ihnen nicht zu sagen, denn Sie wissen es bereits, war kein anderer als der internationale Verbrecher, den man den *Professor* nennt ... Mein Bruder wußte das nicht. Er hat sich mit ihm angefreundet. Er hatte so großes Vertrauen in ihn, war so beeindruckt von der Genialität seines Freundes, daß er ihm jeden Wunsch erfüllt hätte ...

Und so weit ist es dann auch gekommen ... Der *Professor,* der sich damals als Hauptmann Groot ausgab, bat meinen Bruder um diverse Gefälligkeiten, Gefälligkeiten, deren wahre Bedeutung man nicht messen konnte, die es aber dem Banditen nichtsdestoweniger ermöglichten, seinen Coup in der Banque de Bruxelles erfolgreich durchzuführen ...

Sie kennen die Geschichte ... Mehrere Millionen waren unter so mysteriösen Umständen verschwunden, daß man den Verdacht auf Beihilfe aus den eigenen Reihen einfach haben *mußte* ...

Nun, es war mein Bruder, der, ohne es zu wissen, der freiwillige Komplize des *Professors* geworden war ...

Mein Vater verlor seine Stellung ... Und mein Bruder wäre vielleicht von der ganzen Sache verschont geblieben, wenn nicht die Brüsseler Staatsanwaltschaft vom *Professor* selbst einen Brief aus dem Ausland bekommen hätte, in dem behauptet wurde, daß mein Bruder sich seines Komplizendaseins sehr wohl bewußt gewesen sei und er seinen Anteil an der Beute erhalten habe ...

Erst da sind wir, Jacques und ich, dahintergekommen, wie dieser Mann, von dem wir sonst nur aus den Zeitungen etwas wußten, vorging.

Seine Komplizen, unschuldig oder nicht, *gab* er der Polizei, was das sicherste Mittel war, sie sich vom Hals zu schaffen.

Mein Bruder wurde also zu fünf Jahren Gefängnis verurteilt, aber das Zusammentreffen mehrerer königlicher Gnadenerlasse mit den Zweifeln, die man in seinem Fall immer noch hegte, erwirkte, daß er weit vor der Zeit entlassen wurde, und zwar vor genau sechs Monaten ...«

»Sie lügt!« rief der Pilot wieder mit verkrampftem Gesicht.

»Sprechen Sie weiter, Miss Diana.«

»Sie können mich jetzt Mademoiselle de Ruyter nennen ... Seit seiner Entlassung aus dem Gefängnis hat mein Bruder nur einen Gedanken: den *Professor* in seine Gewalt bringen, ihn verhaften zu lassen und so seine Unschuld zu beweisen. Er ist einer der wenigen Leute, die wissen, wie der *Professor* aussieht.

Eines Tages glaubte er in einer Zeitung, die ein Bild von den Mitgliedern des Athener Fliegerklubs brachte, seinen Mann zu erkennen, und er ging nach Griechenland.

Es war tatsächlich der *Professor,* der ein reicher amerikanischer Bürger geworden war und vom Hellenismus und der Fliegerei ganz begeistert war.

Mein Bruder konnte ihn aber unmöglich anzeigen, denn niemand hätte dem einstigen Sträfling aus Brüssel geglaubt.

Seit dieser Zeit, Inspektor, lebt mein Bruder im Schatten des *Professors* ... Er kam mit ihm vor drei Wochen nach Kairo ... Er schickte mir ein Telegramm, in dem er mich bat, ihm zu helfen, und ich bin gekommen ...

Es war wichtig, den Verbrecher auf frischer Tat zu ertappen ... Wir vermuteten, daß er einen neuen Coup plante, einen Coup seines Stils, und wir versuchten herauszufinden ...

Um zu erfahren, ob Scotland Yard Informationen besaß, habe ich mich um Ihre Bekanntschaft bemüht ...«

Der Inspektor machte ein saures Gesicht, aber sie achtete nicht darauf.

»Ich fasse mich jetzt kurz. Der *Professor* hatte sich, ich weiß nicht wie, Papiere eines Offiziers beschafft, der lange Zeit Pilot auf der Indienroute war und der früher, vor mehr als zehn Jahren, auch mehrmals die Kapstrecke geflogen war.

An einem Tag letzter Woche wurde ihm ein sehr schnelles Privatflugzeug geliefert, allerdings nicht an seinen Namen, und er gab sich sozusagen für denjenigen aus, der den Probeflug machen sollte . . .

Mein Bruder und ich sind in einer gemieteten *Fulgur* gefolgt; mein Bruder war, bevor er in dieses Abenteuer stürzte, Mitglied des belgischen Aero-Klubs.

Das Flugzeug, von dem ich sprach, das Flugzeug des *Professors,* steht etwa hundert Meilen von hier. Es wartet auf die Kisten mit den Pfund Sterling, die sich im Gepäckraum befinden . . .«

Nordley zündete sich eine neue Zigarette an und rieb sich die Augen, denn die Sonne war jetzt, wo sie unterging, noch gefährlicher als zur Mittagszeit.

»Ist das alles, Miss Diana?«

»Mademoiselle de Ruyter«, entgegnete sie rasch.

»Sie lügt!« wiederholte der Pilot.

Und der Funker murmelte:

»Merkwürdig ist das alles.«

»Was ist merkwürdig?« fragte Nordley.

»Das, was mir ein ehemaliger Oberst im Klub in Heliopolis erzählte . . . Er ist ein alter Trunkenbold . . . Er behauptete, daß Eliot, den er früher einmal in Kairo kennengelernt hatte, als er noch für die *Imperial Airways* flog, klein und dick sei . . . Ich habe ihn ausgelacht ... Es ist auch merkwürdig, daß der Pilot, der für diesen Flug vorgesehen war, vor acht Tagen plötzlich krank wurde, denn er war ein ziemlich kräftiger Bursche ...«

»Nun?« Nordley musterte den Verwundeten.

»Sie lügen alle! Das müssen sie erst beweisen! ... Wenn ich hundert Meilen von hier ein Flugzeug stehen hätte, warum sollte ich dann in dieser Wüste hier landen?«

Das stimmte!

Und es war wirklich eine Kleinigkeit, ein Sandkorn, das die Karriere des berühmten *Professors* beenden sollte.

Jahrelang liefen die Dinge nach seinem Willen, hatten sich seiner Intelligenz und seiner Energie unterworfen.

Er beabsichtigte einen letzten Coup, viel besser als alle anderen, einen Coup, der ihn für den Rest seines Lebens zu einem reichen Mann machen würde.

Wie immer waren auch die kleinsten Details sorgfältig kalkuliert. Er besaß Papiere, die ihn als Pilot einer bekannten Fluglinie auswiesen. Unter irgendeinem Vorwand überredete er den regulären Piloten, sich im passenden Augenblick krankschreiben zu lassen.

In der Wüste erwartete ihn ein Flugzeug, ein kleines, schnelles Flugzeug, und er mußte nur noch die große Maschine der *Imperial Airways* dorthin fliegen.

Sie hätte unterwegs eine Panne gehabt, eine künstliche Panne, versteht sich, und man wäre ein paar hundert Meter von dem Privatflugzeug entfernt notgelandet.

Der *Professor* hätte die Kisten umgeladen und keine Zeit versäumt, mit dem Privatflugzeug davonzufliegen.

Der Zufall wollte es, daß eine *echte* Panne passierte, eine Panne, die zu früh kam und an einem Ort, wo er keine Fluchtmöglichkeit hatte.

Und die de Ruyters waren an Bord!

Und zu allem Überfluß ein Inspektor von Scotland Yard, der, obwohl ihm die Hitze und eine durchwachte Nacht sehr zu schaffen machten, seinen Mann stand ...

»Was haben Sie dazu zu sagen, *Professor?*«

»Nichts! Man wird es beweisen müssen! Bis dahin werde ich gegen diesen Mann Anzeige erstatten, der mir ohne Grund eine Kugel in den Schenkel geschossen hat ...«

»Ich befürchtete das Schlimmste«, gestand de Ruyter, der nacheinander Greis, Onkel und Bruder gewesen war. »Er hatte mich erkannt ... Wenn es ihm gelungen wäre, mich und meine Schwester aus dem Weg zu schaffen, hätte es keine Zeugen mehr gegen ihn gegeben ... Er merkte, daß er in der Falle saß und nur noch ein paar Stunden hatte, und er wäre zu allem fähig gewesen ...«

Die Nacht brach herein, und mit ihr eine eisige Kälte, die jedermann zwang, sich in die warmen Decken zu hüllen.

Erst um neun Uhr am nächsten Morgen kam eine Militärmaschine, die zweimal über sie hinwegflog, ohne sie zu entdecken. Sie kreiste ein letztes Mal, sah das Flugzeug und landete.

»Sie müssen ihnen sagen, daß Sie den Professor identifiziert haben«, sagte das Mädchen leise zu Nordley.

»Aber ich habe doch nicht ...«

»Pst! ... Sie müssen es sagen! ... Auf diese Weise bekommen Sie eine Beförderung ...«

»Und dann?«

»Ich möchte gerne, daß man Ihnen einen wichtigeren Posten gibt ...«

»Warum?«

Er begriff es später, als er zum Leiter der englischen Polizei in Ägypten ernannt wurde und Mademoiselle de Ruyter über den Plänen für eine der elegantesten Villen in Heliopolis saß, mit Tennis-Platz und Swimming-Pool ...

»Im Grunde, John, sind Sie ein Mensch, der viel Schlaf braucht«, versicherte sie ihm in ironischem Ton, als er nach dem Mittagessen gähnend seine Zigarette ausdrückte. »Machen Sie nur Ihr Mittagsschläfchen ... Gestern haben wir wieder bis zwei Uhr morgens getanzt.«

Georges Simenon im Diogenes Verlag

● Biographisches

Intime Memoiren und Das Buch von Marie-Jo
Aus dem Französischen von Hans-Joachim Hartstein, Claus Sprick, Guy Montag und Linde Birk. Leinen. Auch als detebe 21216

Stammbaum
Pedigree. Autobiographischer Roman Deutsch von Hans-Joachim Hartstein Leinen. Auch als detebe 21217

Briefwechsel mit André Gide
Deutsch von Stefanie Weiss. Leinen

Brief an meine Mutter
Deutsch von Trude Fein. Leinen

Ein Mensch wie jeder andere
Mein Tonband und ich. Tagebuchnotizen und Erinnerungen. Deutsch von Hans Jürgen Solbrig. Leinen

Als ich alt war
Tagebücher 1960–1963. Deutsch von Linde Birk. Leinen

Außerdem liegen vor:

Über Simenon
Zeugnisse und Essays von Patricia Highsmith bis Alfred Andersch. Mit einem Interview, mit Chronik und Bibliographie. Herausgegeben von Claudia Schmölders und Christian Strich. detebe 20499

Das Georges Simenon Lesebuch
Ein Querschnitt durch das Gesamtwerk Herausgegeben von Daniel Keel detebe 20500

● Reportagen

Die Pfeife Kleopatras
Reportagen aus aller Welt. Deutsch von Guy Montag. detebe 21223

Zahltag in einer Bank
Reportagen aus Frankreich. Deutsch von Guy Montag. detebe 21224

● Erzählungen

Der kleine Doktor
Erzählungen. Deutsch von Hansjürgen Wille und Barbara Klau. detebe 21025

Emil und sein Schiff
Erzählungen. Deutsch von Angela von Hagen und Linde Birk. detebe 21318

Exotische Novellen
Deutsch von Annerose Melter. detebe 21285

● Non-Maigret Romane

Brief an meinen Richter
Roman. Deutsch von Hansjürgen Wille und Barbara Klau. detebe 20371

Der Schnee war schmutzig
Roman. Deutsch von Willi A. Koch detebe 20372

Die grünen Fensterläden
Roman. Deutsch von Alfred Günther detebe 20373

Im Falle eines Unfalls
Roman. Deutsch von Hansjürgen Wille und Barbara Klau. detebe 20374

Sonntag
Roman. Deutsch von Hansjürgen Wille und Barbara Klau. detebe 20375

Bellas Tod
Roman. Deutsch von Elisabeth Serelmann-Küchler. detebe 20376

Der Mann mit dem kleinen Hund
Roman. Deutsch von Stefanie Weiss detebe 20377

Drei Zimmer in Manhattan
Roman. Deutsch von Linde Birk detebe 20378

Die Großmutter
Roman. Deutsch von Linde Birk detebe 20379

Der kleine Mann von Archangelsk
Roman. Deutsch von Alfred Kuoni detebe 20584

Der große Bob
Roman. Deutsch von Linde Birk
detebe 20585

Die Wahrheit über Bébé Donge
Roman. Deutsch von Renate Nickel
detebe 20586

Tropenkoller
Deutsch von Annerose Melter
detebe 20673

Ankunft Allerheiligen
Roman. Deutsch von Eugen Helmlé
detebe 20674

Der Präsident
Roman. Deutsch von Renate Nickel
detebe 20675

Der kleine Heilige
Roman. Deutsch von Trude Fein
detebe 20676

Der Outlaw
Roman. Deutsch von Liselotte Julius
detebe 20677

Der Verdächtige
Roman. Deutsch von Eugen Helmlé
detebe 20679

Die Verlobung des Monsieur Hire
Roman. Deutsch von Linde Birk
detebe 20681

Der Mörder
Roman. Deutsch von Lothar Baier
detebe 20682

Die Zeugen
Roman. Deutsch von Anneliese Botond
detebe 20683

Die Komplizen
Roman. Deutsch von Stefanie Weiss
detebe 20684

Die Unbekannten im eigenen Haus
Roman. Deutsch von Gerda Scheffel
detebe 20685

Der Ausbrecher
Roman. Deutsch von Erika Tophoven-Schöningh. detebe 20686

Wellenschlag
Roman. Deutsch von Eugen Helmlé
detebe 20687

Der Mann aus London
Roman. Deutsch von Stefanie Weiss
detebe 20813

Die Überlebenden der Télémaque
Roman. Deutsch von Hainer Kober
detebe 20814

Der Mann, der den Zügen nachsah
Roman. Deutsch von Walter Schürenberg
detebe 20815

Zum Weißen Roß
Roman. Deutsch von Trude Fein
detebe 20986

Der Tod des Auguste Mature
Roman. Deutsch von Anneliese Botond
detebe 20987

Die Fantome des Hutmachers
Roman. Deutsch von Eugen Helmlé
detebe 21001

Die Witwe Couderc
Roman. Deutsch von Hanns Grössel
detebe 21002

Schlußlichter
Roman. Deutsch von Stefanie Weiss
detebe 21010

Die schwarze Kugel
Roman. Deutsch von Renate Nickel
detebe 21011

Die Brüder Rico
Roman. Deutsch von Angela von Hagen
detebe 21020

Antoine und Julie
Roman. Deutsch von Eugen Helmlé
detebe 21047

Betty
Roman. Deutsch von Raymond Regh
detebe 21057

Der Neger
Roman. Deutsch von Linde Birk
detebe 21118

Die Tür
Roman. Deutsch von Linde Birk
detebe 21114

Das blaue Zimmer
Roman. Deutsch von Angela von Hagen
detebe 21121

Der Bürgermeister von Furnes
Roman. Deutsch von Hans Grössel
detebe 21209

Es gibt noch Haselnußsträucher
Roman. Deutsch von Angela von Hagen
detebe 21192

Die Glocken von Bicêtre
Roman. Neu übersetzt von Angela von Hagen. detebe 20678

Das Testament Donadieu
Roman. Deutsch von Eugen Helmlé
detebe 21256

Der Untermieter
Roman. Deutsch von Ralph Eue
detebe 21255

Die Leute gegenüber
Roman. Deutsch von Hans-Joachim Hartstein. detebe 21273

Die schwanzlosen Schweinchen
Erzählungen. Deutsch von Linde Birk
detebe 21284

Weder ein noch aus
Roman. Deutsch von Elfriede Riegler
detebe 21304

● Maigret-Romane

Maigrets erste Untersuchung
Roman. Deutsch von Roswitha Plancherel
detebe 20501

Maigret und Pietr der Lette
Roman. Deutsch von Wolfram Schäfer
detebe 20502

Maigret und die alte Dame
Roman. Deutsch von Renate Nickel
detebe 20503

Maigret und der Mann auf der Bank
Roman. Deutsch von Annerose Melter
detebe 20504

Maigret und der Minister
Roman. Deutsch von Annerose Melter
detebe 20505

Mein Freund Maigret
Roman. Deutsch von Annerose Melter
detebe 20506

Maigrets Memoiren
Roman. Deutsch von Roswitha Plancherel
detebe 20507

Maigret und die junge Tote
Roman. Deutsch von Raymond Regh
detebe 20508

Maigret amüsiert sich
Roman. Deutsch von Renate Nickel
detebe 20509

Hier irrt Maigret
Roman. Deutsch von Elfriede Riegler
detebe 20690

Maigret und der gelbe Hund
Roman. Deutsch von Raymond Regh
detebe 20691

Maigret vor dem Schwurgericht
Roman. Deutsch von Wolfram Schäfer
detebe 20692

Maigret als möblierter Herr
Roman. Deutsch von Wolfram Schäfer
detebe 20693

Madame Maigrets Freundin
Roman. Deutsch von Roswitha Plancherel
detebe 20713

Maigret kämpft um den Kopf eines Mannes
Roman. Deutsch von Roswitha Plancherel
detebe 20714

Maigret und die kopflose Leiche
Roman. Deutsch von Wolfram Schäfer
detebe 20715

Maigret und die widerspenstigen Zeugen
Roman. Deutsch von Wolfram Schäfer
detebe 20716

Maigret am Treffen der Neufundlandfahrer
Roman. Deutsch von Annerose Melter
detebe 20717

Maigret bei den Flamen
Roman. Deutsch von Claus Sprick
detebe 20718

Maigret und die Bohnenstange
Roman. Deutsch von Guy Montag
detebe 20808

Maigret und das Verbrechen in Holland
Roman. Deutsch von Renate Nickel
detebe 20809

Maigret und sein Toter
Roman. Deutsch von Elfriede Riegler
detebe 20810

Maigret beim Coroner
Roman. Deutsch von Wolfram Schäfer
detebe 20811

Maigret, Lognon und die Gangster
Roman. Deutsch von Wolfram Schäfer
detebe 20812

Maigret und der Gehängte von Saint-Pholien
Roman. Deutsch von Sibylle Powell
detebe 20816

Maigret und der verstorbene Monsieur Gallet
Roman. Deutsch von Roswitha Plancherel
detebe 20817

Maigret regt sich auf
Roman. Deutsch von Wolfram Schäfer
detebe 20820

Maigret und das Schattenspiel
Roman. Deutsch von Claus Sprick
detebe 20734

Maigret und die Keller des Majestic
Roman. Deutsch von Linde Birk
detebe 20735

Maigret contra Picpus
Roman. Deutsch von Hainer Kober
detebe 20736

Maigret läßt sich Zeit
Roman. Deutsch von Sibylle Powell
detebe 20755

Maigrets Geständnis
Roman. Deutsch von Roswitha Plancherel
detebe 20756

Maigret zögert
Roman. Deutsch von Annerose Melter
detebe 20757

Maigret und der Treidler der »Providence«
Roman. Deutsch von Claus Sprick
detebe 21029

Maigrets Nacht an der Kreuzung
Roman. Deutsch von Annerose Melter
detebe 21050

Maigret hat Angst
Roman. Deutsch von Elfriede Riegler
detebe 21062

Maigret erlebt eine Niederlage
Roman. Deutsch von Elfriede Riegler
detebe 21120

Maigret gerät in Wut
Roman. Deutsch von Wolfram Schäfer
detebe 21113

Maigret verteidigt sich
Roman. Deutsch von Wolfram Schäfer
detebe 21117

Maigret und der geheimnisvolle Kapitän
Roman. Deutsch von Annerose Melter
detebe 21180

Maigret und die alten Leute
Roman. Deutsch von Annerose Melter
detebe 21200

Maigret und das Dienstmädchen
Roman. Deutsch von Hainer Kober
detebe 21220

Maigret und der Fall Nahour
Roman. Deutsch von Sibylle Powell
detebe 21250

Maigret im Haus des Richters
Roman. Deutsch von Liselotte Julius
detebe 21238

Maigret und der Samstagsklient
Roman. Deutsch von Angelika Hildebrandt-Essig. detebe 21295

Maigret in New York
Roman. Deutsch von Bernhard Jolles
detebe 21308

Honoré de Balzac
Die großen Romane und Erzählungen im Diogenes Verlag

Die tödlichen Wünsche
Roman. Aus dem Französischen von Emil A. Rheinhardt. detebe 20901

Die Frau von dreißig Jahren
Roman. Deutsch von Erich Noether
detebe 20902

Eugenie Grandet
Roman. Deutsch von Mira Koffka
detebe 20903

Vater Goriot
Roman. Deutsch von Rosa Schapire
detebe 20904

Verlorene Illusionen
Roman. Deutsch von Otto Flake
detebe 20905

Glanz und Elend der Kurtisanen
Roman. Deutsch von Emil A. Rheinhardt
detebe 20906

Zwei Frauen
Roman. Deutsch von Gabrielle Betz
detebe 20907

Junggesellenwirtschaft
Roman. Deutsch von Franz Hessel
detebe 20908

Tante Lisbeth
Roman. Deutsch von Paul Zech
detebe 20909

Vetter Pons
Roman. Deutsch von Otto Flake
detebe 20910

Das ungekannte Meisterwerk
Erzählungen. Deutsch von Heinrich E. Jacob und Hete Maass. detebe 20477

Pariser Geschichten
Deutsch von Otto Flake
detebe 20896

Liebesgeschichten
Ausgewählt von Auguste Amédée de Saint-Gall. Verschiedene Übersetzer
detebe 20897

Mystische Geschichten
Verschiedene Übersetzer
detebe 20899

Außerdem liegen vor:

Über Balzac
Zeugnisse und Aufsätze von Victor Hugo bis Somerset Maugham. Herausgegeben von Claudia Schmölders. detebe 20309

André Maurois
Das Leben des Honoré Balzac
Eine Biographie. Aus dem Französischen von Ernst Sander und Bruno Berger. detebe 21297

Klassische Polit-Thriller im Diogenes Verlag

● **Eric Ambler**
Der Fall Deltschev
Roman. Aus dem Englischen von Mary Brand und Walter Hertenstein. detebe 20178

Der Levantiner
Roman. Deutsch von Tom Knoth
detebe 20223

Anlaß zur Unruhe
Roman. Deutsch von Franz Cavigelli
detebe 20604

Mit der Zeit
Roman. Deutsch von Hans Hermann
detebe 21054

● **John Buchan**
Die neununddreißig Stufen
Roman. Aus dem Englischen von Marta Hackel. Mit Zeichnungen von Edward Gorey. detebe 20210

Grünmantel
Roman. Deutsch von Marta Hackel
Mit Zeichnungen von Roland Topor
detebe 20771

Mr. Standfast oder im Westen was Neues
Roman. Deutsch von Marta Hackel
Mit Zeichnungen von Roland Topor
detebe 20772

Die drei Geiseln
Roman. Deutsch von Marta Hackel
Mit Zeichnungen von Tatjana Hauptmann
detebe 20773

● **Erskine Childers**
Das Rätsel der Sandbank
Ein Bericht des Geheimdienstes. Roman
Aus dem Englischen von Hubert Deymann
Diogenes Evergreens. Auch als detebe 20211

● **Joseph Conrad**
Der Geheimagent
Roman. Aus dem Englischen von G. Danehl
detebe 20212

● **A.E.W. Mason**
Die vier Federn
Roman. Aus dem Englischen von Thomas Schlück. detebe 21167

● **Somerset Maugham**
Ashenden oder Der britische Geheimagent
Geschichten. detebe 20337

● **Georges Simenon**
Der Schnee war schmutzig
Roman. Aus dem Französischen von Willi A. Koch. detebe 20372

Der Präsident
Roman. Deutsch von Renate Nickel
detebe 20675

● **Spionagegeschichten**
-fälle und -affären von Goethe bis Ambler. Herausgegeben von Graham Greene, Hugh Greene und Martin Beheim-Schwarzbach. Mit Zeichnungen von Paul Flora. Diogenes Evergreens. Auch als detebe 20699

● **Mehr Spionagegeschichten**
Von John Buchan bis Ian Fleming. Herausgegeben von Eric Ambler. Deutsch von Peter de Mendelssohn. Diogenes Evergreens

Französische Literatur im Diogenes Verlag

● Honoré de Balzac

Die tödlichen Wünsche. Roman. Deutsch von Emil A. Rheinhardt. detebe 20901
Die Frau von dreißig Jahren. Roman. Deutsch von Erich Noether. detebe 20902
Eugenie Grandet. Roman. Deutsch von Mira Koffka. detebe 20903
Vater Goriot. Roman. Deutsch von Rosa Schapire. detebe 20904
Verlorene Illusionen. Roman. Deutsch von Otto Flake. detebe 20905
Glanz und Elend der Kurtisanen. Roman. Deutsch von Emil A. Rheinhardt. detebe 20906
Zwei Frauen. Roman. Deutsch von Gabrielle Betz. detebe 20907
Junggesellenwirtschaft. Roman. Deutsch von Franz Hessel. detebe 20908
Tante Lisbeth. Roman. Deutsch von Paul Zech. detebe 20909
Vetter Pons. Roman. Deutsch von Otto Flake. detebe 20910
Pariser Geschichten. Deutsch von Otto Flake. detebe 20896
Liebesgeschichten. Ausgewählt von Auguste Amédée de Saint-Gall. Verschiedene Übersetzer. detebe 20897
Mystische Geschichten. Verschiedene Übersetzer. detebe 20899
Das ungekannte Meisterwerk. Erzählungen. Deutsch von Heinrich E. Jacob und Hete Maass. detebe 20477

Als Ergänzungsband liegt vor:
André Maurois
Das Leben des Honoré Balzac. Eine Biographie. Deutsch von Ernst Sander und Bruno Berger. detebe 21297

● Charles Baudelaire

Die Tänzerin Fanfarlo und Der Spleen von Paris. Sämtliche Prosadichtungen in einem Band. Deutsch von Walther Küchler. detebe 20387
Die Blumen des Bösen. Gedichte. Deutsch von Terese Robinson. detebe 20999

● P.A.F. Choderlos de Laclos

Gefährliche Liebschaften. Roman. Deutsch von Franz Blei. Mit einem Nachwort von Renate Briesemeister. detebe 21271

● Charles de Coster

Die Geschichte von Ulenspiegel. Roman. Deutsch von Karl Wolfskehl. Mit einem Nachwort von Peter Müller. detebe 21269

● Alexandre Dumas Père

Horror in Fontenay. Roman. Deutsch von Alexander Schmitz. detebe 20367

● Erckmann-Chatrian

Es lebe der Kaiser. Geschichte eines Rekruten aus den Napoleonischen Kriegen. Roman. Vorwort von V.S. Pritchett. Deutsch von J. von Harten, K. Henniger und Tatjana Fischer. detebe 21199

● Gustave Flaubert

Jugendwerke. Erste Erzählungen. Übersetzt und herausgegeben von Traugott König
November. Jugendwerke II. Übersetzt und herausgegeben von Traugott König
Briefe. Ausgewählt und übersetzt von Helmut Scheffel. detebe 20386
Madame Bovary. Roman. Deutsch von René Schickele und Irene Riesen. detebe 20721
Salammbô. Roman. Deutsch von Friedrich von Oppeln-Bronikowski. detebe 20722
Die Erziehung des Herzens. Roman. Deutsch von E. A. Rheinhardt. detebe 20723
Die Versuchung des heiligen Antonius. Deutsch von Felix Paul Greve. detebe 20719
Drei Geschichten. Deutsch von E. W. Fischer. detebe 20724
Bouvard und Pécuchet. Roman. Deutsch von Erich Marx. detebe 20725

Als Ergänzungsband liegt vor:
Über Gustave Flaubert. Zeugnisse und Essays. Herausgegeben von Gerd Haffmans und Franz Cavigelli. detebe 20726

● Victor Hugo

Der letzte Tag eines Verurteilten. Deutsch und Vorwort von W. Scheu. detebe 21234
Der Glöckner von Notre Dame. Roman Deutsch von Philipp Wanderer. Mit einem Nachwort von Arthur von Riha detebe 21290

● Joris-Karl Huysmans

Gegen den Strich. Roman. Deutsch von Hans Jacob. Einführung von Robert Baldick Essay von Paul Valéry. detebe 20921

● Maurice Leblanc

Arsène Lupin – Der Gentleman-Gauner
Roman. Deutsch von Erika Gebühr
detebe 20127
Die hohle Nadel oder Die Konkurrenten des Arsène Lupin. Deutsch von Erika Gebühr
detebe 20239
813 – Das Doppelleben des Arsène Lupin
Roman. Deutsch von Erika Gebühr
detebe 20931
Der Kristallstöpsel oder Die Mißgeschicke des Arsène Lupin. Roman. Deutsch von Erika Gebühr. detebe 20932
Die Gräfin von Cagliostro oder Die Jugend des Arsène Lupin. Roman. Deutsch von Erika Gebühr. detebe 20933
Arsène Lupin kontra Herlock Sholmes
Roman. Deutsch von Erika Gebühr
detebe 21026
Die Insel der 30 Särge. Roman. detebe 21198
Die Uhr schlägt achtmal. Roman. Deutsch von Erika Gebühr. detebe 21254

● Gaston Leroux

Das Geheimnis des gelben Zimmers. Roman. Deutsch von Klaus Walther. detebe 20924

● Guy de Maupassant

Die besten Geschichten. Ausgewählt, übertragen und mit einem Nachwort von Walter Widmer. Diogenes Evergreens
Das Haus Tellier. Erzählungen. Deutsch von Georg von der Vring. detebe 21078
Hoch zu Roß. Erzählungen. Deutsch von Georg von der Vring. detebe 21079
Mamsell Fifi. Erzählungen. Deutsch von Walter Widmer. detebe 21080
Die kleine Roque. Erzählungen. Deutsch von Walter Widmer. detebe 21116
Mein Freund Patience. Erzählungen. Deutsch von Walter Widmer. detebe 21115

● Prosper Mérimée

Carmen. Novelle. Deutsch von Arthur Schurig. detebe 21188
Die Venus von Ille. Novellen. Deutsch von Arthur Schurig. detebe 21246
Eine tragische Liebschaft. Novellen. Deutsch von Arthur Schurig. detebe 21247

● Molière

Komödien und Materialien in 8 Einzelbänden in der Neuübersetzung von Hans Weigel:
Der Wirrkopf / Die lächerlichen Schwärmerinnen / Sganarell oder Der vermeintliche Betrogene. detebe 20199
Die Schule der Frauen / Kritik der ›Schule der Frauen‹ / Die Schule der Ehemänner
detebe 20200
Tartuffe oder Der Betrüger / Der Betrogene oder George Dandin / Vorspiel in Versailles
detebe 20201
Don Juan oder Der steinerne Gast / Die Lästigen / Der Arzt wider Willen. detebe 20202
Der Menschenfeind / Die erzwungene Heirat Die gelehrten Frauen. detebe 20203
Der Geizige / Der Bürger als Edelmann Der Herr aus der Provinz. detebe 20204
Der eingebildete Kranke / Die Gaunereien des Scappino. detebe 20205

Als Ergänzungsband liegt vor:
Über Molière. Zeugnisse, Essays und Aufsätze von Anouilh bis Voltaire. Mit Chronik und Bibliographie. Herausgegeben von Christian Strich, Rémy Charbon und Gerd Haffmans. detebe 20067

● Michel de Montaigne

Zum Zeitvertreib und um die Phantasie zu tummeln. Aus den Essais gezogen von Karl Bernhard. detebe 21282

Als Ergänzungsband liegt vor:
Wilhelm Weigand
Michel de Montaigne. Eine Biographie
detebe 21283

● Ernest Renan

Das Leben Jesu. Autorisierte Übersetzung von 1863. detebe 20419

● Jean Renoir

Die Spielregel. Drehbuch mit Fotos. Deutsch von Angela von Hagen. detebe 20434
Die große Illusion. Drehbuch mit Fotos. Deutsch von Angela von Hagen
detebe 20435
Mein Vater Auguste Renoir. Ein Bericht
Deutsch von Sigrid Stahlmann
kunst-detebe 26024

● Maurice Sandoz

Am Rande. Unheimliche Erzählungen
Deutsch von Gertrud Droz-Rüegg
detebe 20739

● Georges Simenon

Neuedition in Einzelbänden. Bisher liegen vor:
Intime Memoiren und Das Buch von Marie-Jo. Deutsch von Hans-Joachim Hartstein, Claus Sprick, Guy Montag und Linde Birk
detebe 21216
Stammbaum. Pedigree. Autobiographischer Roman. Deutsch von Hans-Joachim Hartstein
detebe 21217
Briefwechsel. Georges Simenon – André Gide. Deutsch von Stefanie Weiss. Leinen

Brief an meine Mutter. Deutsch von Trude Fein. Leinen
Ein Mensch wie jeder andere. Mein Tonband und ich. Deutsch von Hans Jürgen Solbrig Leinen
Als ich alt war. Tagebücher 1960–1963. Deutsch von Linde Birk. Leinen
Die Pfeife Kleopatras. Reportagen aus aller Welt. Deutsch von Guy Montag detebe 21223
Zahltag in einer Bank. Reportagen aus Frankreich. Deutsch von Guy Montag detebe 21224
Über Simenon. Zeugnisse und Essays von Patricia Highsmith bis Alfred Andersch. Mit einem Interview, Chronik und Bibliographie. Herausgegeben von Claudia Schmölders und Christian Strich. detebe 20499
Das Georges Simenon Lesebuch. Herausgegeben von Daniel Keel. detebe 20500
Brief an meinen Richter. Roman. Deutsch von Hansjürgen Wille und Barbara Klau detebe 20371
Der Schnee war schmutzig. Roman. Deutsch von Willi A. Koch. detebe 20372
Die grünen Fensterläden. Roman. Deutsch von Alfred Günther. detebe 20373
Im Falle eines Unfalls. Roman. Deutsch von Hansjürgen Wille und Barbara Klau. detebe 20374
Sonntag. Roman. Deutsch von Hansjürgen Wille und Barbara Klau. detebe 20375
Bellas Tod. Roman. Deutsch von Elisabeth Serelmann-Küchler. detebe 20376
Der Mann mit dem kleinen Hund. Roman. Deutsch von Stefanie Weiss. detebe 20377
Drei Zimmer in Manhattan. Roman Deutsch von Linde Birk. detebe 20378
Die Großmutter. Roman. Deutsch von Linde Birk. detebe 20379
Der kleine Mann von Archangelsk. Roman. Deutsch von Alfred Kuoni. detebe 20584
Der große Bob. Roman. Deutsch von Linde Birk. detebe 20585
Die Wahrheit über Bébé Donge. Roman. Deutsch von Renate Nickel. detebe 20586
Tropenkoller. Roman. Deutsch von Annerose Melter. detebe 20673
Ankunft Allerheiligen. Roman. Deutsch von Eugen Helmlé. detebe 20674
Der Präsident. Roman. Deutsch von Renate Nickel. detebe 20675
Der kleine Heilige. Roman. Deutsch von Trude Fein. detebe 20676
Der Outlaw. Roman. Deutsch von Liselotte Julius. detebe 20677
Die Glocken von Bicêtre. Roman. Neu übersetzt von Angela von Haben. detebe 20678
Der Verdächtige. Roman. Deutsch von Eugen Helmlé. detebe 20679
Die Verlobung des Monsieur Hire. Roman. Deutsch von Linde Birk. detebe 20681
Der Mörder. Roman. Deutsch von Lothar Baier. detebe 20682
Die Zeugen. Roman. Deutsch von Anneliese Botond. detebe 20683
Die Komplizen. Roman. Deutsch von Stefanie Weiss. detebe 20684
Die Unbekannten im eigenen Haus. Roman. Deutsch von Gerda Scheffel. detebe 20685
Der Ausbrecher. Roman. Deutsch von Erika Tophoven. detebe 20686
Wellenschlag. Roman. Deutsch von Eugen Helmlé. detebe 20687
Der Mann aus London. Roman. Deutsch von Stefanie Weiss. detebe 20813
Die Überlebenden der Télémaque. Roman. Deutsch von Hainer Kober. detebe 20814
Der Mann, der den Zügen nachsah. Roman. Deutsch von Walter Schürenberg. detebe 20815
Zum Weißen Roß. Roman. Deutsch von Trude Fein. detebe 20986
Der Tod des Auguste Mature. Roman Deutsch von Anneliese Botond. detebe 20987
Die Fantome des Hutmachers. Roman. Deutsch von Eugen Helmlé. detebe 21001
Die Witwe Couderc. Roman. Deutsch von Hans Grössel. detebe 21002
Schlußlichter. Roman. Deutsch von Stefanie Weiss. detebe 21010
Die schwarze Kugel. Roman. Deutsch von Renate Nickel. detebe 21011
Die Brüder Rico. Roman. Deutsch von Angela von Hagen. detebe 21020
Der kleine Doktor. Erzählungen. Deutsch von Hansjürgen Wille und Barbara Klau detebe 21025
Antoine und Julie. Roman. Deutsch von Eugen Helmlé. detebe 21047
Betty. Roman. Deutsch von Raymond Regh detebe 21057
Der Neger. Roman. Deutsch von Linde Birk detebe 21118
Die Tür. Roman. Deutsch von Linde Birk detebe 21114
Das blaue Zimmer. Roman. Deutsch von Angela von Hagen. detebe 21121
Der Bürgermeister von Furnes. Roman Deutsch von Hans Grössel. detebe 21209
Es gibt noch Haselnußsträucher. Roman Deutsch von Angela von Hagen detebe 21192
Das Testament Donadieu. Roman. Deutsch von Eugen Helmlé. detebe 21256
Der Untermieter. Roman. Deutsch von Ralph Eue. detebe 21255

Emil und sein Schiff. Erzählungen. Deutsch von Angela von Hagen und Linde Birk detebe 21318
Exotische Novellen. Deutsch von Annerose Melter. detebe 21285
Die Leute gegenüber. Roman. Deutsch von Hans-Joachim Hartstein. detebe 21273
Die schwanzlosen Schweinchen. Erzählungen Deutsch von Linde Birk. detebe 21284
Weder ein noch aus. Roman. Deutsch von Elfriede Riegler. detebe 21304
Maigrets erste Untersuchung. Roman Deutsch von Roswitha Plancherel. detebe 20501
Maigret und Pietr der Lette. Roman. Deutsch von Wolfram Schäfer. detebe 20502
Maigret und die alte Dame. Roman. Deutsch von Renate Nickel. detebe 20503
Maigret und der Mann auf der Bank. Roman. Deutsch von Annerose Melter. detebe 20504
Maigret und der Minister. Roman. Deutsch von Annerose Melter. detebe 20505
Mein Freund Maigret. Roman. Deutsch von Annerose Melter. detebe 20506
Maigrets Memoiren. Roman. Deutsch von Roswitha Plancherel. detebe 20507
Maigret und die junge Tote. Roman. Deutsch von Raymond Regh. detebe 20508
Maigret amüsiert sich. Roman. Deutsch von Renate Nickel. detebe 20509
Hier irrt Maigret. Roman. Deutsch von Elfriede Riegler. detebe 20690
Maigret und der gelbe Hund. Roman Deutsch von Raymond Regh. detebe 20691
Maigret vor dem Schwurgericht. Roman. Deutsch von Wolfram Schäfer. detebe 20692
Maigret als möblierter Herr. Roman Deutsch von Wolfram Schäfer. detebe 20693
Madame Maigrets Freundin. Roman Deutsch von Roswitha Plancherel detebe 20713
Maigret kämpft um den Kopf eines Mannes. Roman. Deutsch von Roswitha Plancherel. detebe 20714
Maigret und die kopflose Leiche. Roman. Deutsch von Wolfram Schäfer. detebe 20715
Maigret und die widerspenstigen Zeugen. Roman. Deutsch von Wolfram Schäfer. detebe 20716
Maigret am Treffen der Neufundlandfahrer. Roman. Deutsch von Annerose Melter. detebe 20717
Maigret bei den Flamen. Roman. Deutsch von Claus Sprick. detebe 20718
Maigret und die Bohnenstange. Roman. Deutsch von Guy Montag. detebe 20808
Maigret und das Verbrechen in Holland. Roman. Deutsch von Renate Nickel. detebe 20809
Maigret und sein Toter. Roman. Deutsch von Elfriede Riegler. detebe 20810
Maigret beim Coroner. Roman. Deutsch von Wolfram Schäfer. detebe 20811
Maigret, Lognon und die Gangster. Roman. Deutsch von Wolfram Schäfer. detebe 20812
Maigret und der Gehängte von Saint-Pholien. Roman. Deutsch von Sibylle Powell. detebe 20816
Maigret und der verstorbene Monsieur Gallet. Roman. Deutsch von Roswitha Plancherel. detebe 20817
Maigret regt sich auf. Roman. Deutsch von Wolfram Schäfer. detebe 20820
Maigret und das Schattenspiel. Roman. Deutsch von Claus Sprick. detebe 20734
Maigret und die Keller des Majestic. Roman. Deutsch von Linde Birk. detebe 20735
Maigret contra Picpus. Roman. Deutsch von Hainer Kober. detebe 20736
Maigret läßt sich Zeit. Roman. Deutsch von Sibylle Powell. detebe 20755
Maigrets Geständnis. Roman. Deutsch von Roswitha Plancherel. detebe 20756
Maigret zögert. Roman. Deutsch von Annerose Melter. detebe 20757
Maigret und der Treidler der »Providence«. Roman. Deutsch von Claus Sprick. detebe 21029
Maigrets Nacht an der Kreuzung. Roman Deutsch von Annerose Melter. detebe 21050
Maigret hat Angst. Roman. Deutsch von Elfriede Riegler. detebe 21062
Maigret erlebt eine Niederlage. Roman Deutsch von Elfriede Riegler. detebe 21120
Maigret gerät in Wut. Roman. Deutsch von Wolfram Schäfer. detebe 21113
Maigret verteidigt sich. Roman. Deutsch von Wolfram Schäfer. detebe 21117
Maigret und der geheimnisvolle Kapitän Roman. Deutsch von Annerose Melter detebe 21180
Maigret und die alten Leute. Roman Deutsch von Annerose Melter. detebe 21200
Maigret und das Dienstmädchen. Roman Deutsch von Hainer Kober. detebe 21220
Maigret im Haus des Richters. Roman Deutsch von Liselotte Julius. detebe 21238
Maigret und der Fall Nahour. Roman Deutsch von Sibylle Powell. detebe 21250
Maigret und der Samstagsklient. Roman Deutsch von von Angelika Hildebrandt-Essig. detebe 21295
Maigret in New York. Roman. Deutsch von Bernhard Jolles. detebe 21308

Stendhal

Denkwürdigkeiten über Napoleon. Fragmente. Deutsch von S. Adler. detebe 20966
Über die Liebe. Deutsch von Franz Hessel. detebe 20967
Armance. Roman. Deutsch von A. Elsaesser. detebe 20968
Rot und Schwarz. Roman. Deutsch von Rudolf Lewy. detebe 20969
Eine Geldheirat. Erzählungen. Deutsch von Arthur Schurig, Franz Hessel, Franz Blei und Otto von Gemmingen. detebe 20970
Die Äbtissin von Castro. Erzählungen Deutsch von M. von Musil und Franz Blei. detebe 20971
Lucian Leuwen. Romanfragment. Deutsch von Joachim von der Goltz. detebe 20972
Leben des Henri Brulard. Autobiographie. Deutsch von Adolf Schirmer. detebe 20973
Die Kartause von Parma. Roman. Deutsch von Erwin Rieger. detebe 20974
Amiele. Romanfragment. Deutsch von Arthur Schurig. detebe 20975

Als Ergänzungsband liegt vor:
Über Stendhal. Essays und Zeugnisse. Mit Chronik und Bibliographie. Herausgegeben von Irene Riesen. detebe 20976

Roland Topor

Memoiren eines alten Arschlochs. Roman. Deutsch von Eugen Helmlé. detebe 20775
Der Mieter. Roman. Deutsch von Wolfram Schäfer. detebe 20358

Tomi Ungerer

Basil Ratzki. Eine Fabel. Deutsch von Otto Jägersberg. detebe 21132
Heute hier, morgen fort. Deutsch von Hans-Joachim Hartstein. Diogenes Kunstbuch

Vercors

Das Schweigen des Meeres. Erzählung. Aus dem Französischen von Kurt Stern detebe 21288

Jules Verne

Die Hauptwerke, ungekürzt, originalgetreu, mit allen Stichen der französischen Erstausgabe. Bisher liegen vor:
Reise um die Erde in achtzig Tagen. Roman. Deutsch von Erich Fivian. detebe 20126
Fünf Wochen im Ballon. Roman. Deutsch von Felix Gasbarra. detebe 20241
Von der Erde zum Mond. Roman. Deutsch von William Matheson. detebe 20242
Reise um den Mond. Roman. Deutsch von Ute Haffmans. detebe 20243
Zwanzigtausend Meilen unter Meer. Roman in zwei Bänden. Deutsch von Peter Laneus und Peter G. Hubler. detebe 20244 + 20245
Reise zum Mittelpunkt der Erde. Roman. Deutsch von Hansjürgen Wille und Barbara Klau. detebe 20246
Der Kurier des Zaren. Roman in zwei Bänden. Deutsch von Karl Wittlinger. detebe 20401 + 20402
Die fünfhundert Millionen der Begum. Roman. Deutsch von Erich Fivian. detebe 20403
Die Kinder des Kapitäns Grant. Roman in zwei Bänden. Deutsch von Walter Gerull. detebe 20404 + 20405
Die Erfindung des Verderbens. Roman. Deutsch von Karl Wittlinger. detebe 20406
Die Leiden eines Chinesen in China. Roman. Deutsch von Erich Fivian. detebe 20407
Das Karpathenschloß. Roman. Deutsch von Hansjürgen Wille und Barbara Klau. detebe 20408
Die Gestrandeten. Roman in zwei Bänden. Deutsch von Karl Wittlinger. detebe 20409 + 20410
Der ewige Adam. Erzählungen. Deutsch von Erich Fivian. detebe 20411
Robur der Eroberer. Roman. Deutsch von Peter Laneus. detebe 20412
Zwei Jahre Ferien. Ein Abenteuerroman. Deutsch von Erika Gebühr. Mit 91 Illustrationen von Benett und einer Karte. detebe 20440
Das erstaunliche Abenteuer der Expedition Barsac. Roman. Deutsch von Eva Rechel-Mertens. detebe 21237
Die Insel der Milliardäre. Roman. Deutsch von Ute Haffmans. detebe 21243
Die Eissphinx. Roman. Deutsch von Hans-Jürgen Wille und Barbara Klau. detebe 21268

Ambroise Vollard

Erinnerungen eines Kunsthändlers. Deutsch von Margaretha Freifrau von Reischach-Scheffel. Reproduktionen von 29 Bildern, 22 Zeichnungen, 10 Fotos und 15 Dokumenten. kunst-detebe 26022

Das Diogenes Lesebuch französischer Erzähler

Von Stendhal bis Simenon. Herausgegeben von Anne Schmucke und Gerda Lheureux. detebe 20304

Liebesgeschichten aus Frankreich

Von Marquis de Sade bis Georges Simenon. Herausgegeben von Anne Schmucke und Gerda Lheureux. Diogenes Evergreens
Auch als detebe 21251